O hóspede misterioso

O hóspede misterioso

Nita Prose

Tradução de Helen Pandolfi

Copyright © 2023 by Nita Prose Inc.

TÍTULO ORIGINAL
The Mystery Guest

COPIDESQUE
Lígia Almeida

REVISÃO
Thaís Pol

PROJETO GRÁFICO
Virginia Norey

IMAGEM DE MIOLO
Daniela Iga/stock.adobe.com

DIAGRAMAÇÃO
Inês Coimbra

IMAGENS DE CAPA
Kristina Jovanovic/Shutterstock (mão) | Arcady/Shutterstock (chave)

CIP-BRASIL. CATALOGAÇÃO NA PUBLICAÇÃO
SINDICATO NACIONAL DOS EDITORES DE LIVROS, RJ

P959h

Prose, Nita
    O hóspede misterioso / Nita Prose ; tradução Helen Pandolfi. - 1. ed. - Rio de Janeiro : Intrínseca, 2025.

    Tradução de: The mystery guest
    ISBN: 978-85-510-1376-2

    1. Ficção canadense. I. Pandolfi, Helen. II. Título.

24-94638   CDD: 819.13
                        CDU: 82-3(71)

Gabriela Faray Ferreira Lopes - Bibliotecária - CRB-7/6643

[2025]
Todos os direitos desta edição reservados à
Editora Intrínseca LTDA.
Av. das Américas, 500, bloco 12, sala 303
22640-904 – Barra da Tijuca
Rio de Janeiro — RJ
Tel./Fax: (21) 3206-7400
www.intrinseca.com.br

Para meu pai, Paul

Prólogo

Uma vez, minha vó me contou uma história sobre uma empregada, um rato e uma colher. Era mais ou menos assim:

Era uma vez uma empregada que trabalhava em um castelo servindo a uma rica família de latifundiários. Ela limpava, cozinhava e cuidava de tudo que queriam.

Certo dia, enquanto a empregada servia um delicioso ensopado, a senhora notou, com um olhar de desprezo, a ausência da sua colher de prata. A servente, certa de que tinha colocado a colher ao lado da tigela, ficou surpresa ao inspecionar a mesa com os próprios olhos e perceber que o talher de fato desaparecera.

Apesar de ter se desculpado sem parar, nada foi suficiente para acalmar a senhora. O senhor da casa, igualmente furioso, acusou-a de ser uma ladra e de roubar a prataria da família.

A empregada foi arrastada para fora do castelo, mas não antes que o ensopado, preparado por ela com todo o esmero, fosse despejado no seu avental branco, maculando-o de maneira irreversível.

Muitos anos após a morte dos senhores da família, e muito tempo depois de a vida da empregada ter seguido seu curso, trabalhadores que a conheciam foram contratados para reformar o castelo. Ao removerem o piso da sala de jantar, encontraram um ninho no qual jazia o corpo mumificado de um rato e, ao lado do animal, uma única colher de prata.

Capítulo 1

Minha querida avó, ou apenas vovó, trabalhou a vida toda como camareira. Eu segui o mesmo caminho. Mas isso é apenas modo de dizer — eu não poderia literalmente seguir o mesmo caminho que ela. Pelo menos não mais. Ela morreu há pouco mais de quatro anos, quando eu tinha 25 (ou seja, um quarto de século), e, mesmo antes de ela partir, eu não poderia tê-la seguido no sentido literal porque seus dias de andança chegaram a um fim abrupto quando ela adoeceu e caiu de cama, para minha absoluta tristeza.

A questão é: ela morreu. Morreu, mas não foi esquecida. Isso nunca. Agora meus pés seguem o próprio caminho figurado, mas ainda carrego uma dívida de gratidão com minha amada e saudosa vovó, já que foi graças a ela que me tornei quem sou.

Vovó me ensinou tudo o que sei: a polir prata, a compreender livros e pessoas e a fazer uma boa xícara de chá. Foi por causa dela que cresci na carreira como camareira no Hotel Regency Grand, um hotel-boutique cinco estrelas que se orgulha da elegância sofisticada e bom gosto adequado aos novos tempos. Pode acreditar quando digo que comecei do zero e fui subindo até chegar a este cargo tão ilustre. Como toda camareira que já passou pelas portas giratórias reluzentes do Regency Grand, comecei como aprendiz. Mas agora, se você se aproximar para ler meu broche — cuidadosamente posicionado na altura do coração —, poderá ler em letras grandes:

MOLLY

que é meu nome, e em uma fonte delicada logo abaixo:

Camareira-chefe

Não é moleza subir na hierarquia em um hotel-boutique cinco estrelas, sabe, mas posso dizer com extremo orgulho que carrego esse título há quase três anos e meio, o que prova que não sou uma pessoa irresponsável que não dura em um emprego, mas sim, como o Sr. Snow, o gerente do hotel, disse recentemente em uma reunião de equipe, "uma funcionária que cultiva uma conduta de gratidão".

Sempre achei difícil entender o verdadeiro significado por trás do que as pessoas dizem, mas acabei ficando muito boa em decifrá-las, até mesmo quando se trata de estranhos, e é por isso que sei o que você está pensando. Você acha que meu trabalho é inferior, uma posição digna de vergonha, não orgulho. Longe de mim querer ditar o que você deve pensar, mas, p/mim (que significa: para mim), isso é um erro gigantesco.

Desculpe. Isso soou um pouco grosseiro. Quando a vovó estava viva, ela me dava dicas sobre o meu tom e me orientava quando eu dizia algo que poderia soar ofensivo. Mas sabe o que é interessante? Ela morreu, mas ainda ouço a voz dela na minha cabeça. Não é curioso como alguém pode estar tão presente após a morte quanto esteve em vida? Tenho pensado muito nisso ultimamente.

Trate os outros como deseja ser tratada.
Somos todos iguais de jeitos diferentes.
Tudo vai ficar bem no final. Se não está tudo bem, é porque ainda não chegou o fim.

Eu agradeço aos céus por ainda ouvir a voz da vovó, especialmente hoje, que foi meu pior dia em quase quatro anos. As palavras dela são a única coisa capaz de me dar forças para enfrentar a "situação" atual. Quando digo "situação", não me refiro à definição do dicionário, no sentido de "circunstância" ou "conjuntura". O gerente do hotel, o Sr. Snow, usa essa palavra para se referir a "um problema de proporções épicas com poucas soluções à vista".

Não vou tentar amenizar o que é de fato uma catástrofe épica: hoje de manhã, um homem famoso morreu no salão de chá. Minha grande amiga Angela, chefe de bar do Social, o bar-restaurante do hotel, resumiu a situação da seguinte forma: "Molly, estamos completamente fodidas." Como gosto muito da Angela, perdoo seu UIP (Uso Indiscriminado de Palavrões) e faço vista grossa pelo fato de ela ter uma obsessão doentia por histórias de crimes reais, o que explica por que ela parecia tão empolgada com o fato de um hóspede VIP ter morrido dentro do nosso hotel.

Hoje deveria ser um dia especial no Regency Grand. Seria o dia em que J. D. Grimthorpe — autor best-seller de renome mundial e mestre do mistério, com mais de vinte romances publicados — faria um anúncio importante em nosso recém-inaugurado salão de chá.

Tudo estava correndo muito bem no início da manhã. O Sr. Snow tinha me deixado responsável pelo chá, e, embora isso se devesse principalmente ao fato de que ele ainda não contratou uma equipe de eventos, eu sabia que a vovó ficaria orgulhosa de me ver recebendo novas responsabilidades. Apesar de a vovó não poder me ver *de verdade*, é claro, já que ela está morta.

Hoje cheguei cedo para o meu turno e preparei o novo e elegante salão para a hora do chá, que contaria com a presença de cinquenta e cinco convidados VIPs. Entre eles, havia várias integrantes da SLDM — Sociedade Literária Damas do Mistério —, que tinham reservado diversos aposentos no quarto andar do hotel dias antes do evento. Por semanas, os corredores do hotel foram tomados por boatos e especulações: por que J. D. Grimthorpe, um escritor recluso e extremamente reservado, de repente queria anunciar algo publicamente? Seria apenas para promover um lançamento ou ele estava prestes a anunciar que escrevera o último livro da carreira?

No fim das contas, de fato Grimthorpe escreveu o último livro da sua carreira, embora eu imagine que isso tenha sido uma surpresa tão grande para o autor quanto para todos os que o viram desabar no salão de chá 47 minutos atrás.

Momentos antes de ele subir ao palco, os fãs VIPs de mistério, os críticos literários e os repórteres estavam em polvorosa. A sala era um burburinho cacofônico de conversas e do tilintar agudo de talheres de prata, enquanto os convidados se serviam de chá e abocanhavam uns últimos sanduichinhos. Mas assim que J. D. Grimthorpe apareceu, o silêncio tomou conta do salão. Uma figura esguia e imponente, o autor se posicionou no púlpito com suas anotações em mãos. Quando ele pigarreou, todos os olhos estavam voltados para o homem.

— Chá — pediu ele no microfone, gesticulando em busca da bebida.

Graças a Deus eu estava preparada e tinha pedido à cozinha que preparasse um carrinho de acordo com as especificações solicitadas por ele — ou seja, com mel em vez de açúcar. Lily, minha camareira-aprendiz que ficou encarregada de cuidar de todos os carrinhos de chá do Sr. Grimthorpe durante a estada do autor, entrou em ação num piscar de olhos. Com as mãos trêmulas, ela pegou uma xícara para o escritor e correu para o palco.

— Não, assim não está bom — declarou ele ao pegar a xícara, e então desceu do palco e foi até o carrinho de chá.

Com um gesto ágil, retirou a tampa do pote de mel dourado e brilhante, colocou duas colheradas generosas no chá e depois mexeu a bebida com a mesma colher, batendo-a na parte interna da xícara ruidosamente. Lily, que tinha se apressado em servi-lo, ficou sem reação.

Todos os presentes observavam atentamente enquanto o Sr. Grimthorpe levava a xícara à boca, sorvia um longo gole, engolia e por fim soltava um suspiro.

— Um homem amargo precisa de uma dose extra de mel — explicou ele, arrancando risos abafados da multidão.

O temperamento irritadiço do Sr. Grimthorpe é uma marca registrada do autor e, ironicamente, quanto pior ele se torna, mais livros vende. Impossível esquecer aquele momento infame que viralizou no YouTube alguns anos atrás, quando um fã devoto, um cirurgião cardiovascular recém-aposentado, abordou o autor e pediu:

— Eu queria tentar escrever um romance. Você poderia me ajudar?

— Com certeza — respondeu o Sr. Grimthorpe. — Depois que você me emprestar o bisturi. Quero tentar fazer uma cirurgia de ponte de safena.

Eu estava pensando nesse vídeo naquele momento, enquanto o Sr. Grimthorpe exibia seu sorriso mordaz e retornava ao palco, onde tomou mais alguns goles fartos do chá adoçado antes de colocar a xícara sobre o púlpito e contemplar o público. Ele pegou as anotações, respirou fundo e enfim começou a falar, oscilando levemente de um lado para outro.

— Sei que todos vocês estão se perguntando por que os convidei para estar aqui hoje — disse ele. — Como já sabem, prefiro escrever do que falar. Minha privacidade sempre foi meu refúgio e minha vida pessoal, uma fonte de mistério. Mas me encontro na posição desagradável de precisar fazer certas confissões a vocês, meus fãs e amigos, neste momento crítico da minha carreira longa e cheia de história para contar. Com o perdão do trocadilho.

Ele parou por um instante, esperando as risadas, que ressoaram prontamente. Senti um arrepio quando os olhos penetrantes dele varreram a sala, procurando alguém ou alguma coisa, não sei dizer ao certo.

— Acontece que venho guardando um segredo — continuou ele — que, sem dúvida, vai surpreender a todos vocês.

Ele parou de repente. Levou os dedos longos ao colarinho em uma tentativa inútil de afrouxá-lo.

— O que quero dizer é que… — balbuciou ele.

Mas nenhuma outra palavra saiu. Ele abriu e fechou a boca, de repente parecendo muito atordoado e cambaleando de forma dramática de um lado para outro diante do púlpito. Tudo que eu conseguia pensar era em um peixe dourado que uma vez vi saltar para fora do aquário e ficar caído e ofegante no chão de um pet shop.

O Sr. Grimthorpe pegou a xícara de chá mais uma vez e tomou outro gole. Então, antes que alguém sequer pensasse em fazer alguma coisa, ele tombou para a frente, caindo sobre a multidão, bem em cima de Lily, a coitada da minha aprendiz. Juntos, eles aterrissaram no chão com um estrondo, enquanto a xícara de porcelana se espatifava em um milhão de cacos afiados e a colherinha quicava no piso do salão.

Por um momento, não houve nada além de silêncio. Ninguém conseguia acreditar no que tinha acontecido diante dos próprios olhos. Então, de repente, o pânico se instalou, e todos — fãs e convidados, funcionários e críticos literários — correram para a frente do salão.

O Sr. Snow, gerente do hotel, estava agachado à esquerda do Sr. Grimthorpe dando tapinhas no seu rosto.

— Sr. Grimthorpe! Sr. Grimthorpe! — repetia ele, desesperado.

A Srta. Serena Sharpe, assistente do Sr. Grimthorpe, estava à direita, pressionando dois dedos no pescoço do escritor. Lily, minha camareira, tentava desesperadamente sair de baixo do homem. Estendi um braço para ajudá-la e ela agarrou minha mão, então a puxei, colocando-a de pé ao meu lado.

— Abram espaço! Se afastem! — gritou a assistente do Sr. Grimthorpe enquanto fãs e hóspedes VIPs se alvoroçavam.

— Chamem a emergência! Imediatamente! — ordenou o Sr. Snow de forma autoritária.

Garçons e convidados, carregadores e recepcionistas corriam para tudo que era canto. Eu estava próxima o bastante da "situação" para conseguir ouvir o que a Srta. Serena Sharpe disse quando afastou os dedos do pescoço do Sr. Grimthorpe.

— Não dá mais tempo. Ele está morto.

Capítulo 2

Estou de pé no escritório do Sr. Snow segurando uma xícara de chá recém-feito. Minhas mãos estão trêmulas e meu coração, acelerado. Já o chão parece instável, como se eu estivesse em um brinquedo num parque de diversões, o que definitivamente não é o caso.

O chá não é para mim, é para Lily Finch, que contratei há três semanas. Lily, que é franzina e quieta, tem cabelo preto como a noite na altura dos ombros, olhos apreensivos e que, neste momento, está tremendo na poltrona de couro marrom do escritório do Sr. Snow enquanto lágrimas escorrem pelo seu rosto. Isso me transporta diretamente para um momento em que eu mesma estava sentada sozinha na poltrona em que Lily está agora, tremendo da mesma forma enquanto aguardava que outras pessoas decidissem meu destino.

Aconteceu há cerca de quatro anos. Eu estava limpando uma suíte na cobertura, no quarto andar, quando me deparei com um hóspede que parecia estar num sono profundo — mas mesmo em sono profundo uma pessoa não deixa de respirar por completo. Uma rápida verificada nos batimentos do Sr. Black atestou que ele estava de fato morto — *bem morto* — na cama de seu quarto no hotel. E, embora a partir daquele momento eu tenha feito de tudo para lidar da melhor forma possível com a "situação" inesperada, de repente todos os dedos apontavam para mim como a assassina. Muitos ao meu redor, inclusive a polícia e um número preocupante de colegas de trabalho meus, deduziram que eu tinha assassinado o Sr. Black.

Eu sou camareira, não assassina. Não matei o Sr. Black — a sangue-frio ou não. Fui acusada injustamente. Graças à ajuda de algumas pessoas de bom coração, fui inocentada, mas ter passado por aquilo teve seu preço mesmo assim. Serviu para ressaltar os riscos do trabalho de uma camareira. O maior perigo não é o trabalho exaustivo, os hóspedes difíceis ou os produtos químicos de limpeza, mas a suspeita de que camareiras são infratoras, assassinas e ladras. A culpa é sempre da camareira. Eu realmente pensei que a morte do Sr. Black fosse o começo do fim para mim, mas tudo acabou dando certo, como a vovó sempre disse que aconteceria.

Olho para Lily e sinto o medo dela como uma corrente elétrica que atravessa meu coração. Quem poderia culpá-la por estar com medo? Eu não culpo. Quem imagina que vai chegar para trabalhar um dia e acabar presenciando a morte de um autor mundialmente famoso em uma sala cheia de fãs fervorosos e repórteres? E que pobre e desafortunada camareira poderia imaginar que não apenas serviria ao escritor logo antes da sua morte, mas também serviria *como* seu leito de morte?

Pobre Lily. Pobrezinha.

Você não está sozinha. Eu sempre vou estar aqui — as palavras da vovó ecoam na minha cabeça, como sempre acontece. Pena que Lily não pode ouvi-las.

— Um bom chá cura todos os males — digo, passando para Lily a xícara que tenho em mãos.

Ela aceita, mas não diz nada. Vindo de Lily, isso não é estranho. Ela tem dificuldade em usar palavras, mas vinha se expressando muito melhor, ao menos comigo. Ela evoluiu muito desde a entrevista comigo e com o Sr. Snow, que foi tão ruim que o fez arregalar os olhos por trás dos óculos de tartaruga quando anunciei:

— Lily Finch é nossa melhor candidata para o cargo.

— Mas ela mal abriu a boca durante toda a entrevista! — protestou o Sr. Snow. — Ela não conseguiu responder quando perguntei quais eram as melhores qualidades dela. Molly, por que diabos você a contrataria?

— Devo lembrá-lo, Sr. Snow, de que excesso de confiança não é a principal qualidade a ser considerada ao se contratar uma camareira — observei.

— O senhor provavelmente se recorda de que havia certo ex-funcionário do hotel que esbanjava confiança, mas acabou se revelando uma bela de uma maçã podre. Não está lembrado?

O Sr. Snow assentiu bem de leve, mas felizmente consigo decifrá-lo muito melhor agora do que sete anos e meio atrás, quando comecei como camareira no Hotel Regency Grand. O curto aceno de cabeça indicava que ele estava disposto a delegar a decisão final sobre Lily para mim.

— A Srta. Finch é mesmo muito calada — continuei —, mas desde quando verbosidade é uma habilidade essencial para uma camareira? "O peixe morre pela boca", não é o que o senhor sempre diz? Lily precisa de treinamento, o que eu pretendo proporcionar, mas logo vi que ela é uma abelha operária. Ela tem tudo o que é preciso para se tornar uma integrante valiosa da colmeia.

— Está bem, Molly — acatou o Sr. Snow, embora seus lábios franzidos sugerissem que ele não estava totalmente convencido de que aquela era a melhor decisão.

Em poucas semanas de treinamento, Lily teve um progresso impressionante como camareira. Certo dia, encontramos o Sr. e a Sra. Chen, dois hóspedes recorrentes adoráveis que estavam ficando na cobertura, e Lily falou pela primeira vez na presença de outras pessoas.

— Boa tarde, Sr. e Sra. Chen — cumprimentou ela com uma voz suave. — É um prazer vê-los. Molly e eu deixamos tudo perfeito na suíte para vocês.

Abri um sorriso de orelha a orelha. Que alegria foi ouvi-la depois de tanto silêncio entre nós. Trabalhamos lado a lado dia após dia. Eu ensinei a Lily todas as nossas responsabilidades: como arrumar as camas envelopando o lençol de cima, como polir as torneiras até ficarem brilhando, como afofar os travesseiros, deixando-os o mais confortáveis possível. Ela foi seguindo todas as minhas orientações, sem dizer nada. O trabalho de Lily era impecável, e eu disse isso a ela.

— Você leva jeito para a coisa, Lily — comentei mais de uma vez.

Além de ter o olhar aguçado para detalhes que é necessário a toda camareira, Lily também é discreta. Ela transita pelas dependências do hotel, limpando e polindo, dando brilho e cuidando de cada detalhezinho com tanta discrição que é como se tivesse o poder da invisibilidade. Ela pode ser calada, até mesmo enigmática, mas não há dúvidas: Lily é uma camareira talentosa.

Sentada na poltrona do escritório do Sr. Snow, ela pousa a xícara de chá intocada na mesa e encara as próprias mãos sobre o colo. Chego a me sentir zonza ao olhar para ela. Só consigo ver a mim mesma naquela cadeira. Já vivi isso antes e não quero viver outra vez.

Como chegamos a esse ponto?

O dia começou ensolarado, e o céu estava sem nuvens quando saí de nosso apartamento de dois quartos às sete em ponto. Não era uma manhã como as outras por duas razões: primeiro, era o dia em que o autor best-seller J. D. Grimthorpe faria um anúncio importante durante uma coletiva de imprensa que aconteceria no hotel. Segundo, porque meu namorado, Juan Manuel, com quem moro em perfeita harmonia há mais de três anos e com quem trabalho no hotel há ainda mais tempo, não estava em casa. Ele estava fora havia três dias, de visita à família no México, e preciso dizer que, nesse caso específico, ficar longe não "fortaleceu nossos laços", como dizem por aí. Eu estava apenas com uma saudade esmagadora dele.

É a primeira vez em anos que Juan Manuel volta para a casa da família, uma viagem para a qual economizamos muito. Só Deus sabe como eu queria ter viajado com ele... Seria uma viagem em casal, uma verdadeira aventura. Mas, infelizmente, não foi possível: Juan está no México e eu estou presa aqui. Pela primeira vez desde a morte da vovó, estou sozinha em nosso apartamento. Mas tudo bem. Não importa. Fico feliz por Juan estar visitando a família, especialmente a mãe, que sentiu falta dele por muitos anos, do mesmo jeito que estou sentindo agora.

Embora a viagem seja apenas de duas semanas, não vejo a hora de ele voltar. A vida simplesmente fica melhor quando Juan está por perto. Ele me mandou uma mensagem antes de eu sair para o trabalho:

Hoje vai ser demais! P/mim, não tem com o que se preocupar. Te quiero.

Admito que aquela declaração de amor provocou um friozinho agradável na minha barriga, mas seu uso de abreviações tinha me confundido, como sempre.

Eu respondi: **Só pra você saber, não faço a mínima ideia do que você quis dizer.**

Quis dizer que amo você.

Essa parte eu entendi.

Para mim, você é incrível e hoje vai ser espetacular, explicou ele.

Embora eu quisesse muito viajar para o México com Juan, o dever me chamou. Ou, melhor dizendo, o Sr. Snow — assim que recebi aquela ligação dele, ficou claro que eu não iria a lugar algum.

— Já ouviu falar do escritor J. D. Grimthorpe? — perguntou o Sr. Snow algumas semanas antes, quando atendi o telefone.

— Já, sim. — Minha resposta foi breve.

— A assistente dele acabou de reservar o Regency Grand para um evento VIP exclusivo no qual o Sr. Grimthorpe pretende fazer um anúncio muito importante. E... ele solicitou o salão de chá.

Dava para notar a empolgação esbaforida do Sr. Snow até pelo telefone. A notícia era oportuna. Quando o escândalo do assassinato do Sr. Black nos abalou, o Sr. Snow teve a excelente ideia de tentar captar uma nova clientela restaurando a antiga glória de um velho depósito no saguão do hotel, restabelecendo-o como um salão de chá art déco digno de museu. A reforma estava quase concluída e o hotel esperava um evento VIP para apresentá-la ao público. Aquilo seria perfeito — e, melhor ainda, o Sr. Snow queria que eu e minha equipe supervisionássemos aquele extraordinário evento. Contei a Juan na mesma hora.

— Quando a oportunidade bate à porta, a gente precisa abrir — disse ele. — Podemos ir em outro momento.

— *Mi amor* — falei —, vá sem mim. Podemos ir juntos em outra ocasião.

— Tem certeza? Você não se importa?

— Se eu me importo? Eu *insisto*. Não podemos fazer essa desfeita com sua mãe.

Ele me deu um abraço apertado e encheu meu rosto de beijos.

— Um beijo para cada dia em que vou estar longe — explicou ele. — E mais alguns extras. Tem certeza de que vai ficar bem sem mim?

— Claro que sim — garanti. — O que pode dar errado?

Então Juan embarcou no avião e eu fiquei para trás, cuidando dos preparativos para o anúncio de Grimthorpe.

De manhã, saí para o evento um pouco inquieta. Estava ao mesmo tempo animada e nervosa. Quando dobrei a última esquina antes do hotel, no centro da cidade, vislumbrei o edifício no horizonte.

Lá estava o Regency Grand, atemporal e sublime em meio a um grosseiro pano de fundo urbano composto de outdoors néon e prédios comerciais imponentes e modernos. Um tapete vermelho adornava o breve lance de escadas diante do pórtico majestoso do hotel, com um corrimão elegante de cobre emoldurando a entrada reluzente. Do outro lado das portas giratórias, o saguão estava cheio de hóspedes tagarelas com suas bagagens, além de repórteres e podcasters com equipamentos, que preparavam tudo para o grande evento daquela manhã.

Na metade dos degraus em frente ao pórtico estava o Sr. Preston, o porteiro de longa data do Regency Grand, com seu chapéu altivo e seu paletó comprido enfeitado com os brasões do hotel.

— Bom dia, Molly — cumprimentou o Sr. Preston quando fui até ele no seu púlpito de porteiro. — Grande dia.

— É, sim — respondi. — Mas estamos preparados. Já viu o salão de chá? Está magnífico.

— Está mesmo — concordou ele. — Escute, Molly. Estava pensando… Não é porque Juan Manuel não está aqui que eu e você não podemos manter o jantar de domingo. Não faz sentido comermos sozinhos. Além disso, queria falar com você sobre uma coisa.

— Parece uma boa ideia, mas vamos ver como vai ser a semana. Acho que vão ser dias cheios sem Juan Manuel aqui e não posso prometer que vou conseguir cozinhar.

O Sr. Preston sorriu, assentindo.

— Claro, eu entendo — respondeu ele. — Sei o quanto você trabalha e certamente não quero incomodar.

O jantar de domingo com o Sr. Preston é uma tradição de anos. Uma vez por semana, nós três jantamos juntos na mesinha da cozinha lá de casa e brindamos a mais uma semana de trabalho concluída. A comida é simples, mas aproveitamos para compartilhar histórias sobre acontecimentos peculiares da semana. Vale dizer que, no Regency Grand, acontecimentos peculiares ocorrem com frequência. No domingo passado, Juan e o Sr. Preston se divertiram bastante com meu relato minucioso sobre o quarto 404, que Lily e eu tínhamos limpado naquele dia.

— Estava tão cheio de lixo, caixas e pastas de arquivos que parecia um ninho de rato. Quem quer que esteja naquele quarto está acumulando xampu do Regency Grand. Encontramos centenas de frasquinhos.

— Quem precisa de tantos assim? — perguntou Juan Manuel.

— Os frascos não estavam nem no chuveiro — continuei. — Estavam em cima do frigobar, ao lado de um monte de pacotes de comida industrializada e de um pote grande de manteiga de amendoim sem tampa, com a colher ainda dentro.

O Sr. Preston e Juan começaram a rir e fingiram que estavam brindando com fracos de xampu do Regency Grand.

De volta de meus devaneios, olhei para o Sr. Preston. Havia mais fios brancos permeando seu cabelo agora, rugas mais profundas no rosto, mas ele ainda fazia o próprio trabalho muito bem. Sempre tive muito carinho por ele. O Sr. Preston conhecia minha avó e foi excepcionalmente gentil comigo ao longo dos anos. Muito tempo atrás, antes mesmo de minha mãe sequer sonhar em me dar à luz, ele e minha avó eram prometidos — ou seja, um par, um casal romântico —, mas os pais de minha avó proibiram a relação dos dois. O Sr. Preston acabou se casando com outra pessoa e formando família, mas, mesmo assim, a amizade dos dois perdurou. Minha avó tinha carinho por ele até o dia da sua morte e também era amiga da esposa do Sr. Preston, Mary. Contudo, depois do falecimento dela, e na ausência de Charlotte, a brilhante filha dos dois que tanto me ajudou após a morte do Sr.

Black, me pergunto se o Sr. Preston não estaria se sentindo sozinho. Talvez por isso nossos jantares de domingo sejam tão importantes para ele. Ele anda sendo mais atencioso do que o normal e eu não sei por quê.

— Se hoje as coisas ficarem difíceis por lá, saiba que estou aqui — disse o Sr. Preston de manhã. — Há pouca coisa que eu não faria por você, Molly. Lembre-se disso.

— Obrigada — respondi. — O senhor é um ótimo parceiro de trabalho, Sr. Preston.

Depois, eu me despedi e passei pelas portas giratórias do Regency Grand. O salão glorioso do hotel ainda me deixa sem fôlego mesmo depois de tantos anos: o piso de mármore italiano com o perfume cítrico da cera fresca, os corrimãos dourados da escadaria, com suas balaustradas de serpente, os sofás de veludo macio que, ao longo dos anos, testemunharam inúmeros encontros e segredos.

No saguão movimentado, a equipe da recepção — com seu uniforme preto e branco que fazia com que parecessem pinguins elegantes — orientava hóspedes e funcionários de um lado para outro. Bem no centro, se encontrava a enorme placa de moldura dourada e reluzente que eu mesma tinha polido à perfeição no dia anterior:

Hoje

J. D. Grimthorpe

Autor renomado de livros de mistério

Coletiva de imprensa VIP às 10h

Salão de Chá do Regency Grand

Não havia tempo a perder — muita coisa ainda tinha que ser preparada para o evento. Desci às pressas a escada rumo à área dos funcionários. Os corredores iluminados por lâmpadas fluorescentes eram estreitos, de teto baixo e davam para um labirinto de cômodos, incluindo a lavanderia, os armários de suprimentos, a cozinha do hotel e, é claro, meu local favorito, o setor de limpeza.

Fui direto para o meu armário. Pendurado lá dentro, envolto em um plástico fino, estava um item de beleza extraordinária: meu uniforme de camareira. E como eu adoro meu uniforme! Ele consiste em uma camisa branca impecavelmente engomada e uma saia preta justa feita de lycra maleável, que facilita os movimentos de dobrar e esticar que fazem parte do trabalho de qualquer camareira dedicada.

Sem perder tempo, troquei de roupa e, em seguida, prendi com orgulho meu broche de camareira na altura do coração. Dei uma olhada no espelho de corpo inteiro, ajeitando alguns fios escuros e desobedientes no meu cabelo todo arrumado e beliscando as bochechas para dar uma corzinha ao rosto. Depois que fiquei satisfeita com o resultado, notei outra pessoa no reflexo do espelho. Logo atrás de mim estava minha duplicata: Lily, a representação fiel de uma camareira perfeitamente arrumada. Ela estava de uniforme, com seu broche de camareira--aprendiz preso exatamente como o meu, firme e reto, bem na altura do coração.

Eu me virei para ela.

— Você chegou cedo — comentei.

Ela fez que sim.

— Veio antes para me ajudar?

— Sim — respondeu em voz baixa.

— Minha querida, você é mesmo um tesouro. Então mãos à obra.

Fomos até a porta, mas uma figura em forma de pera bloqueou nossa passagem: Cheryl, a ex-camareira-chefe. Cheryl, que não via problema em limpar as pias dos hóspedes com o mesmo pano que usava nos vasos sanitários. Ela já tinha sido minha chefe, mas nunca minha superior. O Sr. Snow a havia rebaixado de cargo depois do desastre com o Sr. Black e me promovido para o lugar dela.

— Cheryl, o que está fazendo aqui tão cedo? — perguntei.

Aquilo nunca acontecia. Ela sempre chegava atrasada e com uma desculpa na ponta da língua, o que às vezes me causava uma raiva tão profunda que eu queria não apenas mandá-la para o olho da rua, mas também *literalmente* atirá-la no olho da rua, de preferência uma bem movimentada. Um pensamento um pouco cruel, admito.

— Hoje vai ser um dia cheio — respondeu ela, esfregando o nariz com o dorso da mão. Meus ombros se enrijeceram em repulsa. — Pensei que você e sua pupila poderiam precisar da ajuda de uma camareira com anos de experiência.

Lily não moveu um músculo e continuou em silêncio. Ela raramente falava quando outros funcionários estavam presentes. Em vez disso, pareceu estudar seus sapatos lustrosos.

— Quanta bondade sua, Cheryl — comentei.

Que fique registrado que eu não estava falando sério. Conforme aprendi, às vezes um sorriso não significa que alguém está contente. Às vezes um elogio pode ser falso. E, embora eu tenha elogiado a "bondade" de Cheryl, eu estava na verdade sendo irônica, porque há poucas pessoas no mundo tão movidas pelo egoísmo quanto ela.

— Tenho uma ideia. Lily pode limpar os quartos dos hóspedes hoje e eu ajudo você a servir o chá no evento de Grimthorpe — sugeriu ela. — Eu já adiantei o lado dela limpando a suíte dos Chen.

Ela podia até ter limpado a suíte, mas eu sabia que tinha feito isso só para passar a mão na gorjeta deixada pelos nossos hóspedes mais generosos. Uma gorjeta que era para ser da Lily, não dela.

— Agradeço, mas não é necessário — respondi ao passar pela porta, obrigando Cheryl a sair da frente. — Ah, Cheryl — acrescentei, virando-me para ela. — Lave as mãos antes de voltar ao trabalho. Lembre-se: a higiene é nosso dever.

Fiz sinal para que Lily me acompanhasse e deixamos Cheryl para trás.

Quando estávamos no final do corredor, depois de ter virado uma vez à esquerda e outra à direita, pedi a Lily que fosse à cozinha verificar os preparativos para o chá.

— Você fica encarregada dos dois carrinhos de chá do Sr. Grimthorpe hoje. Pode levar um para o quarto dele agora mesmo. Bata três vezes e deixe-o do lado de fora — orientei. — Depois, prepare outro carrinho para o evento. E verifique se a equipe da cozinha preparou os dois de acordo com as especificações exatas do Sr. Grimthorpe.

Lily assentiu e seguiu pelo corredor serpenteante rumo à cozinha. Enquanto isso, subi correndo as escadas e fui direto para o salão de chá, passando por baixo do cordão cor de vinho que bloqueava a entrada.

Fiquei parada por um instante admirando aquela visão. Era uma sala esplêndida, de teto alto com uma claraboia abobadada que banhava tudo ao redor em uma luz cintilante. As paredes eram revestidas com papel de parede art déco verde e dourado com arcos que se erguiam de maneira triunfal até os adornos do teto. As mesinhas redondas estavam cobertas com toalhas de linho branco que eu mesma havia estendido sobre elas, e em cada uma havia guardanapos dobrados em forma de botão de rosa e centros de mesa florais com flores de lótus rosa. Em poucas palavras, a sala era um verdadeiro sonho, um glorioso resgate de uma era de grandiosidade e infinitas possibilidades.

Meu momento de êxtase foi interrompido pelo burburinho dos jornalistas reunidos no fundo da sala, puxando cabos e ajustando câmeras, cochichando sobre as motivações misteriosas de J. D. Grimthorpe para aquela rara aparição pública. Na outra extremidade do salão, o Sr. Snow acenava com a cabeça para uma jovem bonita que tinha uma pasta em mãos e testava o microfone no púlpito. Havia livreiros na lateral do palco preparando uma mesa para expor os livros mais vendidos de J. D. Grimthorpe, incluindo *A camareira da mansão*, seu primeiro best-seller mundial. Na capa da edição mais recente, um caminho sinuoso de rosas vermelho-sangue seguia em direção a uma propriedade monolítica onde se via uma luz sinistra brilhando de uma janela no andar superior. Senti um calafrio quando olhei para a pilha de exemplares. Eu sabia muito sobre o homem que escrevera aquele romance.

Naquele momento, o Sr. Snow me viu e me chamou. Contornei as mesas forradas de linho branco e fui até ele e a jovem.

— Molly — disse o Sr. Snow —, esta é a Srta. Serena Sharpe, a assistente de J. D. Grimthorpe.

Ela usava um vestido azul justo que abraçava sua silhueta tão perfeitamente que atraía todos os olhares da sala. A Srta. Sharpe sorriu para mim, mas o sorriso não alcançou seus olhos felinos. Havia algo no seu rosto de esfinge que eu não conseguia decifrar.

— Meu nome é Molly Gray, sou a camareira-chefe — falei, me apresentando.

— A Srta. Sharpe está revisando os detalhes finais para o Sr. Grimthorpe — explicou o Sr. Snow. — Garanti a ela que ninguém sem um passe VIP terá acesso a este salão e que chá e outras bebidas serão servidos exatamente às 9h15, precedendo a entrada do Sr. Grimthorpe, às dez em ponto.

As orientações metódicas do Sr. Snow não me pegaram desprevenida. Afinal, tínhamos passado horas revisando cada detalhe no dia anterior.

— Agradeço por nos acomodarem neste novo salão tão em cima da hora — disse a Srta. Sharpe. — Sei que solicitações como essa colocam um peso enorme sobre toda a equipe.

De fato, colocavam. Os prestadores de serviço aceleraram os últimos retoques nos azulejos do salão; os chefs e sous chefs elaboraram rapidamente um cardápio de chá completo, com sanduichinhos e tudo; o Sr. Preston providenciou segurança extra para o hotel; e eu fui encarregada de vasculhar nossos depósitos em busca de quinze conjuntos de chá de prata fina com seus respectivos talheres. Há tempos desenvolvi um grande talento quando o assunto é polir prata, então eu mesma lustrei todas as peças, uma por uma.

— É um prazer ajudar — garanti para a assistente do Sr. Grimthorpe. — Espero que estejam satisfeitos com nosso salão.

— Estamos — respondeu ela. — Na verdade, tudo está tão perfeito que acho que temos um tempo sobrando. Se estiverem interessados, posso pedir para que J. D. chegue mais cedo para autografar alguns livros para os funcionários.

O Sr. Snow ergueu as duas sobrancelhas.

— Seria maravilhoso! — exclamou ele, tirando o celular do bolso do terno transpassado para fazer uma série de ligações breves.

Em questão de minutos, um grupo ansioso de funcionários do hotel fez fila atrás do cordão na entrada do salão de chá. Angela, vestindo seu avental preto de garçonete, estava mais ou menos na metade da fila, e Cheryl, bem no começo. Já Lily se encontrava praticamente no fim, atrás de cozinheiros, lavadores de louça e outras camareiras.

— Peça para que entrem, Molly. De forma organizada — disse o Sr. Snow.

Então conduzi meus colegas de trabalho para que esperassem em uma fila em frente à mesa de livros onde uma cadeira vazia aguardava a chegada de nosso convidado literário VIP.

A Srta. Serena Sharpe bateu em uma porta escondida no painel ao lado do palco, que se abriu logo em seguida. Em seguida, o Sr. Grimthorpe apareceu, magro, esguio, com olhos atentos de falcão, cabelo grisalho desgrenhado e passos calculados e confiantes. Ele se sentou à mesa de autógrafos, e a Srta. Sharpe se aproximou para lhe entregar uma caneta-tinteiro preta e dourada. Um burburinho tomou conta da sala, e celulares começaram a pipocar, todos tentando tirar a melhor foto.

— Molly, não se esqueça de entrar na fila — lembrou o Sr. Snow. — Esta é sua única chance de ter um livro autografado pelo mestre do mistério.

Minhas pernas pareciam ser feitas de chumbo, mas mesmo assim fui até o fim da fila e ocupei meu lugar atrás de um carregador de malas que estava inquieto feito um esquilo.

Dei uma batidinha no seu ombro.

— Alguém avisou o Sr. Preston sobre os autógrafos para a equipe? — perguntei.

— Claro — respondeu ele. — Ele não quis vir. Disse que preferia respirar ar puro a se curvar para um autor.

— Ele disse isso?

— Aham — disse o jovem, e voltou as atenções para o homem na frente da sala.

O suor se acumulava na minha testa à medida que a fila andava e funcionários eufóricos saíam correndo com exemplares autografados do livro mais recente de J. D. Grimthorpe debaixo do braço.

— Molly, sua vez — indicou o Sr. Snow atrás de mim. — Vá.

E assim me vi diante do escritor.

— Seu nome? — perguntou o Sr. Grimthorpe, olhando para mim com uma expressão predatória.

— M-M-M-Molly — gaguejei.

— Prazer em conhecê-la. Eu sou J. D. Grimthorpe — apresentou-se, como se eu já não soubesse.

Ele rabiscou meu nome e um autógrafo no livro, depois o passou para mim, fazendo contato visual mais uma vez. E então esperei, mas ele não me reconheceu.

Como era possível que eu me lembrasse de tudo sobre ele, mas ele não se lembrasse de mim?

Capítulo 3

Antes

Na minha mente, revisito uma lembrança.
Tenho dez anos de idade e estou sentada com minha avó no banco de trás de um táxi com assentos de couro sintético. Seguro a maçaneta da porta com firmeza enquanto deixamos o centro da cidade e adentramos os subúrbios, onde uma casa é maior e mais bonita do que a outra. Estamos a caminho de um lugar muito especial, e estou praticando um truque de mágica com o qual já estou acostumada na minha cabeça, no qual eu desenho uma experiência desagradável recente em um quadro e depois a apago, fazendo-a sumir dos meus pensamentos. Se não para sempre, pelo menos por um tempinho.

Vovó, com seu cabelo com toques de grisalho e seus óculos na ponta do nariz, está sentada ao meu lado, bordando uma capa de almofada. É o passatempo favorito dela.

Uma vez, perguntei por que ela gostava de bordar.

— Para transformar algo comum em uma coisa extraordinária — respondeu vovó. — Além disso, é bom para aliviar o estresse.

Ela continua manuseando a agulha, puxando as linhas de cores vibrantes uma a uma através do tecido branco. Então, completa a primeira linha de uma frase — *Deus, conceda-me serenidade* — e começa a linha seguinte.

— O que vem agora? — pergunto.

Ela suspira e interrompe o bordado.

— Eu também queria saber.

— É alguma coisa sobre mudar — lembro a ela.

— Ah, você quer dizer o que vem depois na capa da almofada? *Conceda-me serenidade para aceitar as coisas que não posso mudar, coragem para mudar aquelas que posso...*

— ... *e sabedoria para discernir entre elas* — concluo.

— Isso mesmo — concorda vovó.

— Tem certeza de que podemos pagar? — pergunto, me mexendo no banco barulhento para mudar a posição do cinto de segurança, que está machucando minha cintura.

— Pagar o quê?

— Esse táxi. Vai custar muito caro, não? "Nada de desperdício e nada de esbanjar", não é o que você sempre diz?

— Podemos nos dar ao luxo de vez em quando, mas não sempre. Hoje sua avó está precisando esbanjar um pouquinho. — Ela sorri e volta a pegar a agulha.

— Conta de novo como é o lugar para onde estamos indo? — peço.

— É uma propriedade muito grande e toda decorada, com gramados enormes, jardins bem cuidados e vários quartos.

— É maior que o nosso apartamento?

Ela faz uma pausa, segurando a agulha no ar.

— Minha querida, é uma mansão com oito quartos grandes, biblioteca, salão de festas, estufa, escritório e uma sala de estar cheia de antiguidades de valor inestimável. É o exato oposto do nosso apartamentinho.

Ainda não consigo visualizar o lugar na minha cabeça, aquele tamanhão todo, aquela grandiosidade. Tento me lembrar da casa mais chique que já vi na TV. Foi em um episódio de *Columbo*, e era uma casa com janelas grandes, jardins ingleses e muita vegetação.

Mas quando o motorista do táxi vira uma última esquina e a vovó avisa que chegamos, percebo que nunca vi uma casa como aquela, nem na vida real nem na TV.

O táxi para em frente a portões imponentes de ferro forjado com lanças ameaçadoras no topo. O portão é ladeado por duas colunas de pedra e, mais para a frente, há uma torre de vigilância cinza de três andares com janelas escuras.

— Espere aí — diz vovó. — O guarda já vai nos deixar passar.

Vovó sai do táxi para pressionar um botão bege quase invisível na lateral de uma das colunas de pedra. Ela se aproxima do painel e fala alguma coisa. Depois, volta para o táxi e abre minha porta.

— Venha — chama ela.

Eu saio, segurando a almofada contra o peito enquanto o taxista abaixa o vidro.

— Posso levar a senhora até lá — oferece ele. — Não é trabalho nenhum.

— Não é necessário — responde ela, abrindo a bolsa para tirar algumas notas conquistadas com o suor de seu trabalho.

— Vou pegar o troco — diz o taxista, esticando-se para abrir o porta-luvas.

— Não, não — replica vovó. — Pode ficar.

— Obrigado, senhora.

O motorista levanta a janela e acena para nós antes de manobrar o táxi e voltar para a estrada de onde viemos.

Vovó e eu estamos entre as duas colunas de pedra do portão agora aberto. À frente há um caminho de paralelepípedos ladeado por jardins bem cuidados, com arbustos exuberantes carregados de rosas vermelhas, as maiores que já vi. No final do caminho, vejo uma mansão de três andares, com uma fachada lisa e cinzenta e oito janelas de estrutura preta dispostas em três fileiras: duas, duas e quatro. A construção como um todo me lembra uma aranha com oito olhos que eu e a vovó vimos uma vez no National Geographic. Vovó achou muito interessante, mas eu fiquei com medo.

Agarro a mão da minha avó.

— Não se preocupe. Está tudo bem — tranquiliza ela.

É apenas mais um dia de trabalho para a vovó, que é empregada na mansão Grimthorpe há muito tempo, mas é minha primeira visita. A vovó já descreveu muitos dos detalhes da mansão ao longo dos anos: o salão cheio de lembranças das turnês de livros do Sr. Grimthorpe no exterior ou herdadas da família; a obra de arte abstrata no corredor principal que a vovó chama de "entulho de gente rica"; e, mais recentemente, a estufa reformada ao lado da cozinha, com persianas automáticas que se abrem e se fecham apenas com um toque.

— E isso é só o começo — disse a vovó certa vez quando a pressionei para saber mais detalhes. — As luzes do corredor do andar de cima se acendem e se apagam quando detectam movimento.

— Então ninguém aperta o interruptor? — perguntei.

— Não — respondeu a vovó. — É como se a mansão soubesse que você está lá.

Soava sobrenatural, mágico, algo tirado de um conto de fadas. E apesar de a vovó ter descrito todos os detalhes da casa para mim, eu nunca a vira por mim mesma. E exatamente por isso me sentia como uma astronauta aterrissando na superfície de Marte. De qualquer forma, prefiro estar com minha avó a estar na escola, que é onde normalmente fico em dias de semana.

Na verdade, é de lá que estamos vindo. Da escola. Naquela manhã, vovó foi chamada para uma reunião com minha professora, a Sra. Cripps. Embora a professora fosse contra, vovó me deixou participar. Fomos encontrá-la na sala da diretora, que eu já tinha visitado mais vezes do que conseguia me lembrar, onde a Sra. Cripps estava sentada atrás da grande mesa de madeira e eu e vovó nos acomodamos nas cadeiras duras do outro lado.

— Obrigada por terem vindo — disse a Sra. Cripps.

Consigo enxergar o rosto dela na minha mente, aquele sorriso superficial que eu não compreendia na época. Para mim, ela era a imagem exata das boas maneiras. Agora sei que não era bem assim.

— Claro. A educação da minha neta é de extrema importância para mim — respondeu a vovó.

Mas, ao revisitar a lembrança, percebo como a vovó colocou as mãos de forma determinada sobre a mesa. Um gesto sutil, um apelo e uma declaração ao mesmo tempo.

— Posso perguntar onde está a mãe da Molly? Não que seja um problema falar com você, mas parece que pulamos uma geração.

— Molly mora comigo. Sou a responsável legal dela.

Eu estava prestes a dizer à vovó que ela não tinha respondido à pergunta, o que era motivo de repreensão para a Sra. Cripps, mas, quando abri a boca, senti a mão da vovó no meu joelho. O gesto me fez engolir as palavras, embora eu não tenha entendido o porquê daquilo naquele momento. Tentei desvendar a conexão entre uma coisa e outra cantarolando mentalmente uma música de criança sobre como o osso do pé está conectado ao osso da perna e assim por diante, mas analisei a letra de cabo a rabo e não encontrei nenhuma explicação que conectasse minha língua ao meu joelho.

Enquanto isso, a Sra. Cripps e a vovó continuavam a conversa educada.

— Não quero tomar muito do seu tempo, Sra. Gray. A senhora é uma mulher casada, certo? Devo chamá-la pelo sobrenome do seu marido?

— Pode continuar me chamando de Sra. Gray — respondeu a vovó.

— Molly disse que a senhora ainda trabalha. Devo dizer que é impressionante, considerando sua idade avançada.

Vovó pigarreou.

— Bom, a questão é que estamos a semanas do encerramento do ano letivo — explicou a Sra. Cripps. — Este é o momento em que começamos a pensar sobre o que vai acontecer com os alunos no próximo ano.

— Agradeço muito pelo planejamento antecipado — disse vovó. — Molly está ansiosa para ter um professor novo ano que vem, não é, Molly?

— Não vejo a hora — falei. — Também quero outros colegas de sala.

— Esse é justamente o problema, Sra. Gray — continuou a Sra. Cripps como se eu não tivesse falado nada. — Cheguei à difícil decisão de que o melhor para Molly é repetir um ano. Receio que o progresso dela não corresponda aos nossos padrões educacionais.

A vovó se mexeu na cadeira, olhando para mim e depois de volta para a Sra. Cripps.

— Não estou entendendo. Ela tira notas boas.

— Sim, as notas dela são satisfatórias. As habilidades linguísticas e de leitura da Molly são muito superiores às dos colegas. Ela frequentemente se mostra precoce demais, corrigindo a gramática dos outros alunos e ensinando palavras novas para eles.

Vovó reprimiu uma risada.

— Essa é a minha Molly.

— Mas a senhora compreende, ela é… diferente.

— Concordo plenamente — disse vovó. — Ela é uma garota singular. Mas, Sra. Cripps, já notou que, apesar de nossas diferenças, no fundo somos todos iguais?

Foi a vez de a Sra. Cripps ignorar a pergunta. Em vez de responder, ela disse:

— O desenvolvimento social da Molly é inferior ao esperado. Ela não fez nenhum amigo. Nesse sentido, está muito atrás. Sra. Gray, eu descreveria as habilidades sociais da Molly como... primitivas.

— Primitivas — repeti. Depois soletrei: — P-R-I-M-I-T-I-V-A-S. Primitivas.

Esperei que a vovó elogiasse meu acerto, mas ela não disse nada. Apesar de eu saber que tinha soletrado a palavra corretamente, ela parecia estar à beira das lágrimas.

Eu queria dizer a ela que ficaria tudo bem e que eu conhecia aquela palavra por causa do documentário do David Attenborough que tínhamos visto juntas. Era sobre macacos, animais muito incríveis, mas muitas vezes subestimados. Eles eram capazes de usar ferramentas primitivas para solucionar problemas, não apenas em laboratórios e zoológicos, mas também na natureza. Maravilhoso!

— Sra. Gray — continuou a Sra. Cripps —, no outro dia, Molly repreendeu um coleguinha por mastigar de boca aberta. Ela chega tão perto das crianças menores que as deixa com medo. E insiste em chamar o zelador de Sir Walter Vassouras. Alguns dias, ela se esconde em uma cabine do banheiro e se recusa a sair. Espero que a senhora entenda que ela não está no mesmo nível das crianças da mesma idade.

Vovó se endireitou na cadeira.

— Concordo plenamente. Ela *não está* no nível das outras crianças. Molly — disse a vovó, voltando-se para mim —, por que você se esconde no banheiro?

— Sujeira — respondi calmamente.

— Sujeira? — repetiu a vovó, e eu fiquei orgulhosa em ouvir a entonação delicada no final da palavra, que significava que ela queria ouvir mais.

— As outras crianças me chamaram para jogar futebol no recreio. Aceitei ser a goleira, mas só depois vi a poça de lama que ia de uma ponta da trave até a outra. Quando eu disse que não queria ficar no gol, as outras crianças do time me seguraram para que eu não fosse embora e meus sapatos ficaram sujos de lama. Quando gritei, eles jogaram lama em mim e disseram que era para eu me acostumar. "Lama não dá medo." Eles disseram isso.

Minha avó ficou de boca aberta, e então se virou para a Sra. Cripps sem saber o que dizer.

— Crianças são assim mesmo. Eles não fizeram por mal — comentou a professora. — Além disso, a Molly tem que aprender de alguma forma.

— Nisso nós concordamos — disse vovó. — Mas Molly certamente não precisa aprender dessa forma e os colegas da turma tampouco deveriam ser responsáveis pela educação dela.

Era uma ideia interessante. Confesso que, até aquele momento, nunca tinha me ocorrido que meus coleguinhas de sala também pudessem ser meus professores. Fiquei refletindo sobre os benefícios dessa forma de educação. O que eu estava aprendendo ao ter meu rosto enfiado no vaso sanitário do banheiro ou encontrando uma poça de cuspe dentro do meu estojo? O que eu estava aprendendo ao ser chamada de Molly Maluca, Frescurinha ou Molimpeza? Ou pelo apelido que eu mais detestava, DestrambeMolly? Quando meus colegas me machucavam fisicamente, os hematomas desapareciam com o tempo. Mas o peso das palavras — o estigma, a mágoa que ficava comigo — perdurava para sempre.

— Pode ser que Molly se beneficie de uma atenção individualizada — sugeriu a vovó, inclinando-se para a frente. — Talvez a escola possa fazer algumas adaptações para que ela se sinta mais à vontade em sala de aula. Quem sabe os professores não possam tentar novas abordagens que acomodem a Molly?

A Sra. Cripps deu uma risadinha e eu pensei ter perdido alguma piada.

— Sou professora há quase sete anos, depois de cinco anos de graduação. Acho que sei o que estou fazendo — disse a Sra. Cripps. — É claro que há diversas opções para uma criança como Molly. Separei alguns panfletos sobre especialistas particulares que você pode contratar para ajudá-la.

— Particulares — repetiu a avó. — Quer dizer que vai haver um custo.

— Certamente. A senhora não espera que educadores trabalhem de graça, não é?

— Não, claro que não — disse vovó, recolhendo as mãos.

— Esta é uma escola pública, Sra. Gray. Não podemos dar atenção exclusiva para uma criança só. Minha sala tem 35 alunos.

— Entendo. Mas, infelizmente, um especialista ou uma escola particular está além das minhas possibilidades.

— A senhora é empregada, correto? Doméstica?

Vovó assentiu.

— Molly fala sempre de você. Ela quer ser como a avó quando crescer. E, como diz o ditado, filho de peixe, peixinho é. Ela pode ser faxineira quando crescer. Talvez lavar pratos. Ambas carreiras parecem objetivos apropriados para uma garota como ela.

Vovó baixou os olhos para o colo. Depois de um momento, disse:

— Estou tendo dificuldade para compreender por que uma criança com boas notas vai repetir de ano. Não acho que essa seja a abordagem ideal. Agradeço por sua opinião sobre o assunto, mas posso falar com a diretora? — pediu vovó.

— A diretora sou eu — respondeu a Sra. Cripps. — Ainda não foi anunciado, mas o conselho achou melhor trazer alguém com um olhar fresco, alguém… um pouco mais jovem. A antiga diretora vai se aposentar no final do ano. Ela está de licença no momento. Licença por estresse — acrescentou ela em um sussurro, mas eu ouvi mesmo assim.

— Certo — disse vovó enquanto pegava a bolsa e se levantava repentinamente. — Vamos, Molly — chamou ela. — Não podemos perder tempo.

Segui minha avó até a porta.

— Espere — chamou a Sra. Cripps. — Molly fica. Ela tem um dia inteiro de aula pela frente.

— Nisso você se engana — replicou vovó. — Se vai obrigar minha neta a repetir de ano, o mínimo que posso fazer é poupá-la de ter que terminar este. Até logo.

E, com isso, ela me levou embora.

Na minha lembrança, uma mão quente aninha a minha. Um conforto simples e completo. Não estou mais na sala da nova diretora, e sim em frente à mansão Grimthorpe com a vovó.

— Vamos entrar? — pergunto.

— Vamos — responde ela.

— Eles sabem que estou indo junto?

— Não. Não fazem ideia.

— E se não me quiserem na casa enquanto você trabalha? E se eles não gostarem de mim? O que vamos fazer?

— Minha querida — diz a vovó. — Vamos lidar com isso da mesma forma com que lidamos com tudo.

— Como?

— Juntas — responde ela.

Capítulo 4

Lily e eu estamos esperando no escritório do Sr. Snow já faz uma eternidade. Nenhuma de nós disse uma palavra sequer em pelo menos dez minutos, o que, sem dúvidas, é mais estranho para mim do que para ela. Estou perambulando de um lado para outro pela sala enquanto ela continua imóvel na poltrona, pálida e abatida.

Foi horrível ver o Sr. Grimthorpe cair morto no chão, e ainda pior quando a polícia e os paramédicos entraram de repente, gritando: "Todos para fora! Imediatamente!" A multidão de pessoas marchou para a saída enquanto os paramédicos tentavam, sem sucesso, ressuscitar o homem inconsciente. Eu estava me preparando para seguir para fora da sala com os outros, mas Lily escapou de mim e acabou sendo prensada contra a parede. O terror estampado no rosto dela era tão nítido que até eu consegui entender na mesma hora. Ela parecia ter virado pedra bem ali onde estava, como se tivesse a intenção de se camuflar no papel de parede.

— Lily! — chamei, abrindo caminho até ela. — Venha comigo.

Segurei a mão gelada da minha aprendiz e saímos juntas do salão de chá, tentando não olhar para o corpo inerte e sem vida do Sr. Grimthorpe.

— Leve a menina para meu escritório, Molly — disse o Sr. Snow quando nos viu. — Talvez as autoridades queiram dar uma palavrinha com ela.

"Autoridades." A palavra me causou um calafrio.

Com Lily ao meu lado, abri caminho em meio à aglomeração que entupia o corredor inteiro, desde a porta do salão até o saguão principal. As integrantes fanáticas da SLDM e os jornalistas sedentos por um furo, todos com passes VIPs no pescoço, cochichavam baixinho.

— Ele morreu? O que aconteceu? O que ele ia dizer?

A notícia tinha se espalhado, atraindo cada vez mais pessoas em busca de detalhes sobre o infortúnio ocorrido no Regency Grand.

Enquanto nos apressávamos para atravessar o saguão, avistei o Sr. Preston com os braços abertos na entrada do hotel, tentando conter a multidão sob o brilho das luzes piscantes da ambulância. Lily parecia mais pesada a cada passo, e tive a sensação de que ela estava prestes a desabar.

— Fique firme, minha menina. Vai dar tudo certo — incentivei, segurando-a com força enquanto a conduzia pelos corredores dos fundos do hotel.

A verdade era que eu não tinha certeza se daria tudo certo, mas aprendi com a vovó a importância de manter a positividade em tempos sombrios.

Assim, passamos pelo labirinto de corredores até finalmente pararmos diante da porta do escritório do Sr. Snow.

— Camareira! — anunciei, batendo na porta, minha voz trêmula, mas com autoridade.

Ninguém respondeu, o que não foi surpresa, mas é importante seguir protocolos. Então, girei a maçaneta, que felizmente estava destrancada, e levei Lily até uma poltrona marrom, sobre a qual ela desabou como uma marionete abandonada. E ali ficou, encolhida e em silêncio, por mais de meia hora.

— Lily? — pergunto. — Você está bem?

Lily olha para mim, e nunca vi suas pupilas tão grandes.

— Estou com uma sensação horrível — sussurra ela. — Isso pode acabar muito mal. Para mim. Para nós.

Então um rosto aparece na porta, um rosto familiar e muito bem-vindo.

— Angela! — exclamo ao vê-la ali.

Vou correndo até ela e saio do escritório. Ela está com uma xícara de chá em mãos.

— É para você — disse ela. — Pensei que pudesse estar precisando.

— Obrigada. Não consigo acreditar, Angela. Não acredito que ele morreu.

— Nem eu. Vamos torcer para que exista uma boa explicação. Mas isso está cheirando mal, Molls. Mal do tipo os crimes reais que falam nos podcasts.

Sempre desmaiei com certa facilidade e, nesse momento, minha velha inimiga — a vertigem — ataca outra vez, provocando a terrível sensação de que o mundo inteiro está virando de cabeça para baixo sem que eu possa fazer nada a respeito. Para conseguir ficar de pé, eu me concentro na xícara que tenho em mãos.

Não é estranho como o sentido de algo pode mudar em um piscar de olhos? Há poucos meses, Angela me mostrou alguns podcasts de crimes reais e gostei muito da experiência. Ouvimos juntas um chamado *Uma Dúzia de Suspeitos*, sobre uma série de assassinatos de mafiosos nos subúrbios, e Angela adivinhou quem era o assassino dez minutos após o início do primeiro episódio.

— Uhul! — exclamou ela alegremente quando o assassino foi revelado no último episódio. — Eu sou um gênio.

Depois ela começou a dançar pela sala em comemoração à própria clarividência, agitando o cabelo ruivo.

Até alguns meses antes, conteúdos de crimes reais eram uma fuga divertida, mas agora só de pensar nisso já sinto minha visão ficando turva.

— Molly, você está bem? — pergunta Angela.

Faço que sim com a cabeça.

— Não se preocupe — tranquiliza ela. — Estou atenta. Se eu descobrir alguma coisa, aviso.

— Descobrir o quê?

— Molly — diz ela, tocando meu braço trêmulo. — Morrer de repente assim não é exatamente natural.

— Se não é natural, o que é? — pergunto.

— Pode ser um crime — respondeu ela, me encarando com olhos sombrios.

— Não sei. Minha avó sempre disse que não é bom colocar a carroça na frente dos bois.

— E a *minha* avó sempre me disse para dormir com um olho aberto — retrucou Angela. — Então é o que eu faço.

De repente, ouvimos um barulho de choro vindo de dentro do escritório do Sr. Snow. Ao espiarmos pela porta, vemos Lily com a cabeça nas mãos, aos prantos.

— Ela está bem? — pergunta Angela.

— Para falar a verdade, não sei — respondo em voz baixa.

Agradeço a Angela pela xícara de chá, e ela acena com a cabeça e vai embora. Quando entro no escritório, coloco a xícara na mesa ao lado da que trouxe para Lily antes.

— Tome. Uma boa xícara de chá cura todos os males. E se não curar, é só tomar outra.

Fico esperando um sorriso ou mesmo um olhar, mas não recebo nenhum dos dois.

Por um tempo, falo várias bobeiras sobre como o escritório do Sr. Snow é organizado, sobre as diferenças entre livros de capa dura e brochura e sobre como aprendi com minha avó não apenas dicas para polir prata, mas também boas práticas para limpar volumes de capa dura usando um pano sem fiapos e sabão para sela.

— Molly — diz Lily de repente.

Vou correndo até ela.

— Sim?

Seus olhos são como piscinas de pavor.

— Estou com medo.

— Eu sei — respondo. — Mas por quê?

— Porque um homem famoso morreu. Porque sempre culpam a camareira. Você mais do que ninguém deveria saber disso.

Seguro as mãos de Lily e estou prestes a começar meu melhor discurso sobre como o bem sempre vence o mal e como os mansos herdarão a terra, mas o Sr. Snow aparece na porta.

— Ah, graças a Deus — digo. — Que bom que…

Mas minhas palavras ficam entaladas na garganta, porque, quando ele entra na sala, traz consigo alguém que tive a terrível infelicidade de conhecer alguns anos atrás e que eu tinha esperanças de nunca mais voltar a ver. Ela é robusta, imponente, tem ombros largos e atléticos. Está usando suéter e calça pretos, mas o fato de estar à paisana e não de uniforme não contribui em nada para acalmar meus nervos.

— Olá, Molly — cumprimenta a detetive Stark, parando na entrada do escritório do Sr. Snow.

Sei que a etiqueta exige que eu diga algo como "que bom ver você" ou "é um prazer reencontrá-la depois de ter me acusado injustamente de assassinar o Sr. Black anos atrás e quase arruinado minha vida", mas aprendi que, se não consigo controlar as palavras na minha cabeça, é melhor não abrir o bico.

— Alguém ligou para a polícia quando o Sr. Grimthorpe desmaiou — explica o Sr. Snow. — A polícia chegou logo depois que você saiu, Molly.

— E eu cheguei não muito depois disso — informa a detetive Stark, enganchando os polegares no passador de cinto e inclinando-se para a frente e para trás sobre os calcanhares como um caubói do velho oeste. — Estar aqui é como um déjá-vu — acrescenta ela, dando uma olhada no escritório do Sr. Snow.

— Torço para que não seja o caso — digo. — Se você está aqui para uma investigação, seria preferível evitar erros crassos desta vez. Como minha avó dizia, *errar uma vez é humano, mas insistir no erro é burrice*.

O Sr. Snow pigarreia.

— Molly, sei que está abalada com os acontecimentos desta manhã.

Stark entra na sala e se depara com Lily, abatida e derrotada na cadeira.

— Parece que mais alguém está abalada — diz a detetive, acenando com a cabeça para Lily. — Soube que essa jovem serviu Grimthorpe pouco antes de ele morrer.

— A jovem tem nome. Esta é Lily Finch, minha estimada aprendiz. Espero que compreendam o silêncio dela. Acho que se encontra em um estado de choque.

— Posso? — pergunta a detetive, puxando uma cadeira para se sentar de frente para Lily antes que alguém possa responder. — Preciso fazer algumas perguntas — diz ela, a voz exageradamente alta.

Ela acha que Lily é surda?

— Os ouvidos dela funcionam muito bem — intervenho. Lily ainda está encarando as próprias mãos, que estão pálidas e fechadas no colo. — Ela não é muito falante, mas garanto que é uma camareira-aprendiz excepcional.

— Resta saber excepcional em quê — replica a detetive. — Lily, como já sabe, o Sr. Grimthorpe faleceu. Dei uma boa olhada no corpo dele agora há pouco e notei algumas coisas muito estranhas. Coisas suspeitas. Soube que você preparou o chá dele hoje de manhã.

— Como sabe disso? — questiono.

— Cheryl contou à detetive — responde o Sr. Snow. — Ela ficou no local do crime.

— E o que isso tem a ver com ele ter caído duro no chão? — pergunto.

A detetive vira-se na cadeira para ficar de frente para mim.

— Molly, homens não morrem de repente do nada — responde ela. — Geralmente precisam de uma ajudinha.

Ela volta a atenção para Lily outra vez.

— Lily, alguém além de você teve acesso ao carrinho de chá do escritor esta manhã?

Silêncio.

— Você viu alguma coisa fora do comum no hotel hoje? — pergunta a detetive Stark. — Aqui em cima ou até mesmo no subsolo, na cozinha?

Lily não responde. Seus olhos estão vidrados e sem foco. A palavra "catatônica" me vem à mente e fico tentada a soletrá-la em voz alta, um velho hábito, mas me esforço para não fazer isso.

— Detetive — intervenho mais uma vez —, a equipe da cozinha preparou dois carrinhos de chá para o Sr. Grimthorpe hoje de manhã. Um para ser servido antes do evento e outro durante. Lily ficou responsável apenas por transportar os dois carrinhos. E quanto a "coisas fora do comum no hotel", coisas estranhas acontecem com impressionante frequência no Regency Grand. Algumas semanas atrás, um hóspede trouxe uma cobra de estimação escondida para o hotel. Ela escapou e se aninhou em uma poltrona do saguão. Por sorte, notei a figura espiral clandestina sobre uma poltrona verde-esmeralda pouco antes de uma madame de bumbum avantajado sentar-se sobre ela. Ah, e você sabia que já flagrei um astro do pop enchendo o vaso sanitário com gelo até a boca para gelar champanhe? E ontem mesmo vários fãs do Sr. Grimthorpe estavam perambulando pelo hotel com passes VIPs falsificados no pescoço.

— Como sabia que eram falsos? — pergunta a detetive.

— Grimthrope — respondo.

— Como?

— As letras do nome de Grimthorpe estavam invertidas. Erro de ortografia — explico. — Um grande descuido.

— Molly tem um olhar de águia para detalhes — endossa o Sr. Snow.

— Hummm.

A detetive Stark franze um dos lados da boca, e então me lembro do cachorro do vizinho do outro lado da rua — ele faz exatamente a mesma coisa segundos antes de se lançar com força total contra a cerca. Talvez Lily também perceba, porque de repente começa a chorar de novo, enterrando o rosto nas mãos.

— Você não está em apuros, Lily — digo.

— Está cedo demais para dizer isso — contesta Stark.

— Lily não foi a única a tocar nos carrinhos de chá hoje de manhã. Eu também toquei porque tive que corrigir vários pequenos descuidos da equipe da cozinha. Eles estão com um funcionário a menos esta semana e, lamento dizer, estão deixando passar alguns deslizes.

A detetive se levanta e caminha pela sala. Depois de alguns passos, ela para bem na minha frente.

— Então você admite ter tocado no carrinho de chá.

— Admito — digo, levantando minha mão direita. — É meu dever como camareira-chefe verificar cada detalhe como controle de qualidade. E eu nunca falto com meu dever.

— Notou algo estranho no carrinho? Ou no que foi entregue antes? Alguma coisa errada? — pergunta a detetive.

Eu penso por um momento.

— Na verdade, sim. O guardanapo embaixo do bule de chá estava um pouco torto, mas eu o endireitei.

— Pelo amor de Deus — murmura a detetive Stark, esfregando a testa com uma das mãos. — Eu não quis dizer literalmente.

— Desculpe? — digo, mas também não no sentido literal.

O que realmente quero dizer é: *Não faço a mínima ideia do que você espera de mim.*

— O carrinho de chá — repete a detetive. — Estou perguntando se havia algo nele que poderia explicar um homem caindo morto no chão.

— A menos que o chá tenha sido envenenado, suponho que não — respondo.

Como se eu tivesse dito uma palavra mágica, a boca de Stark se curva em um sorriso astuto e Lily desata a chorar outra vez.

A detetive vira-se para o Sr. Snow.

— Preciso saber exatamente o que Grimthorpe disse no seu grande anúncio.

— Nada — responde o Sr. Snow. — Antes que ele pudesse dizer qualquer coisa importante, ele… ele…

— Morreu — completo. — Não faz sentido fazer rodeios. O Sr. Grimthorpe morreu antes de fazer o discurso.

A detetive Stark olha para o Sr. Snow.

— E tendo organizado o evento com Grimthorpe, o senhor não sabia o que ele iria anunciar?

— Infelizmente, não.

— Veja as anotações — sugiro.

— Anotações? — repete a detetive Stark, como um papagaio.

— Ele estava com anotações na mão quando subiu ao palco. Estão no púlpito — digo.

— É mesmo? — pergunta Stark cruzando os braços.

Não sei dizer se é uma pergunta de verdade. Pondero por um momento, tentando entender se aquele é um "É mesmo?" retórico ou se a detetive espera uma resposta dessa vez. Por excesso de cautela, decido acreditar na primeira opção.

A detetive Stark suspira de uma forma que minha avó teria descrito como "dramática e exagerada".

— Não encontramos nada no púlpito — afirma ela. — Ou em qualquer outro lugar do salão.

Ela se vira para Lily.

— É bom que você desembuche. Agora. E preciso que me acompanhe até o salão de chá e me explique o que aconteceu. Estamos entendidas?

Eu me posiciono entre ela e minha aprendiz assustada.

— Detetive, Lily não é capaz de falar no momento. Já passei por situações semelhantes antes. No meu caso, aconteceu quando pessoas falaram comigo de uma forma que eu não merecia. Entendo que esse assunto é urgente e, como minha boca está funcionando perfeitamente, ao menos por ora, me ofereço para acompanhar você ao salão e descrever os acontecimentos dessa manhã.

— Sem chance — responde a detetive.

— Espere um momento — interveio o Sr. Snow. — Molly estava logo ao lado de Lily. Ela viu tudo. Além disso, ela acabou de mencionar um objeto desaparecido que você e seus policiais não acharam na cena do crime. Ela pode ser mais útil do que você imagina.

— Eu realmente tenho um olhar de águia para detalhes.

— Embora deixe passar o mesmo número de detalhes que observa — acrescenta Stark.

Minha avó dizia que, quando a gente não tem nada de positivo para dizer, é melhor ficar calado. Por essa razão, mantenho o queixo erguido, os ombros eretos e a boca bem fechada.

O silêncio, entretanto, não demora a se tornar ensurdecedor.

A detetive suspira algumas vezes com seu toque teatral característico e por fim diz:

— Então vamos, Molly. Espero que você não esteja desperdiçando meu tempo.

Capítulo 5

Antes

Você alguma vez já se perguntou como seria voltar a lugares da sua infância para vê-los outra vez com um olhar adulto? Será que eles estariam iguais ou pareceriam menores, como objetos vistos por um espelho retrovisor, não exatamente porque estão diferentes, mas porque *você* está?

Na minha mente, ouço o barulho mecânico de um portão de ferro se fechando logo atrás de mim.

— Um passo após o outro. É o único jeito de chegar a algum lugar na vida — diz vovó.

Ela pousa a mão quente nas minhas costas para me conduzir pelo caminho ladeado de rosas que leva à mansão Grimthorpe.

— Tem certeza de que isso não é um museu?

— É uma residência particular, meu bem — explica minha avó. — Embora eu não queira usar o termo *lar*.

— Por quê? — pergunto.

— Você vai ver.

Enquanto seguimos, estico o braço para tocar as pétalas acetinadas das rosas vermelhas.

— Cuidado — alerta vovó. — Preste sempre atenção aos espinhos.

Retraio a mão e seguro a dela outra vez. Já estamos na metade do caminho.

— Tem mais gente trabalhando na mansão? Outras empregadas?

— Não mais. Os funcionários foram… dispensados. Há um jardineiro e o guarda que fica no posto de vigia próximo ao portão, mas eles não confiam em quase ninguém para ficar dentro da casa. É uma residência muito grande, mas eu sou praticamente a única que pode entrar lá hoje em dia.

— Praticamente?

— Quero dizer que a casa não é palco para muitas atividades sociais. Os Grimthorpe são muito reservados.

— Parece ótimo — observo.

— Daqui a pouco você vai conhecer a Sra. Grimthorpe, que exige obediência e lealdade a todo momento, mas o marido dela, o Sr. Grimthorpe, parece até estar invisível hoje em dia… exceto quando não é o caso.

Eu estremeço, pensando se tratar de algo sobrenatural, um espectro humano, um homem parcialmente invisível.

— Ele é um fantasma?

A vovó acha graça.

— De certa forma, sim. Ele é escritor e fica trancado no escritório a maior parte do tempo. A Sra. Grimthorpe jura de pés juntos que o temperamento desagradável do marido é sinal de genialidade artística, que ele está acima de nós, reles mortais. Devemos servir a ele e a ela sem questionar. Haja o que houver, Molly, *jamais* o atrapalhe. Mantenha distância. Ele age como um ogro às vezes, com um humor que varia de melancólico a diabólico.

Uma nova imagem do homem toma forma em minha mente: um ogro corpulento e peludo de olhinhos vermelhos e arredondados, com uma corcunda e mordida cruzada.

— E a Sra. Grimthorpe? Ela tem filhos?

— Não. Ela dedicou a vida toda a cuidar do marido e a zelar pelo nome da família.

— Mas ela pelo menos gosta de crianças?

— Duvido — responde minha avó. — Mas estamos prestes a descobrir.

Chegamos ao fim do caminho, deparando-nos com a gigantesca porta de entrada, onde há uma aldraba ameaçadora de ferro com formato de uma cabeça feroz de leão.

— Pode bater — diz vovó.

Então, pego a mandíbula pesada com minha mão pequena e a bato duas vezes contra a madeira espessa.

Ouço passos de salto alto do outro lado da porta, e a maçaneta gira. Volto correndo para o lado da minha avó.

Quando a porta se abre, vejo uma mulher mais ou menos da altura e da idade da vovó, de rosto comprido e lábios finos e curvados para baixo.

Minha avó se aproxima pé ante pé, abaixa os olhos e faz uma reverência, algo que eu nunca a vi fazer antes.

— Flora? — pergunta a mulher severa, com a voz lembrando um disco arranhado. — *O que diabos é isso?*

A mulher estreita os olhos para me encarar e eu me encolho contra o corpo da minha avó.

— Esta é Molly, minha neta — explica vovó, com a voz firme. — Peço humildemente sua permissão para que ela possa ficar aqui hoje.

— Ficar onde? — questiona a Sra. Grimthorpe.

— Madame, tivemos um imprevisto na escola de Molly hoje e não há ninguém com quem ela possa ficar enquanto eu trabalho. Gostaria de saber se ela poderia ficar aqui durante meu turno. Ela é uma boa menina, é muito comportada. Ela é… é o meu tesouro.

A Sra. Grimthorpe bufa e leva uma mão esguia à testa, como se aquela notícia tivesse provocado o despontar de uma terrível enxaqueca.

— A empregada querendo que os patrões sirvam de babá. É a coisa mais descabida que já ouvi. — Ela balança a cabeça. — Serei tolerante por hoje, mas saiba que minha benevolência tem limite. E esse limite é às cinco da tarde de hoje.

— Benevolência — digo. — B-E-N-E-V-O-L-Ê-N-C-I-A. Significa: bondade, boa vontade, caridade.

Depois faço uma reverência e inclino a cabeça, exatamente como vovó fez há pouco.

— O que diabos foi isso? — indaga a Sra. Grimthorpe.

— Ela soletra muito bem — explica vovó.

A Sra. Grimthorpe me encara com os olhos escuros.

— Há regras nesta casa, mocinha, e você deverá obedecer a cada uma delas.

— Eu gosto de regras — respondo.

— Ótimo. Regra número um: crianças devem ser vistas, mas não ouvidas. Melhor dizendo, crianças *não* devem ser vistas *nem* ouvidas.

Concordo com a cabeça por receio de falar e violar a regra número um.

— Regra número dois: não faça barulho, não saia gritando por aí, não chore, não corra, não dê um pio sequer.

Assinto outra vez.

— Regra número três: você não deve, *sob hipótese alguma*, atrapalhar o Sr. Grimthorpe. Ele não vai gostar disso e eu também não. O trabalho literário dele é de extrema importância e não deve ser interrompido. Entendido?

Faço que sim e aperto a mão da vovó com força.

— Molly é excepcionalmente educada e bem-comportada. Ela vai apenas ficar sentadinha na sala de estar.

— E como ela vai se distrair? — pergunta a Sra. Grimthorpe. — Uma mente ociosa é oficina do diabo. Não quero que ela destrua coisas pela casa por estar entediada.

— Vou me entreter com minha própria imaginação fértil — respondo, percebendo tarde demais que acabei de quebrar uma regra.

Eu me apresso em acrescentar um "madame" no fim da frase na esperança de que isso anule meu erro.

A Sra. Grimthorpe suspira e abre passagem, permitindo que entremos na mansão.

O saguão é mais amplo do que qualquer cômodo que eu já vi na vida, com um piso polido de mármore preto permeado por padrões geométricos intrincados e uma escada de carvalho escuro que serpenteia até o segundo andar. Há um espelho de moldura dourada de corpo inteiro na parede à esquerda que reflete meu rosto embasbacado. A moldura é tão dourada que, naquele momento, tenho certeza de que estou diante do espelho mágico da história da Branca de Neve. Já o teto é tão alto que sinto o pescoço doer ao me inclinar para olhar para ele, e há um lustre moderno e cintilante pendendo de uma fiação impossivelmente fina. No final do corredor, noto as pinturas nas paredes, exatamente como a vovó disse: não são imagens de figuras que reconheço, mas borrões de cores abstratas e ousadas que parecem ter sido arremessadas direto na tela em vez de pinceladas. A Sra. Grimthorpe fecha a porta atrás de nós com um estrondo.

— Vou te levar até a sala de estar, Molly. Você pode ficar brincando com meu bordado, que tal?

— Ande logo, Flora — apressa a Sra. Grimthorpe. — As janelas da estufa não vão se limpar sozinhas.

A Sra. Grimthorpe dá meia-volta e vai embora pelo corredor fazendo clique-claque com os saltos altos, depois desaparece nas misteriosas entranhas da mansão. Vovó me dá uma palmadinha no ombro e me conduz por portas de vidro duplo até o primeiro cômodo gigante à direita.

— Aqui é a sala de estar — anuncia ela.

É tanto para assimilar que fico um pouco atordoada. Vejo cadeiras azuis de espaldar alto, ornamentos cheios de detalhes que me lembram cobertura de bolo, pinturas clássicas por todas as paredes — navios e naufrágios, senhoras vestindo belas anáguas, grupos de caça cercando raposas de olhos arregalados em florestas verdejantes. E, na cornija logo acima da boca adormecida da lareira, bem no centro, está o objeto mais impressionante que já vi na vida. Apoiado sobre um intrincado pedestal manchado, está um ovo ornamental de brilho perolado incrustado de diamantes e outras pedras finas. Não é grande e caberia na palma da minha mão. É tão bonito que parece que estou hipnotizada. Não consigo desviar o olhar.

— É melhor fechar a boca para não entrar mosca, querida — aconselha vovó.

Eu obedeço, mas não dou conta de tirar os olhos daquele objeto fantástico sobre a lareira.

— Segundo a Sra. Grimthorpe, é um Fabergé — explica minha avó. — Uma preciosa antiguidade passada de geração em geração. É muito bonito, não acha?

— É um tesouro — respondo, deslumbrada.

— Sempre amei este cômodo — diz vovó. — Eles reformaram a entrada e alguns dos outros salões, mas este é meu favorito. Agora venha.

Vovó me desperta do meu momento de fascínio e me leva até uma das cadeiras azuis de encosto alto.

— Fique sentadinha aqui e continue a trabalhar na capa da almofada. Você pode costurar as flores rosadas e azuis do jeito que eu te ensinei. Lembra?

Eu me lembro. A agulha é o coelho: você o passa pelo buraco e depois dá um nó para que ele não possa escapar.

— Bom, é melhor eu ir cuidar da estufa. Se achou a Sra. Grimthorpe ranzinza agora, não vai querer vê-la se eu não começar a limpar logo as janelas.

Então a vovó faz uma coisa engraçada. Ela se agacha na minha frente e segura minhas mãos.

— Sinto muito — diz ela, e vejo seus olhos se encherem de lágrimas. — Você merece mais do que isso, mas não sei o que fazer.

Não sei por que ela está triste. Sinto um buraco na barriga ao ver as lágrimas correndo pelo rosto dela.

— Vovó, não chora — peço. — Você se esqueceu do que sempre fala sobre encontrar meu lugar feliz?

— Tudo fica bem quando isso acontece, não é?

— Sim — respondo. — E sabe de uma coisa, vovó?

— O quê?

— Eu acabei de encontrar.

Depois que a vovó vai embora, passo um tempão sentada na cadeira azul observando cada detalhe do cômodo, analisando, memorizando e registrando cada objeto em um livro imaginário. Dessa forma, mesmo que eu nunca mais volte à mansão dos Grimthorpe, poderei revisitá-la na memória sempre que quiser.

Aprendi essa técnica não faz muito tempo, durante uma excursão escolar à galeria nacional. Meus colegas de sala riram e zombaram de mim por ler todas as etiquetas de cada item da exposição, mas eu não me importei.

Nada era mais importante do que o que eu estava criando na minha mente — não era apenas um lugar feliz, mas um palácio feliz.

Depois de enumerar todas as pinturas, tapeçarias e obras de arte da sala de estar dos Grimthorpe, reproduzi os detalhes com os olhos fechados, e só depois de gravar a imagem completa peguei a almofada de bordado da vovó. Comecei a bordar uma flor rosa e azul, mas não demorou para que eu sentisse minhas pálpebras ficando pesadas. Deixei o bordado da vovó no colo e fechei os olhos.

De repente:

— Hora do chá!

Abro os olhos depressa e levo um instante para me lembrar de onde estou. Vejo vovó na minha frente e dou uma conferida no relógio na mesa de centro. Para minha surpresa, o ponteiro dos minutos já deu mais de uma volta completa.

— Estou vendo que aproveitou para descansar — diz vovó. — Não me surpreende que esteja cansada, Molly. Você teve uma manhã cheia.

Ao lado dela está um carrinho equipado com um bule de chá fumegante, uma xícara azul-turquesa sobre um pires delicado de porcelana, uma cesta de bolinhos de frutas vermelhas recém-assados, um pouco de requeijão chique em uma bela tigela rosa, uma tigela amarela com rodelas de limão, pequenos sanduíches de pepino em um pão sem crosta e uma colher de prata ornamentada.

— Para quem é toda essa comida? Você disse que os Grimthorpe nunca recebem visita.

A vovó dá risada.

— E não recebem mesmo. É tudo para você.

Eu nem acredito. Aos sábados, a vovó sempre faz um chá especial com *crumpets* para comermos juntas na mesinha de segunda mão na cozinha do nosso apartamento apertado. Uma vez, no meu aniversário de oito anos, vovó comprou um requeijão chique daqueles, tão delicioso que nunca esqueci o sabor. Perguntei se poderíamos comer aquilo todo fim de semana, mas ela fez que não com a cabeça.

— Queria que pudéssemos — disse ela. — Mas é muito caro.

A vovó começa a preparar o chá do jeito que eu gosto: com dois torrões de açúcar e um pouquinho de leite. Depois, coloca algumas das guloseimas em um prato e o apoia sobre a mesinha ao meu lado. Por fim, dobra um pano de prato limpo sobre o braço da cadeira onde eu estava sentada, imagino que para evitar migalhas e respingos.

— Não vai comer também, vó?

Quero que ela puxe uma cadeira para me fazer companhia. Mal posso esperar para contar tudo sobre meu palácio mental e sobre como memorizei todos os itens da sala, desde os faisões no tapete até a variedade de pedras finas no ovo Fabergé, para o caso de eu nunca mais voltar a visitar a gloriosa mansão.

— Não posso comer com você, Molly. Ainda tenho muitas janelas para limpar — explica ela. — Mas venho dar uma olhada em você depois. Hoje é dia de tirar pó. Mais tarde você pode me fazer companhia enquanto eu limpo este cômodo. Que tal?

— Tudo bem, vovó — respondo.

Depois de um afago na minha bochecha, ela vai embora outra vez.

Fico olhando encantada para o carrinho antes de pegar um bolinho e cobri-lo com requeijão e geleia. Depois pego outro. Devoro os dois e intercalo com goles de chá, que tem sabor de frutas cítricas e rosa. Quando termino a primeira xícara, sirvo mais uma usando as duas mãos, exatamente como a vovó me ensinou. Fico orgulhosa de mim mesma por não derramar uma gota sequer.

Tento me controlar e mastigar cada porção pelo menos vinte vezes antes de engolir, mas, em pouco tempo, a cesta de bolinhos está vazia e tudo o que resta dos sanduíches são migalhas. Devolvo os pratos ao carrinho de chá e, nesse momento, vejo o pano que minha avó deixou no braço da cadeira. Então tenho uma ideia: por que eu deveria passar tempo tomando chá e bordando quando posso ser útil?

Devemos sempre ajudar aqueles que precisam. Vovó me ensinou isso.

Assim, pego o pano e começo a espanar as migalhas da cadeira. Depois, adianto a tarefa da vovó tirando pó e polindo a mesinha até ficar brilhante. Percorro a sala limpando todas as superfícies, não apenas o tampo das mesas e cadeiras, mas também os quadros na parede, ao menos aqueles que consigo alcançar. Tiro pó do relógio na mesa de centro, dos livros de capa dura, dos berloques e das estátuas, da base dos abajures e das cúpulas, dos parapeitos e do caixilho das janelas.

Até que resta apenas um item no cômodo a ser polido — o fascinante, embora manchado, ovo Fabergé. Eu o pego da lareira e levo cuidadosamente até a cadeira, onde posiciono o precioso objeto no colo depois de me sentar. É mais pesado do que parece e ainda mais bonito de perto. A base arqueada do pedestal é decorada com florões intrincados e os diamantes e as pérolas opalescentes do ovo formam fileiras perfeitamente simétricas. O pedestal de ouro está descolorido e sem brilho, mas sei exatamente o que fazer para dar um jeito nisso.

Pego algumas rodelas de limão no carrinho e espremo o líquido nas pernas manchadas, como a vovó me ensinou quando limpamos a prata de segunda mão que temos em casa. Usando o pano que ela deixou, esfrego para limpar e polir. Quando termino, minhas mãos e dedos estão cansados, mas não há um único centímetro no pedestal dourado que não esteja lustroso e reluzente. Devolvo o ovo para seu lugar sobre a lareira e o coloco de volta na base, onde ele brilha como um pequeno sol.

Então ouço uma voz rouca atrás de mim.

— O que foi que você fez?

Eu me viro num susto.

A Sra. Grimthorpe está na porta da sala, apontando para o Fabergé brilhante com um dedo ossudo. Ouço passos apressados e, em seguida, a vovó também aparece à porta. Ela olha para o pano de limpeza e para a tigela de limões que deixei na cadeira.

— Molly — diz ela. — O que está fazendo?

— Pensei em ajudar você — respondo. — Hoje é dia de tirar pó. Aproveitei para dar polimento também. O Fabergé estava tão sujo, vovó. Acho que nunca limparam ele na vida.

Fico esperando que minha avó elogie minha iniciativa, mas, em vez disso, ela coloca uma mão sobre a boca.

— Criança maldita! — vocifera a Sra. Grimthorpe, quebrando a própria regra sobre gritar dentro de casa.

Ela se vira para minha vó.

— Ela tirou a pátina de uma antiguidade de valor inestimável!

— Mas eu não estraguei — insisto. — Veja como está brilhante.

— Sua imbecil! — esbraveja a Sra. Grimthorpe, apontando o dedo ossudo para mim como se eu fosse um sapo de cinco patas ou um bezerro de duas cabeças ou alguma outra abominação bizarra.

— Ela só estava tentando ajudar — diz minha avó.

— Ela é uma mentecapta! Ela arruinou e desvalorizou um Fabergé! Se eu contasse ao Sr. Grimthorpe o que você acabou de fazer, criança, você e sua avó seriam atiradas no olho da rua.

— Mas a vovó não fez nada — argumento. — Eu é que limpei o ovo.

— Calada — ordenou a Sra. Grimthorpe. — Você não sabe o que é *ficar de bico fechado?*

Esse é exatamente o tipo de coisa que dá um nó no meu cérebro. Como vou ficar calada quando me fazem uma pergunta? Minha avó intervém.

— Madame, eu consigo restaurar a pátina. Há métodos para isso que qualquer boa empregada conhece. O Sr. Grimthorpe não precisa ficar sabendo. Não me mande embora. A senhora sabe como é difícil encontrar pessoas confiáveis hoje em dia. Como a senhora sempre diz, *as coisas podem e vão piorar.*

— E você nunca vai encontrar uma empregada melhor do que minha avó — digo. — Nunquinha.

A Sra. Grimthorpe olha da vovó para mim, semicerrando os olhos com um semblante furioso.

— Sua avó é leal, às vezes até demais. Ao contrário de *outras* empregadas que já passaram por esta casa, ela ao menos compreende a importância do trabalho. Diferentemente de você, criança.

— Molly cometeu um erro. Só isso — insiste minha avó.

— Se sua neta quiser prosperar neste mundo, ela precisa aprender que toda ação tem uma consequência — diz a Sra. Grimthorpe. — A menina deve ser punida.

— Concordo plenamente — responde minha avó. — Ela merece uma punição rígida. A mais severa possível.

— Mas, vovó! — exclamo.

Fico surpresa ao vê-la concordando com a ideia quando ela sabe que eu só estava tentando ajudar. No entanto, quando olho para ela, minha avó coloca dois dedos sobre o queixo, nosso sinal secreto que significa que tudo ficará bem e que devo fazer o que ela diz. Então me calo imediatamente.

— O que eu proponho é que Molly trabalhe para pagar a dívida que tem com você. Crianças precisam ser disciplinadas, e não há melhor forma de fazer isso do que colocando-as para trabalhar. Não concorda?

A expressão da Sra. Grimthorpe se suaviza.

— Trabalhar? — repete ela. — O que tem em mente?

— Molly fará uso de seus talentos. Ela vai auxiliar na limpeza sem nenhum custo para a senhora.

A Sra. Grimthorpe sorri, mas seus olhos são inexpressivos.

— Suponho que o castigo seja adequado. Ela vai polir toda a prataria.

— Toda? — ecoa minha avó.

— Exatamente — responde a Sra. Grimthorpe.

— Mas vai demorar semanas!

— Sim. Vai.

Vovó olha para mim de uma maneira peculiar que não consigo decifrar. Seus olhos brilham tanto quanto o Fabergé.

— Venha, Molly. Vamos para o lugar onde você lidará com seu grande castigo.

Fico muito confusa. Não entendo o que está acontecendo, mas sigo a vovó e a Sra. Grimthorpe pelo longo corredor que atravessa a mansão. Passamos por um enorme salão de festas à esquerda, uma sala de jantar à direita, uma sala de bilhar e mais de um lavabo. Por fim, o amplo corredor termina na maior, mais limpa e mais impressionante cozinha que já vi. As paredes são repletas de janelas que vão do chão ao teto e que dão para uma estufa de vidro e gramados tão verdes e bem cuidados que parecem ter saído de um conto de fadas.

— Depressa, criança — ordena a Sra. Grimthorpe, marchando para o outro lado da cozinha.

Ela abre uma porta e acende a luz. O cômodo tem o dobro do tamanho do meu quarto e é forrado de prateleiras que tomam todas as paredes, abarrotadas de bandejas de prata, pratos de prata, tigelas de prata, bules de prata, travessas de prata e incontáveis faqueiros de prata, completos com facas, garfos e colheres. Aquilo me parece inconcebível. Como um casal pode ter tanta prata? Será que acabamos de encontrar o tesouro secreto de um pirata ou entramos no covil secreto de um dragão?

— Esta é a despensa de prata — anuncia a Sra. Grimthorpe. — Está tudo manchado, completamente sujo. Certa vez despedi uma empregada por se recusar a polir a prata. Ela disse que era perda de tempo. E, entre muitas desculpas estapafúrdias, alegou que o produto abrasivo usado para polimento feria as mãos dela. Onde já se viu?

— Vovó, por que você nunca poliu a prataria?

— Porque sua avó tem outras responsabilidades! — exclama a Sra. Grimthorpe. — Que incluem cuidar de toda a mansão e atender às muitas necessidades do meu marido. Consegue entender que é um privilégio estar perto de um gênio da arte como ele? Ao servi-lo, servimos à própria criatividade.

Faço que sim com a cabeça para demonstrar que compreendi e depois levanto a mão como faria na sala de aula quando tenho uma pergunta importantíssima.

A Sra. Grimthorpe faz uma careta.

— O que foi desta vez?

— Quer dizer que posso vir para a mansão todos os dias em vez de ir para a escola? E quer dizer que tenho que limpar essas coisas de prata?

Olho para a vovó e ela faz o sinal sobre o queixo de novo. Fico imóvel feito uma estátua e paro de falar.

— Você é uma criança desobediente e indisciplinada — diz a Sra. Grimthorpe. — Mas espero que, ao contrário de suas antecessoras, você se saia melhor. Como um gesto de bondade, você terá uma segunda chance. Você deve vir todos os dias para trabalhar e compensar o dano feito a uma antiguidade de valor inestimável que pertence ao Sr. Grimthorpe. Vai limpar e polir toda a prata desta despensa.

Eu mal consigo acreditar na minha sorte. Começo a pular de tanta empolgação e olho para a vovó, que parece estar contendo um sorriso.

— Que maravilhoso — digo, olhando atentamente para a Sra. Grimthorpe.

— Mas tenho só mais uma pergunta. Posso começar a limpar agora mesmo?

Capítulo 6

A detetive Stark sai do escritório, deixando o Sr. Snow e Lily para trás. Eu a acompanho, conforme o combinado, mas ela para de repente quando o corredor se bifurca, e quase dou um encontrão nas costas dela.

— Para onde fica o salão de chá? — pergunta ela.

— Depende — respondo. — Você prefere a rota mais interessante pelo saguão ou a rota mais rápida pelos corredores dos fundos?

— Só quero chegar lá o mais rápido possível, pode ser ou está difícil? — diz ela num tom que identifiquei como insolente.

— Muito bem — digo. — Promessa é dívida.

Viro à esquerda e conduzo a detetive pelos corredores dos fundos, dobrando à esquerda de novo, depois à direita e depois à esquerda mais uma vez, até que chegamos ao salão. Há uma fita de isolamento bloqueando a entrada. Uma inquietação profunda me assombra mais uma vez, uma ansiedade crescente em relação a tudo o que aconteceu de manhã. Quando olho para dentro da sala, fico abismada.

— Com o tempo você se acostuma — comenta Stark.

Ela está se referindo ao Sr. Grimthorpe, cujo corpo está estirado no meio do salão dentro de um saco preto do qual dois policiais uniformizados estão fechando o zíper. Mas não fiquei chocada com o cadáver do Sr. Grimthorpe. O que me perturbou foi o estado do salão. Depois de todo o meu trabalho incansável, está tudo uma bagunça. As toalhas de mesa estão tortas e molhadas de chá, os pratos, espalhados por todo lado. A sujeira deixou o chão grudento, e há sanduíches pisoteados em alguns lugares. Fico surpresa por nada mais estar quebrado além da xícara de chá do Sr. Grimthorpe, cujos cacos estão espalhados ao redor do saco no qual seu corpo repousa.

— Como sabe, detetive, já estive diante da morte antes.

Mas não digo que não estou tão abalada assim com a morte do Sr. Grimthorpe e que, às vezes, o destino inexplicavelmente tende a dar às pessoas exatamente o que elas merecem. Também não menciono minha conexão com o morto. Se tem uma coisa que aprendi com *Columbo* e com experiências anteriores, é que aqueles que conhecem os falecidos rapidamente viram suspeitos, e essa é a última coisa que quero ser no momento.

Olhar para o salão me deixa triste. Eu estava tão orgulhosa por termos transformado um depósito esquecido e empoeirado em um espaço lindo de eventos...

Mas então me dou conta de que um cômodo é apenas a casca. Qualquer espaço pode ser arruinado pela memória do que ocorreu dentro dele: um salão de chá, uma biblioteca, uma sala de visitas...

De repente começo a me sentir zonza e o mundo parece girar. Atrás de mim, ouço alguém fungar e soluçar.

— Ele realmente está... morto? — pergunta uma voz trêmula.

A detetive Stark e eu nos viramos.

No corredor, há um grupo tão grudado de mulheres de meia-idade que é difícil dizer onde uma pessoa termina e a outra começa. Todas estão usando cordões com passes VIPs e broches idênticos no peito com os dizeres FÃ NÚMERO 1 DO J. D. GRIMTHORPE.

— Quem são vocês? — pergunta Stark.

— Somos da SLDM — responde uma mulher alta de cabelo cacheado e grisalho à frente do grupo.

É a presidente, que eu imediatamente reconheço pela bandeirinha vermelha que carrega. Por dias ela empunhou a bandeirinha, liderando o grupo pelo hotel na esperança de ver o famoso escritor em pessoa, conseguir um autógrafo ou, ainda melhor, tirar uma selfie com ele.

— É um fã-clube — explico para a detetive. — São leitoras ávidas de romances de mistério que estudam o Sr. Grimthorpe e sua *oeuvre*.

— Não somos *apenas* um fã-clube, somos entusiastas de mistérios — contesta outra mulher grisalha, apontando para o broche de FÃ NÚMERO 1 preso sobre o suéter marrom no peito.

O suéter parece ser feito inteiramente de pelos de gato e, se não for o caso, está com tanto pelo que quase não dá para ver o material de verdade.

— Vivo ou morto, na saúde ou na doença, nós nos devotamos ao mestre do mistério! — exclama do meio do grupo uma mulher franzina de cabelo grisalho com mechas fúcsia. — Em nossa memória e nosso coração, J. D. vive *in perpetuum*.

— Quer dizer "para sempre" — digo, me lembrando de quando aprendi o significado daquelas palavras.

Várias, se não todas, as mulheres começam a chorar em uníssono. Um pacotinho de lenços de papel aparece de algum lugar do grupo e é passado de mão em mão entre as fãs.

— Você é detetive? — pergunta a presidente, apontando para Stark com a bandeirinha vermelha.

— Sou — responde ela.

— Sabe qual foi a causa da morte? — indaga outra mulher do aglomerado de fãs.

— É o que estou aqui para descobrir — replica Stark.

— Ele foi assassinado? — pergunta a mulher baixinha do cabelo fúcsia.

— Nenhuma hipótese foi descartada ainda — responde a detetive.

— Eu posso ajudar — oferece a mulher com o suéter de pelo de gato. — Sou expert em J. D. Grimthorpe.

— Eu já tenho mais ajuda do que gostaria — retruca Stark, dando uma olhada para mim. — Tudo o que necessito de vocês agora é privacidade. Preciso que se retirem imediatamente.

A presidente concorda com a cabeça.

— Pode deixar. Meninas, abram espaço para a detetive. — Ela levanta a bandeira vermelha para organizar as outras mulheres. — Detetive, estamos aqui caso mude de ideia e precise de informações — acrescenta enquanto conduz o grupo para que se afaste da entrada do salão.

— Por favor, não se esqueça da gente — pede a mulher com as mechas fúcsia.

— Não esqueceria nem se tentasse — responde a detetive Stark.

O grupo desaparece de vista, liderado pela presidente.

Depois de elas terem se retirado, a detetive levanta a fita de isolamento policial em frente à porta.

— Entre, Molly — ordena ela.

— Que gentileza — digo, me abaixando para passar por baixo da fita.

A detetive Stark vem logo atrás de mim.

Os dois policiais que estavam fechando o saco caminham até nós.

— Descobriram alguma coisa? — pergunta Stark.

— Urticária ao redor da boca, angioedema debaixo dos olhos.

— Ou seja, inchaço consistente com falência de órgãos ou até mesmo parada cardíaca — digo. — Mas o que é que faz um coração parar? Essa é a grande pergunta, não é?

Os policiais viram-se para mim como se só agora tivessem notado a minha presença.

— Quem diabos é essa aí? — pergunta o mais alto.

— Molly. Ela é só a camareira — responde a detetive Stark.

— Camareira Molly, tipo Molly Maid, o serviço de limpeza? Tá brincando — diz o policial mais baixo.

— Queria estar — responde Stark *sotto voce,* mas não tão *sotto voce* a ponto de eu não ouvir.

— E o que a camareira está fazendo na cena do crime? — indaga o outro.

— Estão tratando isso como uma cena do crime? — pergunto. — É melhor não criar teorias nem ficar imaginando coisas sem saber. Imaginação é como Imagem e Ação, muitas vezes passa longe da realidade.

Por alguma razão que não compreendo, a detetive Stark revira os olhos e os policiais parecem atônitos.

— Podem ignorá-la — diz Stark. — Ela é assunto meu. Voltem ao trabalho.

— Mas tenho que limpar essa bagunça — digo à detetive. — Vai demorar um pouco para que o salão volte ao estado de perfeição inicial.

— Nem pensar. Nada de limpeza — adverte ela.

Foi só então que percebi como aquele impulso tinha sido tolo.

Os dois policiais voltam a atenção para a bagunça do outro lado do salão. Stark tira um caderninho do bolso.

— Certo, vamos fazer isso de uma vez. Quero que descreva como este cômodo estava antes do evento. Pode me dizer quem e o que estava em que lugar antes de o Sr. Grimthorpe subir ao palco? Cada detalhe importa. Está entendendo?

— Entendo perfeitamente — respondo enquanto volto no tempo até aquela manhã e puxo da memória um retrato perfeito do salão de chá em toda a sua glória, cheio de convidados à espera do Sr. Grimthorpe. — Às 9h15, todos os convidados estavam sentados. Os porteiros, garçons e camareiras estavam enfileirados nas laterais do salão. Eu estava bem ali, perto da parte da frente, ao lado de Lily. Os fotógrafos e jornalistas estavam logo atrás.

— E aquela mesa? — pergunta Stark.

— Os livreiros estavam lá. E Lily estava levando o carrinho de chá do Sr. Grimthorpe.

— O carrinho é aquele ali? — Ela aponta para um carrinho perto do palco.

— É, sim — respondo. — Quero dizer, *era*.

— Rapazes! — grita a detetive Stark. — Aquele é o carrinho de chá de Grimthorpe.

Eles assentem e, de luvas, começam a inspecioná-lo.

— Grimthorpe já estava aqui quando vocês entraram? — pergunta Stark.

— Não. Estava lá dentro, atrás da porta que se camufla no painel. A Srta. Serena Sharpe, assistente do Sr. Grimthorpe, bateu na porta. Então o Sr. Grimthorpe saiu. Todos ficaram em silêncio absoluto quando ele apareceu no palco e colocou as anotações no púlpito.

— Certo. As anotações. Rapazes! — grita ela. — Localizaram alguma anotação?

— Não, senhora — responde o policial alto.

O outro balança a cabeça.

— E o que aconteceu depois, Molly? — pergunta Stark enquanto rabisca no caderninho.

— O Sr. Grimthorpe pigarreou, pediu uma xícara de chá, que Lily serviu, e foi direto para o palco.

— Vamos mandar o chá daquele bule para teste em laboratório.

— Não é necessário — digo. — Era chá preto, *English Breakfast*. Posso afirmar com toda certeza.

— Quero dizer um teste de toxinas, Molly. Entendeu? Queremos saber se alguém, tipo a idiota no escritório do Sr. Snow, colocou algo no chá.

— Não há necessidade para insultos — respondo. — Quanto ao chá de Grimthorpe, certamente havia algo nele. Mel.

— Mel — repete a detetive Stark.

— Sim. Do pote de mel que eu coloquei no carrinho de chá. Como disse, antes do evento eu mesma inspecionei o carrinho e notei falhas no controle de qualidade. O Sr. Grimthorpe toma chá com mel, não açúcar. Arrumei uma toalhinha que estava torta e troquei o açucareiro por um pote de mel.

— Rapazes! — grita ela outra vez. — Encontrem o pote de mel no carrinho.

Os homens procuram pelo pote, mas não o encontram.

— Tem que estar lá — digo. — É um pote de prata fina com um recorte na tampa para uma colher do Regency Grand.

Vou até o carrinho, mas, quando me aproximo, tudo o que vejo é a toalhinha sobre a bandeja de prata.

— Não está aqui — informo.

Dou uma olhada em volta. Há açucareiros em todas as mesas, mas nenhum pote de mel, já que não fazem parte do menu habitual para o chá.

— Que estranho — digo. — O próprio Sr. Grimthorpe saiu do palco para colocar mais mel no chá.

— Ele usou aquela xícara que está quebrada no chão? — pergunta a detetive Stark.

— Isso mesmo. Todos nós vimos. Ele tomou vários goles ali mesmo e mais alguns quando retornou ao palco. Depois apoiou a xícara e começou a falar. Ele estava prestes a revelar um segredo, foi o que disse, mas então começou a cambalear, quase como se estivesse embriagado. E aí tombou para a frente e despencou em cima da Lily, coitadinha.

— E a xícara de chá dele voou pelos ares — observa Stark.

— Sim — confirmo, olhando para os cacos no chão. — E a colher e o pires também.

A detetive Stark vai até a xícara e o pires quebrados no chão, agachando-se com cuidado ao lado dos cacos. Ela se volta para os policiais.

— Rapazes, vocês recolheram uma colher do chão?

— Não — responde o mais alto.

O outro nega com a cabeça.

Ela anota alguma coisa e vira a página do caderninho.

— O que aconteceu depois que o Grimthorpe caiu?

— Todos correram até o palco. Algumas pessoas gritaram pedindo ajuda, outras se acotovelaram para ver o que tinha acontecido. Eu fui até lá e tirei Lily de baixo dele. O Sr. Snow e a assistente, a Srta. Serena Sharpe, estavam tentando reanimar o Sr. Grimthorpe.

A detetive ergue o olhar do caderno.

— Onde acha que ela está agora? A assistente?

— No quarto dela, talvez? Fica ao lado do quarto do Sr. Grimthorpe, no segundo andar.

— Quartos vizinhos? Com o chefe? — pergunta a detetive. Ela olha para os policiais. — Algum de vocês pensou em deter e interrogar a assistente?

Os dois desviam o olhar.

A detetive Stark fecha o caderninho.

— Não podemos perder tempo — conclui ela, indo em direção à saída.

— Para onde está indo? — pergunto.

— Encontrar Serena Sharpe.

Eu acompanho a detetive e saímos do salão, passando pelo saguão do hotel e seguindo rumo aos elevadores. Há vários hóspedes esperando.

— Está dispensada. Pode ir cuidar das suas coisas — diz a detetive Stark, apertando o botão para subir com muito mais força do que o necessário. — Mas não saia deste hotel ainda, Molly, entendeu? E não deixe aquela sua aminguinha sair também.

— Está bem. E como exatamente pretende entrar no quarto da Srta. Sharpe se ela não estiver lá? Alguém te forneceu uma chave? O Sr. Snow, talvez? Imagino também que seja necessário um mandado, já que não pode entrar no quarto de um hóspede assim… a não ser, é claro, que seja uma camareira.

Eu mostro meu cartão-chave mestra.

Stark dá uma olhada nos hóspedes ao redor. Será a iluminação do saguão ou estou vendo uma coloração avermelhada subindo pelo pescoço dela até as maçãs do rosto?

— Tudo bem — murmura ela baixinho. — Pode vir também. E, se alguém perguntar, tecnicamente será você quem vai entrar no quarto, não eu, entendeu?

— Como quiser.

Então algo que nunca ocorreu em todos os meus anos como camareira de hotel acontece: as portas do elevador se abrem e os hóspedes que estão por perto abrem passagem para que eu e a detetive entremos, e ninguém entra no elevador em seguida. Consigo ouvir os sussurros: *Quem é aquela mulher de preto? Ela parece uma detetive à paisana! Então isso quer dizer que Grimthorpe foi assassinado?*

Quando as portas se fecham, eu aperto o botão para o segundo andar. Stark e eu ficamos em silêncio até soar a campainha do elevador e as portas se abrirem.

— Por aqui.

Conduzo a detetive Stark até a suíte da Srta. Sharpe, número 201. Ela espera alguns passos atrás quando bato na porta.

— Camareira! — anuncio com uma voz firme e cheia de autoridade. — Mas dessa vez não estou aqui para limpar o quarto. Pelo contrário, estou com uma pessoa que deseja falar com a senhora.

Nós esperamos, mas ninguém responde. Eu me viro para a detetive.

— Estritamente falando e de acordo com minhas próprias regras, apenas a camareira da Srta. Sharpe pode entrar no quarto e essa não sou eu. Mas vou abrir uma exceção desta vez.

— Fico eternamente grata — responde a detetive Stark, embora seu tom de voz me faça questionar se está mesmo falando sério.

Eu uso meu cartão-chave mestra e abro a porta. A detetive permanece do lado de fora, mas estica o pescoço para dentro, olhando de um lado para outro. Sei o que está fazendo porque também faço isso. Ela está memorizando os detalhes do quarto, guardando-os na mente para estudá-los mais tarde.

A cama está recém-arrumada e a colcha está envelopada. Os copos de água na mesa estão equipados com as tampas higiênicas. O carpete foi aspirado há pouco tempo em fileiras como as de um jardim zen. Não apenas o quarto foi limpo recentemente como a Srta. Sharpe também claramente foi embora. Não há malas no quarto nem quaisquer resquícios de itens pessoais.

— Está tudo bem, Molly? — pergunta alguém atrás de mim. — Limpamos tudo direito?

Ao me virar, me deparo com Sunshine e Sunitha, duas camareiras mais experientes, paradas na porta ao lado da detetive, com um carrinho de limpeza.

— Alguma de vocês viu a Srta. Sharpe? — pergunto às camareiras.

Sunshine faz que não com a cabeça.

— A recepção disse que ela já fez o check-out. Nos disseram para limpar esta suíte e a suíte vizinha, do Sr. Grimthorpe. Ele também já fez o check-out.

— É. Fez mesmo — diz a detetive Stark.

— Ele morreu — explico às camareiras. — Está 100% morto.

O queixo de Sunitha vai ao chão e Sunshine arregala os olhos.

— Não ficaram sabendo? — pergunto.

— Estamos com duas camareiras a menos, já que você e Lily ficaram responsáveis pelo salão de chá. Na verdade, este quarto é responsabilidade da Lily, mas Cheryl nos disse para vir limpar. Não saímos deste andar a manhã toda — conta Sunshine.

— Posso dar uma olhada no lixo de vocês? — pergunta a detetive.

Sunshine e Sunitha trocam um olhar, como se achassem que a mulher gigante vestida de preto da cabeça aos pés fosse maluca, malvada ou uma mistura dos dois.

— Ela veio investigar — esclareço. — Por favor, tragam os sacos de lixo deste cômodo.

Sunitha acena com a cabeça, depois mexe no carrinho e puxa um saquinho de lixo branco, que passa para a detetive Stark.

— Vocês têm luvas? — pergunta Stark.

Sunshine pega um par de luvas descartáveis do carrinho e também as entrega para a detetive. Stark coloca as luvas, abre o saco, vasculha por alguns instantes e depois puxa algo do fundo: um bilhete amassado em papel timbrado do Regency Grand. Ela desamassa o papel e eu leio por cima de seu ombro:

Você é um anjo.
Atenciosamente,
Seu maior admirador

A caligrafia é perfeita e foi feita com uma caneta-tinteiro, a julgar pelas curvas e traços graciosos. Parece muito familiar, mas ainda assim não consigo identificá-la.

— Essa letra é do Sr. Grimthorpe? — pergunta a detetive.

— Definitivamente não — respondo no ato.

A detetive olha para mim de sobrancelhas franzidas.

— Como tem tanta certeza?

Minha mente está a mil. Meu coração dispara. Minha vista começa a escurecer.

— Porque… porque ele estava autografando livros. Para mim e outras pessoas — digo. — Não é a mesma letra.

— Hummm — responde Stark.

Sunshine e Sunitha acompanham a conversa olhando de uma de nós para a outra, como se estivessem vendo uma partida de tênis, mas, como são treinadas para servir os hóspedes em vez de questioná-los, não fazem perguntas.

— Senhoras, Sharpe deixou mais alguma coisa no quarto?

— Sim — responde Sunshine. — Aquilo.

Ela aponta para um vaso de vidro em cima do carrinho, com doze rosas vermelhas de caule longo.

— Achamos um desperdício jogar as flores fora e ficamos com elas. Íamos perguntar para você se tem problema, Molly.

Eu me solidarizo no mesmo instante com o dilema de minhas camareiras bem-intencionadas. Por um lado, o *Guia & Manual de Arrumação, Limpeza e Manutenção da Camareira para um Estado de Absoluta Perfeição* (livro oficial de diretrizes que eu mesma criei e escrevi) atesta que os itens deixados pelos hóspedes devem ser levados ao Achados e Perdidos da recepção. No entanto, também há uma subcláusula que diz que quando e se tais itens forem considerados descartados em vez de esquecidos, poderão ser levados pelas camareiras para uso pessoal.

— Podem ficar com as flores — digo. — Nada de desperdício por aqui.

— E no quarto do Sr. Grimthorpe? — pergunta Stark. — Ficou alguma coisa lá?

Sunitha nega com a cabeça.

— Nada no lixo?

— Nada no quarto inteiro — diz Sunshine. — Malas, lixo, nada. Só a cama estava desarrumada.

— Então o chefe morre de repente e ela simplesmente dá no pé?

A detetive Stark semicerra os olhos, dobrando o bilhete que estava no lixo e guardando-o no caderninho. Depois vai até o carrinho, coloca o saco de lixo na lixeira e descarta as luvas.

— É só isso por enquanto — anuncia ela, virando-se e indo embora.

— Para onde está indo agora? — pergunto, me apressando para acompanhá-la.

— Para a delegacia.

— A investigação está concluída?

Ela para e se vira sem aviso, e quase topo de frente com ela.

— Longe disso. Para o seu bem e da sua amiguinha, é melhor torcer para que tudo esteja limpo no salão de chá.

— Ah, não tenha dúvidas — garanto. — Tudo vai estar um brinco quando eu terminar a limpeza.

— Não estou falando da limpeza, Molly. Estou falando dos testes toxicológicos. Estou falando do chá que estava no carrinho.

— Eu entendi bem o que você disse, detetive. *Você* entendeu o que *eu* quis dizer?

A detetive Stark coloca as mãos nos quadris.

— Vou fazer uma pergunta muito direta. Você sabe de alguma camareira ou outro funcionário do hotel, seja você ou outra pessoa, que tivesse motivos para detestar o Sr. Grimthorpe?

Eu hesito porque não sei como responder. A verdade é que sei de uma camareira que tinha motivos para detestar o Sr. Grimthorpe. Mas também sei que essa camareira está morta.

Capítulo 7

Antes

Eu me lembro do que aconteceu como se fosse ontem. É a noite depois do primeiro dia que passei trabalhando com a vovó na mansão dos Grimthorpe. Já estou em casa. Vovó já me colocou na cama e me deu boa-noite. Fecho os olhos e caio no sono mais profundo e mais gostoso da minha vida.

Pela primeira vez em muito tempo, não sou atormentada por pesadelos sobre as torturas que esperavam por mim na escola no dia seguinte. Em vez disso, meus sonhos são vislumbres de prata e ovos Fabergé dançando na minha cabeça, brilhantes e reluzentes. De manhã, acordo cheia de energia e animada para passar mais um dia na mansão.

Vovó e eu partimos às 8h15. Hoje não vai ter corrida cara de táxi. Primeiro vamos seguir a pé, depois de ônibus, e depois em outro ônibus. Durante o longo trajeto, conto para minha avó a grande revelação que tive antes de dormir na noite anterior.

— Já decidi. Já sei o que quero ser quando crescer.

— É mesmo? O quê?

— Quero cuidar da limpeza igual a você.

— Ah, eu não recomendo — diz a vovó. — Esse tipo de emprego tem muitas desvantagens. E você pode sonhar mais alto, com essa mente afiada.

— Como assim, "sonhar mais alto"? Eu quero fazer faxina — insisto.

— Muito bem, então — diz vovó, dando tapinhas na minha mão. — Por enquanto você pode ser minha aprendiz na mansão. Que tal?

— É o que eu mais quero — respondo.

Uma hora depois, chegamos ao portão da mansão. Vovó toca o interfone para anunciar nossa chegada, o porteiro invisível faz o abre-te sésamo e nós subimos pelo caminho de paralelepípedos cheio de rosas perfumadas. À porta da mansão, um rosto distorcido que eu não tinha notado no dia anterior nos encara de cima da porta.

— Vovó, aquele é o Sr. Grimthorpe?

— Não — responde ela com uma risadinha. — É uma gárgula de pedra. Mas preciso dizer que a semelhança é curiosa.

Vou até a porta, pego a mandíbula pesada do leão e bato com força três vezes. A maçaneta gira e a Sra. Grimthorpe aparece com cara de poucos amigos, vestindo uma blusa bege e uma saia cinza.

— Bom dia, Sra. Grimthorpe — cumprimento. — Eu vim polir.

Estou orgulhosa da minha nova distinção como aprendiz oficial da vovó. A Sra. Grimthorpe não responde, mas abre passagem para entrarmos. Ela cruza os braços e nos encara, parada no saguão de entrada. Então vovó pega um pano no vestíbulo e me diz para tirar os sapatos, depois esfrega com avidez a sola de ambos os nossos pares antes de colocá-los dentro do armário, longe de todos os outros sapatos chiques.

A Sra. Grimthorpe funga e nos conduz pelo corredor principal, passando pelo "entulho de gente rica". Então, chegamos à gloriosa cozinha cheia de sol, que tem cheiro de limão e ar fresco de primavera.

— Tenho que fazer compras e cuidar de algumas coisas na cidade hoje — anuncia a Sra. Grimthorpe. — O porteiro vai nos levar. Flora, você me acompanhará para carregar as sacolas. A menina vai ficar para trabalhar.

— Senhora, não posso deixar a Molly sozinha — protesta vovó. — Quem vai cuidar dela?

— Ela certamente é capaz de cuidar de si mesma. Além do mais, o Sr. Grimthorpe está lá em cima no escritório e Jenkins está no jardim.

Olho pelas janelas que vão do chão ao teto e vejo um homem de rosto bronzeado com olhos saltados e postura ereta como um ponto de exclamação. Ele nos fita enquanto apara as sebes com uma tesoura de poda afiada.

A Sra. Grimthorpe dá uma olhada no relógio e diz, com pressa:

— Ande, Flora. Rápido. Coloque a menina na despensa das pratas enquanto eu pego minhas coisas.

Ela sai andando pelo corredor e some de vista. Assim que o som dos cliques do sapato de salto da Sra. Grimthorpe cessa, vovó segura meus ombros pequenos.

— Molly, não quero deixar você aqui sozinha.

— Não tem problema, vai ficar tudo bem — respondo.

— Vai mesmo? Às vezes simplesmente não sei o que fazer — diz a vovó, com os olhos marejados de um jeito que me dá dor de barriga.

Isso acontece às vezes entre a vovó e eu. Eu sinto o que ela sente. Os sentimentos dela atravessam minha pele e vão parar direto na minha alma. Faço uma anotação mental para pesquisar isso no livro de anatomia da biblioteca, porque mesmo que aquela musiquinha sobre o corpo humano não diga nada relacionado a isso, deve ter algo que explique como é que os olhos da vovó estão conectados à minha barriga.

— Dúvida, vai embora, quando a gente limpa tudo melhora — digo.

É um dos jingles que cantamos juntas quando estamos fazendo limpeza em casa. Vovó me abraça e depois me afasta com os braços para olhar nos meus olhos.

— Se precisar de alguma coisa enquanto eu estiver fora, procure o Jenkins, o jardineiro, entendeu? Sei que ele dá um pouco de medo, mas é muito bonzinho. Vou pedir para ele cuidar de você. Não incomode o Sr. Grimthorpe lá em cima sob hipótese alguma, entendeu?

Antes de responder, noto uma mulher indo em direção à porta lateral da mansão. Ela usa um lenço azul na cabeça e luvas azuis do mesmo tom. Ela acena para nós da janela e depois para Jenkins antes de seguir caminho.

— Quem é aquela, vovó?

— Ah, é a assistente pessoal do Sr. Grimthorpe. A Sra. Grimthorpe não deixa que ela se misture com o resto de nós. Segundo ela, é para preservar a privacidade do trabalho do Sr. Grimthorpe. Vamos — chama a vovó. — Hora de ir para a despensa de prata.

Vou saltitando ao lado da vovó até a sala com a qual sonhei a noite toda. Está exatamente como no dia anterior, repleta de relíquias de prata necessitadas de um pouco de cuidado. Na mesa principal, as peças que limpei ontem cintilam como estrelas.

Vovó abre um dos armários, tira dois pares de luvas de borracha, um garrafão e uma bacia grande. Ela se vira para mim com as mãos nos quadris.

— Não vou deixar você polir tudo isso só com a força do braço. Daqui a pouco eles vão cair.

Precisei mesmo de quase toda a força dos meus braços para o esforço do dia anterior, então eles estão um pouco rígidos, mas ainda não acho que corro o risco de que caiam dos meus ombros. Vovó veste as luvas e despeja cuidadosamente o líquido do garrafão na bacia.

— Isso é polidor de metais, Molly. Tem quantidades mínimas de abrasivo, que é corrosivo para a pele. Antigamente, quando eu era aprendiz, nós mesmas preparávamos a solução. Uma vez, uma empregada com quem eu trabalhava quadruplicou a quantidade de abrasivo necessária e deixou a bacia na entrada dos fundos. O senhor entrou com as mãos sujas depois de caçar e, quando viu a bacia, enfiou a mão para lavar. Se eu não tivesse lavado a mão dele em água corrente na hora, o ácido teria corroído a carne até os ossos.

— Que acidente mais horrível.

— Horrível, sim. Mas nunca tive certeza se foi mesmo um acidente.

— Como assim? — pergunto.

— O carma funciona de formas misteriosas, Molly — explica ela. — Por isso é importante tratar os outros com respeito o tempo todo.

Ela me passa o par de luvas e eu as coloco.

— Este produto é mais moderno, não é como a substância bruta que usávamos anos atrás. É menos agressivo, mas mesmo assim você deve usar luvas de borracha quando for trabalhar.

Vovó pega um castiçal de prata manchado, mergulha-o no produto e depois esfrega com um pano. Depois de um pouco de polimento, a prata exibe um brilho intenso.

— Que mágico! — exclamo, batendo palmas com minhas luvas.

— Flora! — grita a Sra. Grimthorpe de algum lugar da casa. — Ande logo!

Então a vovó tira as luvas e as coloca com cuidado ao lado da bacia, depois dá um beijo na minha testa.

— Volto antes de você terminar de soletrar "serendipitoso" — diz ela, saindo correndo da despensa.

Ouço a Sra. Grimthorpe dando ordens à vovó no saguão. Em seguida, a porta se fecha com um estrondo e sei que elas já saíram.

É isso, penso comigo mesma. *Estou sozinha na mansão. Sem a vovó.* Em vez de ficar com medo, eu me encho de orgulho com minha nova responsabilidade. Eu soletro "serendipitoso" cinco vezes, depois chego à conclusão de que a vovó estava falando no sentido figurado (ou seja, não quis dizer aquilo ao pé da letra) ao invés do literal (ou seja, querendo exprimir exatamente aquilo).

No silêncio, um som inédito ecoa pela mansão vazia.

Tec-tec-tec-tec-tec.

É um som de alguém digitando. Vários ruídos incomodam meus ouvidos, mas não me importo com esse som porque é rítmico e previsível. Deve ser a mulher de azul, a assistente do Sr. Grimthorpe, digitando em algum escritório nas profundezas da mansão.

Quando olho para a despensa das pratas, uma sensação de êxtase toma conta de mim. Estou sozinha. Em uma mansão! Sou uma adulta com responsabilidades de adulto. Dou uma voltinha pelo cômodo, depois coloco meu avental e minhas luvas de borracha novas.

Mergulhar, depois polir até brilhar.

Começo a trabalhar polindo peça por peça, em seguida colocando os objetos brilhantes em uma fileira perfeita sobre a mesa. Faço de conta que estou preparando a mesa para um banquete majestoso organizado pela vovó, também conhecida como a Duquesa do Avental, e por mim, a empregada Molly de Fabergé.

Nossa lista de convidados é só o *crème de la crème*. Robin Hood se senta na ponta da mesa com um terno verde de veludo. Ao lado está Columbo, usando um sobretudo novinho em folha e com o cabelo bem penteado do jeito que a vovó gosta. De frente para ele estão o Sr. Texugo e o Sr. Sapo, depois David Attenborough com uma roupa de safári, Humpty Dumpty de calças pescando siri e suspensórios e Sir Walter Vassouras, o zelador da minha escola, a única pessoa de quem eu gostava lá.

Ainda sobram algumas cadeiras, então eu as preencho com o Espantalho, o Leão e o Homem de Lata de O *Mágico de Oz*. Convido também o Gato de Cheshire, que está aninhado em uma cadeira, sorrindo radiante do outro lado da mesa. Resta uma cadeira, que é para mim. Estou usando um vestido muito branco com mangas de renda e anágua com babados até os tornozelos. Faço um brinde batendo na minha xícara de chá de porcelana com uma colher de prata recém-polida. O tilintar agudo é música para meus ouvidos.

— À vovó — anuncio. — E aos meus melhores amigos de faz de conta. Obrigada por serem leais e verdadeiros da primeira à última página.

Tomamos chá e comemos bolinhos com creme. Depois fazemos um concurso de soletrar e eu soletro "estupendo" da forma correta de primeira. Somos os Autênticos Cavaleiros de Prata da Mesa Retangular, amigos inseparáveis, os únicos que terei na vida.

Uma sensação de ardência me desperta do meu devaneio. Uma gotinha de líquido caiu no meu braço, logo acima da luva. Corro para a pia e molho o local com água corrente. Isso alivia a dor, mas quando volto para a festa meus amigos desapareceram.

— Esperem! Voltem aqui! — chamo, mas minha imaginação não atende.

Olho para baixo e vejo meu avental velho, sem babados nem nada, só a verdade nua e crua.

Então percebo com certa urgência que estou precisando me limpar. Tiro as luvas e saio da despensa. No dia anterior, a vovó me mostrou o banheiro que devo usar. Não é o banheiro dos visitantes perto da entrada, que a vovó chama de "*gold de toilette*", nem o banheiro perto da cozinha, que tem uma banheira de hidromassagem enorme. E certamente não é o banheiro do andar de cima. Eu tenho que usar o banheiro dos empregados, que fica lá embaixo, no porão, onde as paredes são de pedra úmida e cada canto esconde uma aranha peluda com vários olhinhos assustadores.

— Lá temos o básico — explicou a vovó ontem, quando puxou o fio da lâmpada para acendê-la e me levou pelas escadas barulhentas e escorregadias.

Eu me vejo em frente à porta do porão, perto da cozinha, me preparando para abri-la e descer, mas minhas pernas parecem presas ao chão. Não consigo me mexer.

Então eu ouço: *toc, toc, toc.*

Dou um pulo de susto. Quando me viro, vejo os olhões de Jenkins do outro lado do vidro da janela da cozinha. Ele balança a cabeça e diz algo que não entendo.

— Não consigo ouvir — digo. — Não estou entendendo o que você está falando.

Jenkins vai até a porta de vidro e a abre, mas não entra, só coloca a cabeça para dentro e fala baixo:

— Não precisa ir lá embaixo.

— Preciso, sim — respondo. — Tenho que ir ao banheiro.

Eu me lembro do que a vovó disse, de como o Jenkins dá medo, em vez de parecer bonzinho. Ele tem um monte de pequenos arranhões, provavelmente causados por espinhos das rosas, e está com um conjunto ameaçador de ferramentas no cinto de couro. Sinto um calafrio ao olhar para as tesouras afiadas. Ainda assim, é melhor do que as aranhas. E ele é minha única esperança no momento.

— Por favor, senhor — peço —, será que pode ir comigo até o porão?

— Queria poder, pequena — responde ele —, mas não tenho permissão para entrar na casa. Por causa da sujeira e tudo o mais. Se a madame me pegar, ela vai me mostrar o que é bom para tosse e depois me jogar no olho da rua. É só usar outro banheiro. Se não fizer sujeira, a Sra. Grimthorpe nunca vai saber — diz ele com uma piscadela.

Eu assinto e engulo em seco.

Jenkins fecha a porta sem fazer barulho, tira a tesoura de poda do cinto e começa a aparar uma cerca viva perto da janela.

Respiro fundo algumas vezes para tomar coragem. A vovó disse com todas as letras que os banheiros do andar principal são proibidos. Além do mais, a última coisa que quero é irritar a Sra. Grimthorpe e ter que descobrir o que é bom para tosse mesmo sem nem estar doente.

Vou até o saguão e paro sob os cristais de gelo do lustre modernista. Penso que, se eu usar o banheiro do andar de cima, é possível que os vestígios da minha presença sejam atribuídos ao Sr. Grimthorpe ou à assistente dele. Assim, subo na ponta dos pés pela escada principal, fazendo os degraus rangerem a cada passo. A escada dá em um pequeno patamar com uma janela e depois vem mais um lance até o segundo andar. Chego ao topo e me deparo com um corredor comprido e cavernoso revestido de papel de parede confeccionado em brocado, que, para mim, deixa a sensação de que tenho centenas de olhinhos observando cada movimento meu.

Conforme sigo pelo corredor, as luzes do teto se acendem feito mágica. Passo de porta em porta, espiando cada um dos cômodos luxuosos — vejo uma cama de dossel em um e uma cama de ferro em outro, que parece ter saído diretamente de *Se Minha Cama Voasse*. Por fim, encontro um banheiro, entro e tranco a porta. Depois de cuidar de minhas necessidades, ensaboo e enxáguo as mãos sob as torneiras douradas, depois as seco em uma toalha tão macia que poderia ser uma nuvem. Então, destranco a porta e saio, aliviada.

Sei que deveria descer as escadas e voltar ao trabalho, mas vejo no fim do corredor a porta aberta de um ambiente que me deixa sem fôlego: a biblioteca. Vovó já tinha me falado sobre ela, mas nada poderia ter me preparado para ver o cômodo ao vivo. Mesmo de longe, dá para notar que está cheia de estantes do chão ao teto com grossos volumes de couro em vermelho e azul, dourado e verde.

Em certos momentos, parece que meus pés pensam por conta própria, e esse é um deles. Eles me levam até o fim do corredor enquanto as luzes do teto me incentivam a seguir em frente. Antes que eu me dê conta, estou parada à porta da fantástica biblioteca. Há um divã de veludo em um canto perto da janela e, ao lado, uma luminária de leitura em que a base de metal é adornada com a figura de uma ninfa. Uma escada alta com rodinhas nos pés está encostada na parede do outro lado, capaz de alcançar os volumes mais altos nas prateleiras.

Empolgada, passo pela soleira da porta. Eu já tinha ouvido falar em alguns daqueles livros, ou visto na biblioteca pública. Outros são novidade para mim, inclusive os que têm o nome de J. D. Grimthorpe nas lombadas

— *O segredo dos mortos, Veneno & castigo, O hóspede misterioso*. Toco uma prateleira de volumes em capa dura em tons vibrantes — *O conde de Monte Cristo, Contos de fadas dos irmãos Grimm, A volta do parafuso*. Não há nada que eu queira mais do que pegar um livro, me deitar no divã e me perder nas páginas.

Tec, tec, tec, tec.

O som de digitação outra vez, muito mais perto agora. Então noto um feixe de luz vindo de uma fresta na parte inferior da parede forrada de livros mais próxima. Eu me aproximo.

Em seguida, ouço passos. Alguém está andando sem parar do outro lado da parede.

— Incompreensível! Um monte de lixo. Completamente deplorável!

É a voz de um homem, grave e rouca. Os passos ficam mais pesados e então algo bate no chão. Consigo sentir a vibração sob meus pés.

Então uma sombra recai sobre o feixe de luz. Dou alguns passos cuidadosos para mais perto, mas, ao pisar, as tábuas rangem.

— Quem está aí?! — ouço, um brado estrondoso.

Para meus ouvidos de criança, é inconfundível: aquela é a voz rabugenta e sanguinária de um ogro.

— Responda! — exige o ogro.

Começo a tremer porque consigo vê-lo perfeitamente na minha cabeça: corcunda e peludo, com dentes compridos e olhos vermelhos. Ele vai me pegar pelas alças do avental e me devorar de uma só vez.

Eu não me mexo, não fujo, nem mesmo tento me aproximar, porque a vovó sempre diz que a curiosidade matou o gato. Nesse caso, não quero ser um felino.

O silêncio toma o cômodo, e fico aliviada. Mas então meus pés falam por mim de novo e, de repente, estou me agachando e depois me deitando sobre as tábuas. Não consigo me conter. Me estico no chão tentando espiar pela fresta. Chego perto, cada vez mais perto até que... um olho, o olho azul implacável de um ogro, me olha de volta do outro lado da parede.

— AHHHHHHHHhhhhh! — grito, fazendo a adrenalina disparar por todo o meu corpo.

Eu me levanto depressa e saio correndo da biblioteca e de volta pelo longo corredor. Nesse mesmo momento, ouço a porta da mansão se abrir e a Sra. Grimthorpe dizendo à vovó para trazer todas as sacolas para dentro.

Desço a escada principal dois degraus por vez até chegar ao saguão sem fôlego, mas tentando parecer completamente normal.

— Molly? — chama a vovó, colocando uma braçada de sacolas no chão. — O que foi? Parece que você viu um fantasma.

Eu seguro firme o corrimão, tentando parecer tranquila.

— Não foi um fantasma — digo. — Não exatamente.

Capítulo 8

No meu sonho, estou procurando recursos e alimento em uma floresta encantada próxima à casinha de doce onde morávamos.

Uma ovelha de aparência exótica pergunta o que estou fazendo.

— Pegando remédios para a vovó.

— É melhor se apressar antes que seja tarde — aconselha a ovelha, trotando pelo caminho.

Quando chego à casa, vovó está deitada na cama com os lençóis até o pescoço.

— Eu trouxe os remédios. Vai ficar tudo bem.

— Você demorou demais — responde ela.

Só então percebo que não é a vovó na cama, e sim o ogro, Sr. Grimthorpe, vestido com uma pele de carneiro e com um gorro branco na cabeça.

— Não! — grito. — Você morreu! Vá embora e não volte nunca mais!

Ele começa a rir. É uma risada grave e lunática. Quando estica o braço para tentar me pegar com suas garras, eu acordo com o celular tocando na mesinha de cabeceira.

Não sou mais aquela criança do pesadelo, e sim uma mulher adulta na própria cama.

Deslizo o dedo pela tela para atender a ligação.

— Alô? — digo, ofegante.

— Molly? — É Juan Manuel na linha. — Parece que você estava correndo.

— Acabei de acordar — explico, suada e me sentindo confusa.

— Desculpe por acordar você, *mi amor*. Só queria desejar um bom dia. Hora de sorrir e polir!

Ele está citando a vovó. Contei que ela dizia isso toda manhã ao vir me acordar quando eu era criança.

"Hora de sorrir e polir!" O tom dela era radiante, alegre como o canto de um pardal. A vovó morreu antes que Juan Manuel tivesse a chance de conhecê-la, e, mesmo assim, de um jeito que nunca vou entender por completo, partes dela vivem nele assim como vivem em mim. Isso me consola.

— Como foi o evento do Grimthorpe? Você acabou com eles?

— Eu o quê? — pergunto, me sentando na cama depressa.

Demoro um momento para entender que ele não está se referindo ao Sr. Grimthorpe, e sim usando uma das expressões novas que ele tanto adora.

— Só para constar — digo —, eu não "acabei" com ninguém.

Juan ri.

— Deu tudo certo no evento de ontem?

Não quero faltar com a verdade, mas sei que Juan vai ficar extremamente preocupado se eu contar que um escritor famoso morreu no salão de chá do Regency Grand. Conheço-o muito bem e sei que ele vai pegar um avião de volta antes mesmo que eu consiga dizer "Grilo Falante", o que seria muito injusto. Não posso querer que Juan esteja ao meu lado toda vez que algo der errado. Além disso, sou completamente capaz de lidar com essa situação por conta própria. Afinal de contas, eu sou a camareira-chefe.

— *Mi amor*, está aí? Está tudo bem?

— Quem disse que não está tudo bem? — pergunto. — Alguém do hotel falou com você?

— Não — responde ele. — Eles não têm permissão para entrar em contato comigo. O Sr. Snow mandou a equipe da cozinha tentar resolver as coisas para variar, em vez de ligar para mim quando algo dá errado.

— Ele tem toda a razão — digo. — Todos nós colocamos coisas demais nas suas costas. Estava mais do que na hora de você dar um tempo, descansar de verdade.

— Mas você está com saudade de mim, não está, *mi amor*?

O HÓSPEDE MISTERIOSO | 87

— Claro que sim. Você não faz ideia. — A tristeza ameaça embargar minha voz, mas a engulo depressa antes que escape. — É melhor eu desligar. Tenho muita coisa para fazer no hotel.

— Você vai dar um jeito. Sempre dá.

Nós nos despedimos e eu desligo.

Eu me levanto da cama com tudo, deixando de lado o sono e os sonhos, e ando de um lado para outro no apartamento me preparando para o dia. Não faço ideia de como vai ser, mas, como vovó sempre dizia, "é preciso estar aberto às possibilidades porque nunca se sabe o que vai acontecer". Só espero que a morte prematura do Sr. Grimthorpe seja logo atribuída a causas naturais para que possamos seguir com nossa missão no Regency Grand: proporcionar aos hóspedes um atendimento de excelência em um ambiente sofisticado e em sintonia com os novos tempos.

Em menos de uma hora já estou caminhando sob o sol rumo aos degraus escarlate do hotel. O Sr. Preston, de chapéu e paletó, está no patamar acarpetado dando informações para turistas. Ele aponta a rua ao lado para um jovem casal e os dois se apressam naquela direção como se tudo estivesse normal, como se nosso hotel não tivesse sofrido um abalo sísmico no dia anterior. Sinto as pernas começando a bambear quando olho para as portas de entrada.

— Molly! — exclama o Sr. Preston assim que me vê. Subo as escadas até ele. — Minha querida, pensei em você a manhã toda. Que choque terrível deve ter sido o dia de ontem para você. Como está se sentindo?

— Sr. Preston, não fui eu quem morreu. É claro que estou bem — respondo, sem acreditar muito no que eu mesma estou falando.

— Graças a Deus — diz o Sr. Preston. — Que bom que você sobreviveu à provação de ontem sem se abalar demais. E quanto ao escritor, já vai tarde.

— Já vai tarde? Essa não é uma coisa muito gentil a se dizer.

— Eu guardo minha gentileza para aqueles que a merecem — responde o Sr. Preston. — E aquele homem não a merecia.

Sinto um formigar estranho na barriga. Minha avó chamava sensações como essa de "intuições".

— Sr. Preston, você conhecia o Sr. Grimthorpe?

— Acho que ninguém o conhecia, muito menos ele mesmo — responde o Sr. Preston.

— O senhor não acha mesmo que alguém dentro deste hotel o matou, não é?

— Quando se trata de um homem como aquele, tudo é possível.

Nesse momento, alguns hóspedes chegam de táxi.

— Molly, tome cuidado hoje — aconselha o Sr. Preston. — Há coisas acontecendo por aqui que não estou entendendo muito bem. E, até que eu entenda, é melhor você ficar bem atenta.

Foi uma coisa estranha para se dizer em uma conversa tão cheia de estranhezas, mas o Sr. Preston tem estado diferente nos últimos tempos. Ele não para de insistir para que jantemos juntos, o que faz com que eu me pergunte se ele está bem. Também está mais distraído e cansado do que o normal e tem pedido ajuda aos manobristas e feito pausas com mais frequência.

— Não precisa se preocupar comigo, Sr. Preston. Vou ficar bem. É melhor se preocupar com você.

Ele assente e começa a descer as escadas. Eu me dirijo para o sentido contrário, passando pelas portas giratórias e entrando no saguão majestoso do Regency Grand. Está bem movimentado, embora ainda não sejam nem nove horas. Há pessoas amontoadas em todos os sofás, e os aromas de café e cera de limão se misturam no ar.

Uma fila de novos hóspedes aguarda na recepção enquanto os funcionários se movimentam com rapidez, lidando com a repentina avalanche de malas. Já vi esse filme antes, é claro, no dia seguinte à morte do ilustre Sr. Black em nosso hotel. Naquela manhã, o hotel ficou completamente lotado. Todos os curiosos da cidade de repente fizeram check-in, ansiosos para estar por dentro "do ocorrido", todos querendo saber a mesma coisa: a morte do Sr. Black se deu por causas naturais ou havia algo mais sinistro acontecendo no Regency Grand? E dessa vez não é diferente. Ontem, um escritor mundialmente famoso caiu morto no salão de chá e hoje o saguão está repleto de uma energia conspiratória, enquanto hóspedes e funcionários fofocam sobre sabe lá Deus quem ou o quê poderia estar envolvido. Todo esse burburinho sobre possíveis suspeitos e criminosos entre nós é preocupante.

Saio do saguão e desço a escada correndo para o setor de limpeza, onde meu uniforme recém-lavado a seco está pendurado em um plástico fino na porta do meu armário. Um novo começo. Eu o visto com pressa e estou prendendo o broche de camareira-chefe bem na altura do coração quando levo um susto ao notar algo no canto da sala de teto baixo.

— Lily! — exclamo. Ela está parada na sombra de seu armário. — Você quase me mata de susto. Minha querida, o que veio fazer aqui hoje? Eu não esperava que viesse depois da confusão de ontem. Por que não tirou folga?

— Porque não estou doente — sussurra. — E tem uma coisa que eu preciso...

Nesse momento, Cheryl aparece arrastando os pés daquele jeito preguiçoso dela que me faz querer arrancá-los fora.

— Aí está você, meu fantasminha — diz Cheryl ao ver Lily escondida no canto. — Vai ter que limpar todo o segundo andar hoje, já que a Molly vai estar em outro lugar.

— Do que você está falando? — pergunto a Cheryl.

— Ah, o Sr. Snow não avisou? Ele precisa de você no Social. Tem alguma coisa a ver com garçons que não apareceram. Isso significa que sou sua supervisora hoje, Lily. Ordens do Sr. Snow. — Ela aponta para o broche torto fixado sobre o seio volumoso. — Olha só quem voltou a ser a camareira-chefe.

Aquilo faz meu sangue borbulhar de raiva. Não sei se devo endireitar o broche de Cheryl ou dar um tapa nela de uma vez.

— Tenho certeza de que é um mal-entendido — digo a Lily. — Vou falar com o Sr. Snow agora mesmo.

— À vontade — murmura Cheryl.

Vovó sempre dizia que é melhor não gastar saliva com quem não vale a pena, então tiro meu broche de camareira-chefe e guardo no armário.

— Tenha um ótimo dia, Lily — digo antes de ir embora, sem voltar a me dirigir a Cheryl.

Com uma raiva ferina queimando no peito, subo depressa e vou direto para o saguão.

O Sr. Snow está na recepção, usando um colete de veludo preto e com um lenço de estampa arabesca no pescoço. Angela está logo ao lado, o cabelo ruivo volumoso. Vou até eles.

— Sou a camareira-chefe deste hotel ou não sou? — pergunto ao Sr. Snow. Ele suspira e ajeita o lenço.

— É só por hoje, Molly. Angela está com três funcionários a menos, as coisas estão difíceis por aqui. Precisamos da sua ajuda no restaurante e, com você aqui, tive que colocar alguém para supervisionar as camareiras.

— E escolheu a Cheryl? — questiono. — Por que não me consultou sobre a gestão do meu próprio departamento? O mundo está oficialmente de ponta-cabeça? E o que aconteceu com os garçons? Estão doentes?

— Estão com medo, isso sim — responde Angela. — Parece que estão preocupados com a possibilidade de haver um assassino à solta no hotel.

— O que é absurdo — diz o Sr. Snow. — Um disparate.

— É mesmo? — questiona Angela. — Se tem uma coisa que aprendi com meus podcasts, é que as piores coisas acontecem nos lugares mais seguros.

O Sr. Snow franze a boca como se tivesse chupado um limão.

— Além disso — continua Angela —, não acham meio estranho que a assistente do Grimthorpe tenha dado no pé ontem logo depois que o chefe bateu as botas? Quer dizer, que bom que ela vai voltar hoje, mas mesmo assim… é muito esquisito.

— Como sabe que a Srta. Sharpe vai voltar hoje? — pergunta o Sr. Snow.

— Dã, dá para ler o nome dela na caixa bem atrás de você.

O Sr. Snow ajusta os óculos.

— Falando nisso, você está muito bem-apessoado hoje, Sr. Snow — observa Angela. — Ele não está bonito, Molly?

— De fato — concordo. — Tem algum casamento sofisticado marcado para hoje no hotel? Ou um banquete? Por que está tão arrumado, Sr. Snow?

Ele passa os olhos pelo saguão, como se procurasse alguma coisa. Ou alguém.

— Sr. Snow? — repito.

— O que tem na caixa? — pergunta Angela.

Ele olha para ela, inquieto.

— Bugigangas — responde. — Coisas que ficaram para trás depois de toda a confusão de ontem.

Ele pousa a mão no topo da caixa atrás dele.

— Legal. Adoro bugigangas — diz Angela. Ela segura a tampa e a abre, levantando a mão do Sr. Snow. — Molls, venha ver isso aqui!

Dou uma olhada dentro da caixa. Há uma edição muito antiga do romance best-seller do Sr. Grimthorpe, *A empregada da mansão*, que, diferentemente das que estavam à venda no evento do dia anterior, tem a capa original: a porta icônica de uma mansão com um olho espiando pelo buraco da fechadura. Ao lado do livro está a caneta-tinteiro do Sr. Grimthorpe, que reconheço da sessão de autógrafos, um Moleskine preto com um monograma e um envelope com a logo do Regency Grand lacrado, no qual se lê *Serena*.

— O envelope para Serena é meu — diz o Sr. Snow. — Para agradecer a ela por ter nos escolhido.

— Serena? Você quer dizer a Srta. Sharpe, certo? — questiono.

Estou prestes a começar um sermão sobre os protocolos corretos para se dirigir aos hóspedes, mas o Sr. Snow me interrompe antes que eu possa falar.

— Quero deixar uma coisa bem clara — diz ele. — Serena é inocente como um cordeirinho.

— Ninguém neste hotel é *tão* inocente assim — retruca Angela. — Nem você, Sr. Snow. — Ela folheia o romance até encontrar a página de copyright. — Caramba, é uma primeira edição. Deve ser muito raro.

— Sim, é — responde o Sr. Snow. — Estava exposto para promover o anúncio do Sr. Grimthorpe, assim como as coisas da caixa. De qualquer forma, Serena as pediu de volta.

— Olha lá. Falando no diabo… — diz Angela.

Nesse momento, a Srta. Serena Sharpe entra pelas portas douradas do Regency Grand. Ela parece radiante, etérea, apesar de a roupa que está usando — um vestido preto e justo de veludo — deixar seu luto evidente.

A Srta. Sharpe olha ao redor do saguão e vê o Sr. Snow acenando energicamente. Ela se aproxima de nós. De perto, não posso deixar de notar o cansaço — ou seria tristeza? — nas olheiras sob os olhos azuis indecifráveis.

— Minha querida Serena — cumprimenta o Sr. Snow. — Como está?

— Para ser sincera, ainda estou em choque — diz ela. — Não consigo acreditar que ele se foi.

— É completamente compreensível — responde o Sr. Snow. — Meus mais sinceros pêsames. Se precisar de apoio emocional nesse momento difícil, por favor, conte comigo.

Não consigo acreditar no que acontece a seguir. O Sr. Snow toca o braço da Srta. Sharpe. Estou prestes a dizer que isso é uma violação de todas as regras do hotel sobre a conduta apropriada entre hóspede e funcionário, regras estabelecidas pelo próprio Sr. Snow, mas, antes que eu possa fazer qualquer comentário, a Srta. Sharpe se desvencilha do toque dele.

— Teve alguma notícia sobre a causa da morte do Sr. Grimthorpe? A polícia contou alguma coisa? — indaga ela, a voz trêmula.

— Receio que não — responde o Sr. Snow. — Até onde eu sei, os resultados da autópsia vão levar um ou dois dias.

— Na verdade — digo —, a detetive Stark estava procurando por você ontem, Srta. Sharpe. Ela queria saber o que o Sr. Grimthorpe ia anunciar antes de morrer.

— Sim, fiquei sabendo. A detetive deixou meia dúzia de mensagens de voz no meu celular.

— Talvez você possa ligar de volta — sugiro.

O rosto da Srta. Sharpe assume uma expressão dura como pedra.

— Estou indo para a delegacia agora — diz ela com rispidez.

Nesse momento, percebo algo pelo canto do olho. Quando me viro, vejo Lily nas sombras do saguão, segurando um espanador embaixo da escadaria, entre dois sofás cor de esmeralda. O que ela está fazendo ali quando deveria estar lá em cima, limpando os quartos dos hóspedes?

— Há quanto tempo exatamente você trabalhava para o Sr. Grimthorpe? — pergunta o Sr. Snow à Srta. Sharpe.

— Há pouco mais de um ano — responde ela. — Ele me contratou como assistente pessoal depois da morte da anterior. Não tenho ideia de onde vou arranjar trabalho agora que ele faleceu.

Naquele exato momento, Cheryl aparece com um esfregão. Por que outra camareira está no saguão quando deveria estar no andar de cima? O Sr. Snow parece estar pensando a mesma coisa, porque encara Cheryl com uma expressão azeda. Ele abre a boca, mas, antes que possa chamá-la, um som agudo ressoa. Levo as mãos à cabeça para proteger os ouvidos. Demoro um instante para perceber que o alarme de incêndio foi disparado. Ao meu redor, a agitação se espalha entre hóspedes e funcionários.

Sinto alguém tocar meu braço. É Angela, me conduzindo até a entrada do hotel. Uma multidão de hóspedes vem na mesma direção, e todos nós passamos pelas portas giratórias. Em pouco tempo, estamos do lado de fora, na escadaria escarlate, onde o som estridente do alarme não é tão ensurdecedor.

Há um mar de gente ao nosso redor.

— O que está acontecendo?

— O que foi isso?

— É um incêndio?

Em meio ao caos, o Sr. Preston pede calma e conduz as pessoas pela escada em direção à segurança da calçada. Tão repentinamente quanto começou a algazarra, o alarme cessa. O Sr. Snow aparece nas portas giratórias e grita:

— Está tudo bem! Foi um alarme falso! Por favor, podem voltar para dentro do Regency Grand.

Ouço suspiros de alívio por todos os lados.

— Que emocionante — comenta Angela.

— Não foi nada emocionante, foi estressante — rebato.

— Já acabou — diz Angela. — Venha, vamos voltar lá para dentro.

Subo as escadas com ela, passamos pelas portas giratórias e voltamos para onde estávamos antes da confusão, na recepção do hotel.

O Sr. Snow se aproxima às pressas, olhando em volta.

— Para onde ela foi? — pergunta ele. — Onde está Serena?

— Não faço ideia — responde Angela.

É então que noto o balcão da recepção. Parece que a Srta. Sharpe não é a única ausente ali: a caixa com a rara primeira edição também desapareceu.

Capítulo 9

Antes

Sou levada de volta à pequena cozinha onde a vovó e eu desfrutamos de tantas refeições juntas quando eu era criança. É a manhã seguinte ao dia em que vi o olho do ogro que mora na parede da biblioteca dos Grimthorpe. Tive medo? Sim. Saí correndo? Também. Mas o ogro não me devorou. Eu não me transformei em pedra nem derreti. Enfrentei o monstro e sobrevivi.

Balanço as pernas para a frente e para trás embaixo da nossa mesa gasta enquanto vovó se aproxima com duas tigelas fumegantes de mingau com canela. Inalo com vontade o aroma, que até hoje associo à sensação de afeto e lar.

— Vó, se você fosse rica, ia gastar dinheiro com o quê? — pergunto entre uma colherada e outra.

— Com uma escola particular para você, com professores carinhosos e pacientes. E com uma casinha só nossa, sem aluguel ou proprietário, com duas poltronas gostosas em frente à lareira.

— Quando nós ficarmos ricas, podemos tomar chá com bolinhos e requeijão chique todos os dias?

— Todo santo dia — concorda ela.

— Vovó, me conta de novo o que aconteceu com a minha mãe?

Isso a pega de surpresa. Ela abaixa a colher.

— Sua mãe nos abandonou — responde ela.

— Disso eu sei.

Tento puxar a lembrança do rosto dela na memória, mas tudo que vem é um branco total. Só consigo visualizar a foto emoldurada dela que a vovó tem na sala de estar. Foi tirada quando minha mãe era um pouco mais velha do que eu sou agora.

— Sua mãe tinha os próprios demônios — explica vovó. — Ela se perdeu, como acontece com algumas pessoas. Quando percebi que ela estava se envolvendo com um sujeito que não prestava, já era tarde demais.

Penso no ogro da mansão. Ele não parece ser tão assustador quanto os demônios da minha mãe ou o sujeito que a seduziu. É possível lutar contra monstros que conseguimos ver. Também é possível fugir deles. Mas aqueles que são invisíveis são inescapáveis.

Remexo a tigela com a colher.

— Vovó, o que acontece se você morrer?

Ela arregala os olhos.

— Minha querida, eu não vou morrer.

— Que mentira — retruco, batendo a colher em protesto.

— Tudo bem. Você tem razão, eu vou morrer um dia, mas nem tão cedo. Além disso, mesmo quando eu me for, não vou te deixar sozinha. Você não vai me ver, mas eu estarei sempre com você.

— Tipo um fantasma?

— Sim. Tipo um fantasma do bem, assombrando você pelo resto da vida. E puxando sua orelha para se lembrar de escovar os dentes depois do café da manhã.

Ela sorri e acaricia minha bochecha.

Pego minha tigela vazia e a coloco na pia, depois me apresso pelo corredor até nosso banheirinho, onde escovo os dentes como a vovó disse. Alguns instantes depois, encontro a vovó na porta da frente.

— E lá vamos nós para a mansão — anuncia ela. Ela está abaixada, amarrando o sapato direito. Quando termina, olha para mim. — Molly, promete que vai me contar se estiver infeliz na mansão?

Ela me encara com os olhos estreitos e focados.

— Como assim, infeliz? Vovó, eu adoro ir para lá. Adoro fazer faxina.

— Você causou uma boa impressão na Sra. Grimthorpe com toda a prata que poliu ontem. Ela disse que você é "obediente e educada". Vindo dela, é um grande elogio. Ela tem uma surpresa para você hoje.

— Uma surpresa? Que surpresa?

A vovó se levanta e belisca minha bochecha.

— Vai ter que esperar para ver.

Juntas, seguimos nosso caminho. Durante todo o trajeto, fico imaginando que surpresa uma mulher como a Sra. Grimthorpe poderia ter para mim. Um pijama cinza velho? Um pedaço de carvão em uma meia? Uma aranha peluda em um pote de vidro?

Mas, ao abrir a porta pesada da mansão, a Sra. Grimthorpe anuncia imediatamente:

— Sua avó e eu conversamos no outro dia durante as compras e chegamos a uma conclusão.

— Conclusão sobre o quê? — pergunto.

— Você — responde ela, estreitando os olhos e me encarando com um olhar mais afiado do que uma lâmina. — O Sr. Grimthorpe e eu sempre acreditamos que maus hábitos podem ser desaprendidos e que uma criança cordial e bem-educada é preferível a uma fedelha indolente.

— I-N-D-O-L-E-N-T-E. Quer dizer folgado?

— E irresponsável — responde vovó.

— Ou desleixado — acrescenta a Sra. Grimthorpe, em um tom grave de quem busca encerrar o assunto.

— O que a Sra. Grimthorpe está dizendo — explica vovó — é que todas as crianças, e até mesmo os adultos, são capazes de aprender. Só que alguns precisam aprender de formas diferentes. E instituições, como uma escola ou estabelecimentos do tipo, não servem para todos.

— Mas nenhuma pessoa, seja adulto ou criança, pode desperdiçar a chance de evoluir — completa a Sra. Grimthorpe.

— Nem você, Sra. Grimthorpe? — pergunto.

Ela leva as mãos à cintura e seus cotovelos pontudos se projetam para os lados perigosamente.

— Pois saiba que diante de você há duas mulheres que se sacrificaram muito em prol da evolução de um ente querido — diz ela, enraivecida. — Um dia você entenderá isso, embora esteja claro que, neste momento, sua mente está tão cheia de bobagens de criança que não há espaço para mais nada.

— O que a Sra. Grimthorpe está tentando dizer — interrompe a vovó — é que você fez um trabalho tão bom polindo a prata ontem que ela, em um gesto de *infinita bondade*, quer *te recompensar*. Não é isso, Sra. Grimthorpe?

O semblante da Sra. Grimthorpe se retorce em uma careta, como se me elogiar pudesse resultar em uma convulsão.

— Temos uma biblioteca no andar de cima — diz ela por fim. — Repleta de livros. O Sr. Grimthorpe e eu sempre acreditamos que a leitura pode endireitar qualquer pessoa. Soube que você gosta de ler.

Faço que sim com a cabeça.

— Muito bem. De agora em diante, você vai passar metade do dia polindo e limpando e, na outra metade, vai ler. Se não vai frequentar a escola, o mínimo que pode fazer é se educar por conta própria.

Mal posso acreditar. Parece bom demais para ser verdade. Olho para a vovó em busca de confirmação. Ela sorri e acena com a cabeça.

— Venha comigo — convida a Sra. Grimthorpe. — Até a biblioteca.

— Ah, eu já sei onde… — Eu me interrompo bem a tempo. — Sim, senhora.

Ela sobe a escada, que range e geme a cada degrau. Eu sigo logo atrás. No primeiro patamar, olho pela janela e vejo a moça de azul caminhando rumo à lateral da mansão, assim como fez ontem.

— Onde é o escritório dela? — pergunto à Sra. Grimthorpe.

— De quem? — A Sra. Grimthorpe interrompe o passo.

— Dela — respondo, apontando para a mulher elegante de lenço azul e luvas que entra pela porta lateral.

— Esse assunto não é para o seu bico, mocinha. Estamos entendidas?

Para preservar a paz, assinto e não solto nem mais um pio.

A Sra. Grimthorpe passa para o lance seguinte de degraus e eu a acompanho. Quando chegamos ao segundo andar, seguimos pelo mesmo corredor comprido que atravessei sozinha ontem. As luzes do teto nos seguem como mágica, acendendo ao passarmos e iluminando o papel de parede adamascado. Estranhamente, o padrão, que antes parecia cheio de olhinhos malignos e vigilantes, agora tem a forma de um conjunto de arabescos bonitos e refinados. Passamos de quarto em quarto em quarto — mas nada de escritório — até que enfim chegamos à porta da incrível biblioteca.

Ela entra e abre as cortinas pesadas de veludo da janela comprida em uma das paredes. A luz do dia entra, e as partículas de poeira dançam como fadas no ar. Meus olhos se voltam para a fresta na parede à minha frente, perto do piso. Não há nenhum feixe de luz hoje e não se ouve qualquer som do outro lado. Por um momento, me pergunto se foi tudo coisa da minha cabeça. Talvez não exista nenhum ogro, afinal. Talvez tenha sido fruto da minha imaginação fértil.

— O que você está vendo nesta biblioteca é uma das melhores coleções particulares de edições raras em capa dura de todos os países de língua inglesa — informa a Sra. Grimthorpe. — O Sr. Grimthorpe estudou pessoalmente todas as facetas de cada um dos livros desta sala e cada um deles inspirou suas obras literárias. Ele é um homem erudito que conquistou sua excelente reputação por meio de estudos acadêmicos respeitados. É um privilégio para uma menina como você ter autorização para estar em um lugar como este. Você entendeu?

— Sim — respondo. — Entendi.

— Sua avó diz que você é uma leitora voraz, embora eu desconfie que ela tenha tendência a ceder a uma certa cegueira emocional excessiva e ao uso frequente de hipérboles.

Analiso a prateleira na parede à nossa frente em busca de um dicionário onde eu possa procurar várias das palavras que a Sra. Grimthorpe acabou de usar. Avisto um e estico o braço para pegá-lo.

— Não! — grita a Sra. Grimthorpe. A intensidade raivosa da advertência me faz recuar. — Você não tem permissão para pegar nenhum livro da quarta parede. Você pode pegar livros desta parede, daquela e da outra, mas nunca, nunca deve tocar na parede à sua frente. Você entendeu? Estes volumes são itens preciosos de colecionador e não vou permitir que os estrague da mesma forma que estragou nosso Fabergé.

Olho fixamente para o rosto enrugado dela, que lembra muito um saco de papel amassado. Não consigo encontrar minha voz, então faço que sim com a cabeça.

— Pode ficar lendo aqui por algumas horas. Depois do chá, volte à função de polir prata lá embaixo. Faça bom proveito deste tempo, Molly. Desperdiçar uma mente saudável é uma coisa terrível. Oportunidades de aprimoramento pessoal como essa são preciosas.

Com isso, a Sra. Grimthorpe dá meia-volta e segue pelo corredor, descendo a escadaria principal enquanto as luzes do andar de cima se apagam atrás dela.

Depois que ela se vai, examino a biblioteca iluminada. Não consigo acreditar na minha sorte. Como é possível que eu tenha permissão para me sentar aqui e ler? Vou até a parede do outro lado, uma das três que tenho permissão para tocar, e deslizo as mãos pelas lombadas. *Assassinato no Expresso do Oriente, O cão dos Baskerville, Grandes esperanças*. Com certa dificuldade, eu puxo *Grandes esperanças* com o dedo indicador, levo o calhamaço pesado de capa índigo até o divã, me sento, abro o livro e começo a ler.

Estou me familiarizando com a história de Pip, um jovem órfão desafortunado, quando ouço passos barulhentos vindos do outro lado da quarta parede. Há um clique alto e, em seguida, a luz transborda pela fresta na parede outra vez, lançando uma sombra comprida no chão da biblioteca.

Tec-tec-tec-tec-tec.

É o som da máquina de escrever mais uma vez.

— Maldito seja! Mas que diabos! Puro lixo e baboseira!

É o rosnado do ogro faminto vindo do outro lado da parede proibida.

Deixo meu livro de lado e vou em direção à voz na ponta dos pés. Sei que não deveria. Sei que fui proibida de tocar naquela parede. Mesmo assim, coloco a mão sobre um dicionário Oxford e pressiono o ouvido contra o *Atlas do mundo* para poder ouvir melhor o ogro. Mas, assim que minha mão encosta no livro, algo cede. E a parede se abre.

— AHHHhhhhhhhh! — grito, pulando para trás com o susto.

— Ahhhhhhh! — soa um eco em resposta.

Antes que eu consiga processar o que aconteceu, me vejo diante de um homem curvado e muito magro, sentado atrás de uma enorme escrivaninha de mogno entre duas pilhas altas de cadernos Moleskine. Seu cabelo grisalho é desgrenhado e seus olhos, de um azul profundo, estão cravados nos meus em um olhar que, se não me engano, só pode estar expressando ou uma raivosa intenção de me devorar, ou uma mistura de confusão e desprezo.

Minha mão treme sobre o dicionário Oxford, mas não consigo soltá-lo porque a estante inteira é, na verdade, uma porta escondida que abri sem querer.

— Mas quem diabos é você? — pergunta o ser diante de mim, empunhando uma caneta-tinteiro preta e dourada acima da cabeça como se fosse uma faca.

Não sei dizer se ele vai me esfaquear ou fazer anotações, mas, quando olho para sua mão, percebo que não sou a única que está tremendo.

— Desembuche logo! — vocifera ele. — Como veio parar aqui?

Fico com medo de que minha vida dependa da minha resposta, mas não sei bem como responder.

— Sinto muito por ter interrompido o senhor — digo. — Não quero atrapalhar.

— Quem é você? — repete ele. — A quem você pertence?

— À vovó? — arrisco. — Ela trabalha aqui.

— A empregada? — pergunta ele.

— Sim. A empregada. Sou neta dela. Meu nome é… — De repente, eu me lembro de que a vovó me proibiu terminantemente de dizer meu nome a estranhos. — Pode me chamar de Pip — concluo com a voz trêmula.

— Nesse caso, tenho grandes esperanças em relação a você.

Olho para ele por um momento, temendo que encontrar seu olhar possa me transformar em pó.

— Você é um ogro ou um homem? — pergunto, receosa.

— Que interessante. Ninguém nunca me fez tal pergunta de maneira tão direta. Acho que sou um pouco dos dois. Sou o que é conhecido como misantropo.

— Misanthorpe — repito. — M-I-S-A-N-T-H-O-R-P-E.

— Incorreto. Você confundiu com Grimthorpe. Trocou algumas letras.

Olho atentamente para o ser diante de mim. Ele é magro e não tem pelo no rosto. A pele é pálida e lisa e seus dentes, retos e limpos, nada de presas pontiagudas e ameaçadoras. O cabelo dele é bagunçado e talvez esteja possuído, mas ele está bem-vestido, com uma camisa azul de botão, calça engomada e pantufas de veludo cotelê com um monograma. Meus olhos percorrem o cômodo espartano, assimilando os detalhes. No canto há uma poltrona de leitura cheia de jornais, depois há a escrivaninha com as pilhas de Moleskines de capa preta e uma estante na parede oposta, com livros que exibem o nome "J. D. Grimthorpe" em todas as lombadas. Embora o escritório não esteja nada arrumado, não vejo ossos de crianças ou outros pequenos mamíferos. Não há nenhuma evidência de monstruosidade óbvia.

— Você não é um ogro — concluo. — Você é um homem. Você é o Sr. Grimthorpe, o escritor muito importante que não deve ser incomodado.

Ele cruza os braços e olha para mim com atenção.

— Foi isso que ela disse para você? Minha esposa?

Eu faço que sim.

— Bom, então que privilégio enorme para você estar na presença de alguém tão célebre e glorioso. — Ele se levanta e faz uma reverência. — Imagino que ela também tenha dito a você para nunca entrar no meu escritório.

Para meu alívio, ele solta a caneta pontuda sobre a mesa. Em seguida, dá a volta e se apoia sobre a escrivaninha, entre as pilhas de Moleskines. Ele me encara com os olhos azuis. Sei que vi um deles ontem pela fresta embaixo da porta, mas não tenho certeza de qual era.

— Não vim incomodar você — digo outra vez. — É que eu ouvi uma voz. Não sabia que seu escritório ficava atrás da parede. Eu estava na biblioteca lendo um livro.

— Lendo? Estava lendo o que?

— Um livro sobre uma criança sem pai nem mãe, como eu.

— Ah, sim. Entendi. *Grandes esperanças*. Precoce.

— Precoce — repito. Eu conheço essa palavra. Já disseram isso para mim antes. — Significa: esperto, inteligente. À frente dos colegas.

— Evidentemente — confirma ele.

Ele começa a andar de um lado para outro em frente à mesa, de vez em quando me lançando um olhar atento.

— Então você gosta de ler.

— Gosto — respondo.

Minhas pernas tremem, mas claramente não estão conectadas à minha boca, porque, apesar do medo, ainda consigo falar.

— *Por que* você gosta de ler? — pergunta o Sr. Grimthorpe.

Ele é alto e retorcido, como se fosse feito inteiramente de ângulos agudos, e, ainda assim, se move com certa leveza e graciosidade. Está esperando minha resposta para uma pergunta tão difícil.

Vasculho a mente em busca do que dizer e, por fim, encontro.

— Ler me ajuda a entender as coisas — digo. — E as pessoas. Também gosto de visitar outros mundos.

— Não gosta do mundo em que você está?

— Nem sempre.

— Hum. — Ele suspira e apoia o cotovelo em uma das pilhas de cadernos na mesa. — Então o misantropo e a criança têm algo em comum.

O rosto dele parece se anuviar como o céu antes de uma tempestade de verão. Demoro um instante, mas consigo juntar coragem para perguntar:

— Eu já contei por que leio — digo. — E você? Por que escreve?

Ele coça a cabeça.

— Eu escrevo para provar que consigo e para exorcizar meus demônios. Meu nome vai viver de maneira notória, como o nome de todos os autores na minha biblioteca. *In perpetuum.*

— O que isso significa?

— Para sempre — responde ele.

— Mas você já é um autor famoso. Não é o bastante?

Ele cruza os braços sobre o peito ossudo.

— Alguém já te disse que você leva jeito para jogar sal em feridas?

— Minha avó diz que só assim a ferida fica limpa.

— Hum. Ela já disse a mesma coisa para mim — responde ele. — Elas não sabem que você está aqui, sabem? Sua avó e minha esposa?

Eu faço que não com a cabeça.

— E não vão gostar de saber. O Grande Escritor não pode ser interrompido. Ele é terrivelmente inconstante. Imprevisível. Um tirano criativo de meia-idade, irritadiço e que há pouco parou de beber, propenso a se descontrolar sem motivo aparente. Além disso, ele está ocupado reinventando o gênero de mistério na era contemporânea.

— Então você está escrevendo um livro novo?

— É claro. Para que acha que servem todos esses Moleskines?

Ele pega um caderno da pilha, vem na minha direção e o coloca nas minhas mãos.

Com cuidado, abro o caderno em uma página aleatória. Está cheia de rabiscos confusos e borrados. Eu me concentro nas palavras, mas não consigo entender o que está escrito. Parece estar em outro idioma ou em algum tipo de código que não consigo desvendar.

Antes que eu possa questionar, ele pega o caderno de volta, fecha-o com força e o coloca mais uma vez na pilha torta.

— Não é fácil, sabia disso? — diz ele. — Criar uma obra-prima. Um livro que resista ao teste do tempo.

A voz dele perde toda a aspereza e o tom mordaz. De repente, ele soa como se não passasse de uma criança grande e atrevida. Eu me lembro do momento em que vi o Fabergé pela primeira vez: um tesouro incrustado de joias escondido debaixo de séculos de sujeira, mas ainda assim eu o enxerguei como realmente era.

— É só polir — digo. — Muitas vezes, principalmente quando se trata de obras-primas, é só tirar a sujeira para revelar o brilho.

Ele semicerra os olhos e dá dois passos na minha direção, agachando-se diante de mim para ficar na minha altura. Ele está a um braço de distância e, ainda assim, não estou com medo. Não mais. Eu consigo vê-lo como ele é. Não é um ogro ou um monstro. Só um homem.

— Você é uma filósofa mirim? — pergunta. — Um bobo da corte? O bobo do castelo? Por isso diz coisas que outras pessoas não têm coragem de falar?

— A vovó diz que minha sabedoria excede meus anos de vida.

— A empregada que de tudo sabe. Também há muito brilho nela. — Ele endireita o corpo e se levanta. — Você pode me visitar sempre que quiser, contanto que não fique no meu pé.

— Seus pés não chegam perto de ser grandes ou peludos como eu imaginei — respondo. — Sr. Grimthorpe, posso perguntar mais uma coisa?

— Srta. Pip, permissão concedida.

— Onde fica a mulher do lenço e das luvas azuis? Sua assistente pessoal.

— No escritório dela, fazendo o trabalho que a ela foi atribuído — responde ele.

— Ela digita as anotações dos caderninhos? Eu sempre ouço alguém digitando.

— Evidentemente — responde ele.

— E isso é tudo o que ela faz?

E então acontece. O semblante dele se endurece outra vez e seus olhos se transformam em duas fendas raivosas.

— Quem você pensa que é? É claro que isso é tudo o que ela faz! Agora *suma daqui!* — vocifera ele.

Eu fico petrificada. Quero correr, mas é como se minhas pernas estivessem presas no assoalho.

— Está me ouvindo ou por acaso é uma imbecil? Eu disse SUMA! — grita ele.

Meus pés se desprendem do chão e eu saio correndo, a porta secreta se fechando atrás de mim e se transformando em uma parede de livros outra vez. Sozinha na biblioteca, estou ofegante e sinto que meu coração está prestes a sair pela boca. Não faço ideia do que fiz de errado ou de como o ofendi.

Então ouço:

— Molly? — É a voz alegre da vovó, ecoando do andar de baixo. — Desculpe por interromper sua leitura, mas pode descer? É hora do chá!

— Estou indo! — grito de volta.

Pego meu livro no divã e o guardo na prateleira mais afastada. Dou uma última olhada no feixe de luz que se espalha pelo chão vindo do escritório atrás da parede. Então, com uma sensação de embrulho no estômago, saio correndo da biblioteca rumo à segurança do chá e da presença da minha avó.

Capítulo 10

Estamos de volta ao saguão do hotel — o Sr. Snow, Angela e eu. O alarme de incêndio já cessou. A ordem foi restabelecida.

Encontramo-nos agora diante de um espaço vazio no balcão da recepção que há menos de uma hora estava preenchido com uma caixa contendo uma primeira edição do romance mais famoso do Sr. Grimthorpe; sua caneta-tinteiro; um Moleskine preto com um monograma; e um bilhete de agradecimento à Srta. Sharpe.

— Mas a caixa... — digo. — Estava bem ali... e agora sumiu.

— Viu só? — diz Angela. — Todo cuidado é pouco hoje em dia. Todo mundo é um criminoso em potencial.

— Nada de criminoso aconteceu aqui — rebate o Sr. Snow. — Claramente Serena estava com pressa e foi embora com a caixa que veio buscar. Não é preciso transformar tudo em uma grande conspiração, Angela.

Cheryl entra pelas portas giratórias do Regency Grand, esbarrando desajeitadamente nos hóspedes com seu esfregão ao vir até nós. Quando se aproxima, ela para e apoia o peso no cabo de madeira.

— Essas porcarias de alarmes de incêndio — reclama ela. — A gente deveria dar um fim nisso.

O Sr. Snow tira os óculos e massageia o nariz.

— Cheryl, em um hotel preparado, os hóspedes dormem despreocupados.

Ele está citando o *Guia & Manual da Camareira*. Ouvi-lo repetir minhas palavras me enche de um orgulho sem fim, mas Cheryl revira os olhos de tal maneira que não seria uma surpresa se tivesse conseguido enxergar o interior do próprio crânio.

— Cadê a queridinha do Grimthorpe? — pergunta ela.

— Não nos referimos aos hóspedes deste hotel dessa forma — repreende o Sr. Snow. — E você não deveria estar lá em cima limpando os quartos? Não consigo compreender o que está fazendo aqui no saguão.

— O que também vale para a Lily — digo. — Como supervisora temporária das camareiras, você deveria estar cuidando dela. Não sei por que ela estava aqui agora há pouco.

— Mas ela não estava — diz Cheryl.

— Estava, sim — replico. — Perto da escada.

Aponto para o local agora vazio, onde Lily estava com o espanador.

— Hum — murmura Angela. — Bem ao lado do alarme de incêndio.

O Sr. Snow bate uma palma da mão na outra.

— Muito bem. Já chega. Vocês não têm mais o que fazer? Circulando. Molly, vá ajudar Angela no Social. Como já disse, é só por hoje.

Cheryl sorri e parte rumo aos elevadores arrastando o esfregão, enquanto Angela e eu nos dirigimos ao Bar & Restaurante Social.

Assim que os outros já não podem mais nos ouvir, Angela me segura pelos ombros e, de forma um pouco brusca, me puxa para um canto escondido.

— Por que você fez isso? — pergunto, surpresa.

— Molly, tenho que te dizer uma coisa — anuncia ela, afastando o cabelo dos olhos arregalados. — Não estamos com pessoal a menos como eu disse. Eu precisava tirar você de lá para poder te avisar. Você está em apuros, entende? *Todos nós* estamos.

— Como assim?

— Ouvi aquela detetive falando com os policiais ontem. Eles acham que a morte do Sr. Grimthorpe teve algo de criminoso. Entrevistaram a equipe da cozinha ontem e a do Social à noite e montaram uma lista de suspeitos antes mesmo de receberem os resultados da autópsia. Estavam listando nomes.

— Incluindo o meu?

— Aham — responde Angela.

— Ouviu o nome de mais alguém? — pergunto, com medo da resposta.

— Da sua protegida — responde ela. — Lily.

Minha visão fica turva. É sempre assim: sempre que a realidade pesa demais, um véu escuro cai sobre mim e me tira do presente.

— Molly! — chama Angela, me sacudindo pelos ombros. — Nem pense em desmaiar agora. Não se preocupe. Eu tenho um plano.

— Um plano? — repito, encarando as três Angelas que oscilam diante dos meus olhos.

— Para estarmos um passo à frente. É sério, eu me preparei para isso a vida inteira.

Não tenho a menor ideia do que ela está dizendo, mas pelo menos o mundo parou de girar.

— Se preparou para quê? — pergunto.

— Para essa coisa de assassinato. Crime. Suspeitos, motivos e álibis. — Ela inclina a cabeça como se fosse a coisa mais óbvia do mundo. — Às vezes coisas ruins acontecem por uma porra de uma boa razão, sabe, Molls?

— Sei. Minha avó dizia a mesma coisa… só que sem o palavrão.

— Molly, eu trabalho no bar. As pessoas me contam tudo, e o que elas não me contam eu fico sabendo mesmo assim. Sabe as doidas dos gatos, as fãs número um que estavam perseguindo o Sr. G?

— As mulheres da SLDM — digo. — E elas não são "doidas dos gatos". Bom, pelo menos não todas. Elas gostam de livros, são aficionadas por mistério.

— Que seja. Elas vão vir ao Social para tomar café da manhã a qualquer momento, e se alguém sabe a verdade sobre o que aconteceu com Grimthorpe, são elas. Elas estão no cangote do homem desde que ele chegou.

— E daí? O que exatamente você está propondo? Que a gente interrogue todas elas enquanto tomam café da manhã?

— Sim. Bom, mais ou menos. *Você* vai interrogá-las enquanto tomam café da manhã. Já pensei em tudo.

— Angela, você ficou maluca?

— Não. — Angela suspira. — Olha, você precisa confiar em mim. Ontem, um homem morreu do nada no nosso hotel. Depois as coisas começaram a desaparecer por aqui e agora há pouco Snow estava babando na assistente pessoal do Grimthorpe... e nem sabemos se ela era mesmo uma assistente, se é que você me entende.

— Não entendo nem um pouco, na verdade.

— Deixa pra lá. Você se lembra de ontem, quando estava na entrada do salão de chá com a detetive?

— Lembro.

— Eu espiei aqui do Social e vi vocês. E quando as SLDM vieram beber à noite, eu disse uma coisa para elas.

Pela primeira vez, Angela fica em silêncio. É tão incomum que é quase como um pequeno milagre.

— O que você disse? — pergunto.

— Eu meio que disse que você está em uma missão confidencial aqui no hotel... disfarçada de camareira. Talvez eu tenha insinuado que você estava trabalhando como uma espécie de guarda-costas especial do Sr. Grimthorpe. E que você trabalha com a detetive Stark e, na verdade, é detetive também. À paisana.

— Você não fez isso. Por favor, diga que não fez.

— Fiz — responde Angela, abrindo um sorriso tão deslocado da realidade que sinto vontade de gritar.

— Você mentiu. Sobre mim! — exclamo.

— Para o seu próprio bem, Molly. Assim podemos agir juntas.

— Mas eu não quero.

— Por que não? Precisamos encontrar o verdadeiro assassino antes que Stark culpe um dos funcionários. Você, mais do que ninguém, sabe como os policiais são incompetentes — argumenta ela. — Eles dizem que estão buscando justiça, mas será que estão mesmo? Eles chegam à conclusão errada e culpam pessoas como nós o tempo todo.

— Isso é absurdo, um esquema furado que vai deixar nós duas encrencadas.

— Molly — diz Angela, balançando o dedo em frente ao meu rosto. — Posso ser amadora, mas não se engane: sou uma investigadora de mão cheia. Sempre fui boa em juntar as peças quando outras pessoas não conseguem. Se trabalharmos juntas, vamos deixar aquela Stark sabichona e o esquadrão de capangas dela comendo poeira. Além disso, agora que as Damas do Mistério acham que você está à paisana, vão te contar tudo. Confie em mim, por favor.

Mas eu não tenho tempo de responder, porque algo chama a atenção de Angela.

— Opa — diz ela. — Elas chegaram mais cedo.

Do outro lado do salão, duas mulheres de aparência familiar lideradas por uma terceira, alta e de cabelo cacheado — a presidente da SLDM, munida da sua bandeira vermelha —, parecem estar se dirigindo diretamente para o Social.

— Oizinho! — exclama a líder da sociedade, agitando a bandeira vermelha para nós. — Detetive, por favor, venha tomar café da manhã com a gente.

Quero corrigi-la, explicar exatamente o que sou e o que não sou, mas Angela crava as unhas com tanta força no meu braço que não consigo formular uma frase sequer.

— Que gentil da sua parte convidar Molly para o café — comenta Angela quando elas se aproximam. — Nós acompanhamos vocês.

— Ficamos felizes em ajudar — diz a líder. — É nosso dever com J. D. Queremos ajudar vocês e... a detetive — sussurra ela, apontando para mim.

— Sou só a camareira — digo. — Mais nada.

— Claro — responde a presidente, seus cachos grisalhos balançando enquanto ela assente.

— Sem dúvida — concorda a menorzinha das três, de cabelo colorido. — Está fazendo um trabalho maravilhoso em termos de discrição. Vi você limpando meu quarto outro dia. É fantástico o empenho de vocês, detetives, para manter o disfarce. Impressionante de verdade.

— É mesmo — diz a terceira senhora de cabelo grisalho, que, para meu desespero, está usando o mesmo suéter marrom de ontem, ainda coberto de pelo de gato.

E é assim que, apesar dos meus muitos protestos e tentativas de esclarecer quem sou, me encontro indo tomar café da manhã no Social com as Damas do Mistério, que acreditam piamente que sou algo que passo longe de ser.

— Vocês quatro podem ficar ali — orienta Angela quando entramos no restaurante, apontando para uma mesa vazia próxima ao bar. — Assim eu mesma posso atender vocês.

Ela pega alguns cardápios no balcão e os coloca sobre a nossa mesa.

— Permita-me — diz a mulher de suéter marrom, puxando minha cadeira para que eu me sente. — A propósito, meu nome é Beulah — apresenta-se ela ao sentar-se do meu lado. — Beulah Barnes, biógrafa de J. D. Grimthorpe.

— Biógrafa *não autorizada* — corrige a líder da SLDM enquanto se acomoda em uma cadeira à minha frente. — E eu sou Gladys, diretora literária e presidente da SLDM. Esta aqui do cabelo cor-de-rosa é Birdy, tesoureira oficial. O resto da SLDM está por ali. Elas acordam cedo.

Do outro lado do restaurante, vários pares de olhos me observam de longe.

— Vou trazer café para vocês — diz Angela.

— Chá para mim — peço.

— Volto logo — responde Angela. Então, apenas para mim, sussurra: — Molly, enquanto eu estiver longe, *faça perguntas*. Muitas. Não se esqueça, é por isso que você está aqui.

Ela dá uma piscadela e se afasta depressa.

As três mulheres me encaram com intensidade, e eu simplesmente não sei o que dizer. Então um questionamento surge na minha mente.

— Acho que minha maior dúvida é: por que ainda estão aqui? — começo. — No hotel, quero dizer. Não é como se o evento do livro ainda fosse acontecer.

— Quando estamos felizes, comemoramos juntas. Quando estamos tristes, sofremos juntas também — declara a presidente da SLDM.

As três concordam com a cabeça.

— Além disso — continua Beulah —, queremos respostas sobre J. D. tanto quanto vocês. Vai ser uma nota de rodapé terrível na biografia se descobrirem que ele foi…

— Assassinado — termina Birdy, em um tom estridente.

É a única palavra que saiu da boca da mulher franzina desde que nos sentamos.

Angela volta com três cafés e meu chá e os coloca sobre a mesa.

— Prontas para fazer o pedido? — pergunta ela.

As Damas do Mistério pedem a mesma coisa: *Le Grand Oeuf*, o café da manhã mais completo do cardápio.

— O que você vai querer, Molly? — indaga Angela.

— Nada — respondo.

— Ela está de serviço — explica Angela para as outras.

— Muito profissional — comenta Gladys, a presidente. — Nós também temos uma pergunta para você, Molly. Vocês descobriram o que o Sr. Grimthorpe iria anunciar ontem durante o grande evento?

— Ainda não descobrimos — responde Angela. — Quer dizer, *as autoridades* não descobriram — corrige-se ela, apontando para mim. — Mas adoraríamos saber as teorias de vocês.

— Ai, ai, lá vamos nós — responde Beulah.

— É um assunto que gerou muita controvérsia — comenta Gladys, colocando uma colher cheia de açúcar no café.

— Nem sempre concordamos — acrescenta Beulah, tirando pelos de gato do seio avantajado e fazendo-os flutuar sobre a mesa.

— Minha teoria — começa Gladys — é que J. D. estava prestes a anunciar a continuação de seu maior best-seller.

— *A empregada da mansão 2.0* — concorda Birdy. — Sabiam que, desde ontem, o preço de leilão da primeira edição desse livro subiu para um valor de cinco dígitos?

— Colecionadores — solta Beulah em meio a uma nuvem de pelos, bufando. — São um bando de abutres carniceiros.

— Mas vocês todas não são colecionadoras? — questiona Angela.

Quem responde é Gladys.

— Somos muito mais do que isso. Para ser mais exata, somos pesquisadoras que se orgulham do nosso material de estudo. Não temos, nem *nunca* tivemos, o objetivo de lucrar em cima de J. D. Grimthorpe.

— Isso mesmo — concorda Beulah. — Nosso propósito sempre foi promover a obra dele.

— Vou levar os pedidos de vocês — diz Angela.

Ela se vira e se dirige ao bar, me deixando terrivelmente sozinha.

A pequena Birdy se aproxima para falar. Ela é tão baixinha que sua cabeça parece uma toranja cor-de-rosa pairando sobre a borda da mesa.

— Estávamos nos perguntando se vocês já consideraram a possibilidade de haver pistas nos romances do J. D. O principal best-seller dele é sobre um romancista confinado na própria mansão, que precisa terminar seu livro mais importante. Mas há um assassino à solta, que não vou revelar quem é.

— A empregada — interrompe Beulah. — Ela era a assassina. Trabalhava na mansão o tempo todo e mesmo assim pareceu tão inocente...

— Pelo amor da boa escrita! De novo isso! Alerta de spoiler! — exclama Birdy.

Os cachos grisalhos de Gladys se agitam em frustração.

— Quantas vezes já falamos disso, Beulah? Você sabe qual é a nossa política.

Birdy levanta um dedo no ar como se estivesse regendo uma orquestra.

— As Damas do Mistério não devem arruinar um enigma para nenhum leitor — explica ela. — É nossa regra mais importante.

Beulah suspira e depois se volta para mim com o olhar apático.

— O livro tem duas reviravoltas, eu só revelei uma. Alguns leitores parecem ler apenas por essa razão, mas os romances do J. D. vão muito além. Qualquer idiota sabe disso — diz ela, praticamente cuspindo as palavras para suas colegas da SLDM. Em seguida, ela se vira para mim outra vez. — Imagino que você não tenha lido *A empregada da mansão*, não é?

Minhas palavras ficam presas na garganta. Eu me sinto um peixe fora d'água, ofegante em busca de oxigênio.

— Molly? — chama Gladys. — Você está bem?

— Eu... eu não li o romance — respondo. — Mas conheço a história. Conheço muito bem.

Um escritor em uma mansão vazia e sem vida mata a esposa. Ele acha que vai escapar ileso, mas se engana. A empregada testemunhou tudo e se vinga, matando-o do mesmo modo que ele matou a esposa, e depois dá um sumiço no corpo.

— Gladys tem certeza de que J. D. organizou o evento de ontem para anunciar a sequência desse livro — explica Birdy.

— E Birdy está convencida de que a esposa do J. D. era a razão de ele ser tão recluso — diz Gladys. — A Sra. Grimthorpe morreu há alguns anos e Birdy acha que o anúncio seria sobre um novo interesse romântico.

— A Sra. Grimthorpe morreu? — pergunto.

— Sim — responde Birdy. — O que significa que não havia mais nada que o impedisse de encontrar um novo amor — acrescenta ela, com um olhar distante.

— É a teoria mais sem noção de todas — zomba Beulah. — Você não poderia estar mais enganada nem se quisesse.

Gladys balança a cabeça.

— Beulah não gosta dessa teoria porque ela tem uma quedinha por J. D. há séculos.

— Que disparate — reclama Beulah. — Se tem alguém apaixonada por ele, é a Birdy. E nenhuma de vocês entende desse tipo de dedicação ao estudo, a arte sofisticada de desvendar pistas — acrescenta ela. — Como biógrafa do J. D., sei mais sobre ele do que vocês duas jamais saberão.

— Beulah diz ter descoberto verdades ocultas sobre J. D., mas se recusa a nos dar provas ou detalhes, o que causa certa...

— Tensão — sugere Birdy, alisando seu cabelo fúcsia.

— Frustração — corrige Gladys, pontuando a palavra com um aceno da sua bandeira vermelha.

— Tudo vai ser revelado quando eu publicar minha biografia oficial — declara Beulah.

— *Não oficial* — corrige Gladys.

— Não é preciso pedir permissão aos mortos — argumenta Beulah.

— Mas você tem que fundamentar o que descobriu. É seu dever profissional — diz Birdy. — Ela pediu várias vezes ao J. D. para que a contratasse oficialmente. Esse é o trabalho da vida dela já faz quase duas décadas.

— J. D. é... *era* reticente quanto a revelar detalhes sensíveis sobre si — conta Beulah. — O que é compreensível. Fiquem sabendo que nós conversamos algumas vezes ao longo dos anos.

— Será que conversaram? — indaga Birdy. — Será mesmo?

— Um dia a verdade virá à tona. — É tudo que Beulah responde.

— E por que não hoje? — pergunto, interrompendo o fluxo. Os três rostos se voltam para mim, seus olhares penetrantes. — Na minha experiência, segredos assim sempre acabam punindo aqueles que os guardam.

— Seria irresponsabilidade apresentar teorias sem provas concretas — responde Beulah.

Angela chega, mal equilibrando os pratos nos braços.

— Eis o café da manhã.

Ela coloca a comida na mesa e Beulah e Gladys atacam imediatamente. Birdy, por outro lado, come com mordidinhas delicadas enquanto olha para o nada. Não consigo deixar de me perguntar: será que todas elas estavam apaixonadas pelo escritor? Não sei como isso é possível, mas a vovó sempre dizia que "quem ama o feio, bonito lhe parece". De todo modo, qualquer tensão entre o trio momentos antes se dissipou com a chegada da refeição.

Aproveito o instante de calma para colocar um pouco de leite no meu chá, que já está praticamente frio. Me concentro no som monótono da colher de aço inoxidável batendo nas paredes da xícara de cerâmica comum. Só no Social usamos talheres tão simples, que não possuem o agradável tilintar da prata do Regency Grand ao tocar a porcelana fina.

Angela está parada ao meu lado com as mãos nos quadris, olhando de uma mulher para outra enquanto elas tomam o café da manhã sem dizer uma palavra sequer.

Angela se inclina para sussurrar no meu ouvido.

— Está ouvindo? — pergunta ela.

— O quê? — sussurro de volta.

— O silêncio — responde Angela. — O silêncio das Damas do Mistério.

Capítulo 11

Antes

Balanço as pernas para a frente e para trás debaixo da nossa mesa gasta, mastigando o café da manhã vinte vezes antes de engolir porque: (a) ajuda na digestão; (b) está uma delícia; (c) há crianças no mundo que nem sempre têm o que comer, então é melhor ser grata por cada mordida.

Já faz uma semana que levei aquela bronca do Sr. Grimthorpe, e de vez em quando ouço os passos dele atrás da quarta parede, mas desde então não o vi em carne e osso outra vez. Mesmo assim não consigo parar de pensar nele. Por que um homem que tem tanto parece estar tão infeliz? E o que eu fiz para deixá-lo furioso daquele jeito? Será que vou vê-lo de novo?

Os grandes físicos têm razão — o universo *está mesmo* em expansão, pelo menos o meu. A principal prova disso é o número de perguntas inéditas que tenho para a vovó todos os dias. Na noite passada, fiquei deitada na cama buscando respostas mais uma vez. Eu não me sentia assim antes, quando ia para a escola todos os dias. Naquela época, minha mente era como um tigre enjaulado, vagando sem parar de um lado para outro. Eu não ficava pensando nas coisas, muito menos as questionava. Mas desde que comecei a visitar a mansão Grimthorpe, minha imaginação desconhece limites e minha curiosidade passou a ser insaciável.

Sentada à nossa mesa, balançando as pernas, chego a uma conclusão importante: que a educação não acontece exclusivamente em salas de aulas, é um estado de espírito. Embarco em mais uma série de perguntas com um entusiasmo tão implacável que com certeza deixo a vovó exausta, mas ela nunca demonstra um pingo sequer de frustração. Vovó sempre me trata como se eu fosse adulta. Será que ela sabe que um dia vou me lembrar de todas as nossas conversas? Que vou revisitá-las na minha mente, decifrando camada após camada da sua sabedoria?

— Vó, tem como ser rico e pobre ao mesmo tempo? — questiono enquanto bebo meu chá com leite antes de continuar a comer.

— Sem sombra de dúvida — responde ela. — Uma pessoa pode ser rica de amor e pobre de coisas materiais.

— Também dá para ser pobre de saúde e rico de dinheiro.

— *Touché*.

Vovó passa manteiga no pão com uma precisão impressionante, até que sua faca esteja brilhando de limpa como se tivesse acabado de sair da gaveta.

— Vó, como foi que os Grimthorpe ficaram tão ricos?

— Quando o Sr. Grimthorpe se tornou um autor best-seller, ele ganhou uma pequena fortuna — responde ela. Vovó leva o pãozinho à boca, mas faz uma pausa antes de mordê-lo. — Mas ele já era rico mesmo antes de o livro fazer sucesso. O avô dele era um investidor muito endinheirado, e o pai também.

Na minha mente, tento visualizar o pai do Sr. Grimthorpe, mas a única imagem que vem é a do banqueiro bigodudo do Monopoly.

— Você acha que a família do Sr. Grimthorpe era legal com ele? — pergunto.

— Não sei, Molly, mas, por alguma razão, duvido muito. O que eu sei é que o Sr. Grimthorpe é filho único e que tanto o pai quanto a mãe o consideravam um fracasso.

— Ele era ruim na escola como eu?

— Ele era brilhante nos estudos. E só para constar, Molly, para mim você nunca foi ruim na escola. Quanto ao Sr. Grimthorpe, ele sempre quis escrever em vez de cuidar da empresa de investimentos da família. Ter aspirações criativas era considerado uma maldição para a família dele naquela época. Quando os pais morreram, ele herdou a mansão e uma boa quantidade de dinheiro, mas também herdou o que chamamos de bagagem emocional,

Molly. Muita mesmo. E ele a carrega até hoje. Ele pode ter nascido em berço de ouro, mas não quer dizer que isso o fez muito feliz.

Então um pensamento me ocorre.

— Vó, se o dinheiro dos Grimthorpe veio de berço, de onde veio o nosso?

A resposta da vovó é uma gargalhada, mas sei que ela está rindo comigo, não de mim.

— Querida, de lugar nenhum. Nós mal temos dinheiro.

Mas é claro que eu já sabia disso. Percebi porque só compramos coisas em promoção e remendamos nossas meias. Porque quase nunca temos requeijão chique em casa. Porque o proprietário sempre vem cobrar o aluguel. Porque temos que ir até a biblioteca da cidade em vez de ter uma em casa. E porque temos talheres que não combinam e que compramos em bazares em vez de ter um jogo completo que passa de geração em geração.

Chega a hora de fazer a pergunta que eu mais quero, aquela que vem me atormentando há dias.

— Vovó, se o Sr. Grimthorpe é mesmo um gênio, por que ele fica trancado na mansão?

Ela inclina a cabeça e me olha de um jeito que não entendo muito bem.

— Não devemos julgar as pessoas, Molly. Nós não estamos na pele delas.

— Não parece fazer muito sentido. É impossível estar na pele de alguém.

— Faz sentido sim, Molly. Para ele e para você, meu bem — diz ela, acariciando minha bochecha. — Significa que você não sabe pelo que uma pessoa já passou se não viveu as mesmas situações que ela. Não se engane, o Sr. Grimthorpe já teve que lidar com os próprios demônios. Ele está bem melhor agora, mas passou por momentos difíceis graças à doença.

— Ele estava doente?

— Estava — responde ela. — Muito doente. E, por um tempo, a doença fez com que ele se transformasse em um monstro. Mas nós sobrevivemos. Conseguimos superar. Eu e a Sra. Grimthorpe o ajudamos na mansão e ele melhorou. Ele ficou sóbrio, Molly, entende o que isso quer dizer?

Imagino gárgulas de asas pontudas cercando o Sr. Grimthorpe enquanto a vovó e a Sra. Grimthorpe tentam espantá-las.

— O que vocês fizeram para afastar os demônios? — pergunto.

— Agimos com paciência e persistência. A Sra. Grimthorpe me pedia para ficar horas e horas sentada ao lado da cama do marido lendo para ele, e foi o que fiz. Isso o distraiu dos sintomas mais complicados. Eu também fazia chá, Molly, que certamente não era a bebida preferida dele na época. Chá é uma bebida fantástica e cura quase tudo, pode acreditar.

— Mas e se o Sr. Grimthorpe ficar doente de novo? E se a doença dele voltar?

— Não se preocupe. Ele já está bem. E eu e a Sra. Grimthorpe já o perdoamos pelos erros que cometeu sob efeito do álcool. Mas, por consequência dessa época tão difícil, ele se tornou uma pessoa reservada. A vergonha é a cicatriz que os demônios deixam depois que vão embora. Lembre-se disso, Molly.

Olho para o pãozinho pela metade no meu prato. Eu estava achando gostoso até então, mas de repente começou a parecer duro e meio ruim.

— Já terminou o café da manhã? — pergunta vovó.

Eu faço que sim.

— Que bom — diz ela, pousando a mão quentinha sobre a minha. — Então lá vamos nós, rumo à mansão.

Passo a manhã trabalhando na despensa de prata enquanto vovó faz comida e limpa a cozinha. Pertinho dali, posso ouvi-la cantando como um passarinho do outro lado da porta. A Sra. Grimthorpe está em algum outro cômodo, pelo menos por enquanto, o que provavelmente explica por que minha vó está cantando.

A cada dia, fico melhor em usar a solução abrasiva e dependo muito menos da força do meu braço para tirar as manchas da prata. Hoje decidi polir de manhã e ler à tarde. Já terminei um conjunto de chá completo, várias bandejas e um jogo de talheres até a última colher, que seguro diante do rosto para dar uma olhada. Analiso minha imagem na prata, distorcida e invertida, um mundo de cabeça para baixo, como tudo na mansão Grimthorpe.

Alguém aparece de ponta-cabeça atrás de mim, a imagem refletida na colher — é a Sra. Grimthorpe, sua boca curvada para baixo transformada em um arremedo de sorriso. Eu a observo enquanto ela examina os objetos recém-polidos sobre a mesa.

A dona da casa enfim ergue o queixo, num gesto de aprovação a contragosto.

— Está dispensada — anuncia. — Pode ler seu livro na biblioteca.

Faço uma reverência e saio para falar com a vovó na cozinha, enquanto ela tira uma travessa de bolo do forno.

— Você está se saindo bem — sussurra ela. — Nem a patroa pode negar. Pode subir. Eu chamo você na hora do chá.

Vou em direção à entrada da mansão e subo a escadaria, parando no patamar do segundo andar para espiar o longo corredor que dá para a biblioteca. O Sr. Grimthorpe não é um ogro, disso tenho certeza agora, mas quando o conheci pessoalmente na semana passada ele estava tão bravo que até soltou um rugido, além de me chamar de uma coisa feia e me mandar embora. Ainda não sei o que fiz de errado, mas, para falar a verdade, nunca sei até que seja tarde demais. Eu me lembro de uma vez na escola em que corrigi uma palavra que a Srta. Cripps escreveu errado no quadro e fui mandada para o canto da sala de aula. Fiquei lá por tanto tempo que acabei fazendo xixi nas calças de vergonha.

Na ponta dos pés, vou até a entrada da biblioteca e paro. Não entro. Ainda não. Apenas observo a parede proibida e a fresta perto do chão — não há luz nem sinais de vida do outro lado.

Vou até a prateleira, pego *Grandes esperanças* e sento no divã para abrir o livro. Fiz um bom progresso da última vez e, apesar de ainda não entender Pip muito bem, estou fascinada pela Srta. Havisham, a noiva arrasada com uma única missão na vida: atormentar um garoto de coração bondoso. Acho que essa é a coisa mais assustadora que já li, então por que não consigo parar de virar as páginas?

Clique. Um som discreto, mas que ecoa no silêncio da biblioteca de teto abobadado.

A luz que escapa da fresta da parede se derrama pelo chão.

Ouço passos, um arrastar de pantufas.

Pela primeira vez em dias, há sinal de vida do outro lado da quarta parede proibida. Olho para o dicionário Oxford, que se destaca entre as outras lombadas da estante. De repente, a parede de livros se abre e o Sr. Grimthorpe aparece à porta, com a roupa toda amarrotada e os ombros caídos. Seguro o livro com força contra o peito.

E então o inesperado acontece.

— Desculpe — diz o Sr. Grimthorpe.

Eu mal posso acreditar. Um pedido de desculpas vindo de um homem adulto? A ideia é tão absurda que ele poderia muito bem estar falando em outra língua. Tenho que balançar a cabeça só para me certificar de que ouvi direito.

— A forma como me comportei no outro dia foi imperdoável — continua ele. — Eu me exaltei como um grande estúpido. Chamei você de uma coisa que, agora que parei para pensar, percebo que tem mais a ver comigo do que com você. A verdade é que eu sou o imbecil, o rei da insignificância. A única justificativa que tenho para minha explosão é que minha doença tem como um de seus sintomas prolongados a deletéria tendência a ter esses rompantes com quem nada tem a ver com o assunto. Espero que possa aceitar meu pedido de desculpas.

Não entendo muito bem o que ele quis dizer com aquilo, mas seu rosto parece aflito. Naquele momento, aprendo uma coisa importante: não é preciso entender a dor de outra pessoa para que seja verdadeira.

— Eu perdoo você, Sr. Grimthorpe — respondo. — Mas por acaso você sabe o que significa pedir desculpas?

— Por favor, me conte.

— Significa prometer nunca mais repetir o mesmo erro.

Ele solta um suspiro e vai até sua mesa, largando o corpo na cadeira.

— Posso prometer que nunca mais cometerei esse erro em específico, embora não possa garantir que não cometerei outros. A verdade, Pip, é que perdi toda a minha jocosidade, se é que algum dia a tive.

— Jocosidade? — pergunto, parada à porta.

— Significa: alegria, contentamento, felicidade — explica ele. — Antes eu era capaz de encontrá-la no fundo de uma garrafa, mas não faço mais isso.

Não sei onde minha jocosidade está agora. Às vezes tenho certeza de que a encontrarei quando chegar ao final do meu próximo livro, mas estou enfrentando uma mazela diferente e ainda mais grave.

— Uma doença?

— Sim. Uma mazela muito peculiar conhecida como bloqueio criativo. Não consigo finalizar o livro em que estou trabalhando, já tentei de tudo. E tenho certeza de que fazer isso seria o suficiente para conseguir o que desejo.

— Que é...?

— Uma fama ainda maior. Notoriedade. Meu lugar reservado nas estantes pelos próximos séculos. O cessar da inquietação, o retorno da jocosidade.

Dou um passo cuidadoso à frente, entrando na sala, mas paro a uma distância segura da mesa abarrotada de Moleskines pretos.

— Sobre o que é o livro?

Ele se inclina para a frente.

— É um livro de mistério. Um escritor está sendo mantido em cativeiro na própria casa pela esposa. Ele tem duas opções: matá-la ou cometer suicídio.

— E o que ele decide? — pergunto.

— Ele mata a esposa. E então arranja um novo problema.

— Qual?

— Ele precisa dar sumiço no corpo dela para não enfrentar acusações de assassinato e uma nova forma de cativeiro. Uma cadeia de verdade, bastante diferente do relativo conforto da sua casa.

Olho para o homem magro sentado à minha frente, com seu cabelo desgrenhado e os olhos de animal selvagem. E se aquilo não for faz de conta? Pensar nisso faz meu estômago embrulhar.

— Está pensando em matar a Sra. Grimthorpe? — pergunto.

Ele joga a cabeça para trás, morrendo de rir da minha pergunta.

— Por que está rindo? — questiono.

— Porque é um disparate. Não tenho intenção alguma de matar minha esposa. Não existe motivo para isso. Ela já está morta há pelo menos vinte anos, e a culpa é minha. A coitada passou toda a vida adulta defendendo minha reputação e cuidando da minha saúde e do meu bem-estar. Posso assegurar que não facilitei nem um pouco para ela. Digamos que há maridos mais fiéis no mundo, mas há poucas esposas tão leais quanto ela.

— Não entendi — digo.

— Deixa pra lá. A questão é que preciso dar um jeito no meu livro. Preciso de um desfecho, uma reviravolta, talvez duas. E preciso fazer um corpo imaginário desaparecer.

— Abrasivo.

— O quê? — pergunta ele.

— Abrasivo. O produto químico. Ele queima. Se usar o suficiente, acho que dá conta de fazer um corpo desaparecer.

Ele se levanta e começa a andar pela sala, depois para e olha para mim.

— Como sabe disso?

— Era uma vez uma empregada que odiava tanto o próprio patrão que dissolveu as mãos dele em solução de limpar prata.

Ele arregalou os olhos.

— Quem contou isso para você?

— Eu inventei. Mais ou menos. A vovó me contou uma história real, mas acabei de mudar algumas coisas na minha cabeça. Como a gente chama uma história que tem um pouco de verdade, mas não é um fato?

O rosto dele se transforma. Todos os vincos de tensão se suavizam. Toda a angústia se dissolve. Pela primeira vez desde que o conheci, ele parece eufórico, contente e leve.

— Um livro — responde ele. — A gente chama de livro.

Capítulo 12

Pedi licença para as Damas do Mistério e me retirei da mesa de café da manhã. Já estou quase saindo do Social quando Angela me intercepta em frente ao restaurante.

— Molly, você arrasou! — exclama ela. — Elas acreditaram muito que você é detetive! Caíram feito um patinho!

— Foi humilhante e ludibrioso. Além do mais, nem sei se descobri alguma coisa relevante.

— Às vezes detalhes que não parecem nada de mais acabam sendo a chave para desvendar o mistério. Tudo o que precisamos fazer é juntar as peças.

— Não estou interessada em juntar as peças, Angela. Estou interessada em fazer o meu trabalho. Meu trabalho como camareira.

— Tá bom, tá bom — diz Angela. — Não precisa ficar irritada. Pode ir fazer seu trabalho de camareira, já que quer ignorar esse furacão de merda rodopiando por aqui. Mas, Molls, vê se toma cuidado. E caso veja ou ouça algo suspeito, me avise.

— Pode deixar — concordo. — Posso ir agora?

Não espero uma resposta. Simplesmente saio do restaurante e vou até o saguão, onde o Sr. Snow me vê e acena para que eu vá até a recepção.

— Aonde está indo, Molly?

— Angela não precisa mais de mim. Vou voltar para o meu trabalho de verdade, se não se importa.

— Está bem — diz o Sr. Snow. — As camareiras lá em cima vão ficar felizes em ver você.

Pego a escada dos fundos para subir até o quarto andar. Sinto vontade de vomitar e sei exatamente o motivo de estar tão angustiada. Fingi ser algo que não sou no café da manhã com as Damas do Mistério e, embora vovó não esteja aqui para ver, sei que meu comportamento não a deixaria nada orgulhosa. Sou uma fraude, uma hipócrita, duas coisas que ela nunca me ensinou a ser. Por que não contei a verdade? Por que não insisti na tentativa de mostrar para as Damas do Mistério que sou só uma camareira comum?

Quando chego ao quarto andar, encontro Sunshine no corredor com seu carrinho e um cesto de roupa suja cheio.

— Molly! — exclama ela ao me ver. — Ah, por favor, diga que está de volta. Não estamos dando conta. A nova chefe está na sala de descanso "dando um tempo" e Lily… Bom, não sei o que deu nela hoje. Estamos exaustas. Veja a Sunitha.

Sunitha vem do quarto ao lado, arrastando um cesto de roupa suja cheio de lençóis usados. Está suando como a tampa de uma panela.

— Equipe unida, limpeza cumprida. Não se lembram?

— Mas a equipe não está nada unida ultimamente, Molly. Tem algo de errado com a Lily. Sei que ontem foi difícil, mas ela está mais estranha do que o normal e não quer contar o que está acontecendo. E ela desaparece toda hora. Estávamos limpando um quarto juntas agora mesmo e, quando eu me virei para pedir papel-toalha, puf! Ela tinha sumido sem mais nem menos.

— Onde ela está agora? — pergunto.

— Para lá — responde Sunshine, apontando com a cabeça para o corredor.

— Obrigada.

Vou até o final do corredor e vejo um carrinho de limpeza encostado em uma das portas para mantê-la aberta. Lily está lá dentro, parada feito estátua perto da janela, segurando um spray de limpeza em uma mão e um pano na outra.

— Lily? — chamo. Ela dá um pulo de susto. — Está tudo bem?

Ela olha fixamente para mim com uma expressão que não consigo encontrar no meu catálogo mental de comportamentos humanos.

— Quem está no comando? — pergunta ela com a voz trêmula.

— Como assim?

— Cheryl ou você?

— Cheryl é a camareira-chefe hoje. Amanhã as coisas voltam ao normal. Pode ser?

Ela dá de ombros.

— Lily, se você estiver passando por algum problema, pode falar comigo.

— Posso mesmo? — pergunta ela. — É assim que funciona?

— Claro que sim — respondo.

— Mas o peixe morre pela boca. Você mesma disse isso quando me contratou. "A discrição é essencial no Regency Grand."

— Lily, você é a última pessoa que eu acusaria de indiscrição — respondo. — Você demorou semanas para falar uma palavra sequer. Por favor, não se cale agora.

— Estou tentando, mas não é fácil. Preciso deste emprego, Molly. Já fui demitida uma vez e não posso passar por isso de novo.

É a primeira vez que ela menciona a demissão de um emprego anterior, e a informação me pega desprevenida. Engulo a surpresa e pergunto gentilmente:

— O que houve?

— Eu era caixa em um supermercado — responde Lily.

— Eu me lembro. Você colocou isso no currículo.

— O que não contei é que, quando apontei um roubo feito por outra caixa, levei a culpa e fui demitida. Achei que se eu te dissesse isso não ia querer me contratar. E agora estou com medo de dizer qualquer coisa. Em quem eu devo confiar, Molly?

— Em mim — respondo. — Pode confiar em mim.

Olhar para Lily é como ver meu antigo eu refletido em um espelho. Eu não confiava em ninguém quando comecei a trabalhar no hotel, e, até hoje, há momentos em que esse sentimento horrível volta à tona.

— Molly, um dia você é minha chefe e no outro não — continua Lily. — E um homem que servi no salão de chá morreu logo depois.

Ela se afasta e vira de costas para limpar algumas impressões digitais marcadas no vidro da janela.

— Lily, se você está preocupada com um assassino à solta neste hotel, posso dizer com toda a tranquilidade que não há razão para acreditar que isso seja possível — digo, mas meu estômago se revira, porque sei que o que estou dizendo não é algo irrefutável.

Lily me fita com olhos vazios e inexpressivos.

— A culpa é sempre da camareira. — É o que diz antes de voltar à limpeza em completo silêncio.

Não consigo evitar: a conversa me deixa exasperada e acabo soltando um suspiro alto. Com toda a sinceridade, estou dando meu máximo, mas não sei como ajudá-la. Então me ocorre que talvez a melhor maneira de fazer isso seja sem o apoio das palavras, mas acompanhando-a de perto e trabalhando com ela.

Começo a arrumar a cama em silêncio, tirando os lençóis usados e colocando novos. *Cama arrumada, cabeça sossegada*, penso comigo mesma. Mas não está funcionando. Minha cabeça não está nem perto de estar sossegada, e é claro que Lily sente a mesma coisa. Levo os lençóis usados para o carrinho dela e estou prestes a ensacá-los quando percebo algo na lixeira — uma caixa dobrada com o nome *Serena* escrito em preto na tampa. A mesma caixa que desapareceu durante a confusão do alarme de incêndio.

— Lily — chamo.

Ela se vira para mim.

— Foi você quem colocou essa caixa no carrinho? — pergunto.

Ela balança a cabeça.

— Sabe quem foi?

Ela balança a cabeça outra vez, depois me encara com seus olhos escuros e insondáveis.

— Diga, Lily. Eu imploro.

Mas tudo que ela diz é:

— O peixe morre pela boca.

Meus nervos estão em frangalhos e sinto uma aflição terrível no peito enquanto ajudo Lily a limpar o quarto 429. Eu sei qual é a verdadeira causa da minha angústia. Não é Lily, embora, é claro, eu esteja preocupada com ela. Também não diz respeito à morte do Sr. Grimthorpe ou aos acontecimentos inexplicáveis no hotel. O que me tortura é saber que me envolvi em uma mentira. Só de pensar no assunto já fico completamente abalada.

Se mentir uma vez sequer, sua verdade sempre será questionável. A voz da vovó ecoa na minha mente, e não consigo ignorá-la.

— Lily, é hora do almoço — aviso. — Vamos fazer uma pausa.

Ela assente, deixa o spray de limpeza de lado e logo se retira do quarto.

De repente, sei o que tenho que fazer. E não posso desperdiçar um minuto sequer.

Deixo o quarto, que se encontra em um estado de profunda imperfeição, e sigo rumo ao saguão. Passo pelas portas do hotel e já estou descendo as escadas atapetadas quando o Sr. Preston nota minha presença e me chama.

— Molly, para onde está indo com tanta pressa? — pergunta ele.

— Tenho uma coisa para resolver — explico. — Volto mais tarde.

— Eu também tenho — diz o Sr. Preston. — Falando nisso, Molly, sobre o nosso jantar no domingo, eu estava pensando que…

— Sr. Preston — interrompo —, será que nosso jantar pode esperar até o retorno do Juan Manuel? Eu mal estou dando conta das coisas como estão. Não consigo lidar com mais nada agora.

O rosto do Sr. Preston murcha como um bolo tirado do forno antes da hora. No entanto, antes que ele possa responder, uns empresários cheios de malas o chamam e, quando ele corre para atendê-los, eu aproveito para dar no pé.

Ando depressa, viro à esquerda, depois à direita e depois à esquerda de novo. Chego à delegacia em exatamente quinze minutos. Paro por um momento para observar o prédio do outro lado da rua, um bloco cinza e de arquitetura brutalista com janelas fumê.

Atravesso a rua movimentada e entro na delegacia pela porta da frente.

Uma mulher loira com unhas compridas pintadas de roxo me recebe na recepção.

— Em que posso ajudá-la?

— Preciso falar com um detetive — respondo, tentando manter a voz firme.

— É uma reclamação, uma denúncia ou deseja se entregar? — pergunta ela.

— O último.

— Você quer se entregar? Sabe o que isso significa?

— Sei, sim — respondo. — Tenho amplo domínio do idioma.

A moça de unhas roxas me encara com uma expressão indecifrável.

— É com a detetive Stark que preciso falar — explico. — Ela me conhece. Trabalho como camareira no hotel onde o Sr. Grimthorpe morreu.

Então a mulher se levanta com muita calma. Sem dar as costas para mim, abre uma porta e grita por cima do ombro com uma voz trêmula:

— Detetive Stark! Por favor, pode vir aqui? Depressa?

Ela não volta a se sentar como imaginei que faria. Em vez disso, fica parada ali, encostada na parede, me encarando como se eu fosse roubar algo ou sacar uma arma. Botas pesadas se aproximam pelo corredor, e, em seguida, Stark, de preto como sempre, aparece à porta.

— Molly? — diz ela ao me ver. — Que diabos veio fazer aqui?

— Ela veio se entregar — sussurra a Sra. Garras Roxas.

A detetive Stark ergue as sobrancelhas.

— Venha — indica ela.

Agradeço à Sra. Garras e sigo a detetive pelo corredor até uma sala em que já estive uma vez, em circunstâncias das quais não quero nem me lembrar. A sala é exatamente como eu recordava, com luzes fluorescentes quase ofuscantes e coberta por uma camada de sujeira criminosa.

— Sente-se — diz Stark, apontando para uma cadeira preta suja em frente a uma mesa branca manchada.

Eu me sento na cadeira nojenta e a detetive se senta de frente para mim. Não sei exatamente como começar, já que nunca confessei um crime antes, então espero em silêncio por uma deixa. Uma luz vermelha pisca no canto da janela atrás da detetive.

— Quer um café? Isso facilitaria as coisas?

— Não — respondo.

Da última vez que estive aqui, ela me trouxe água, e não chá, como eu tinha pedido, e em um copo de isopor que fazia um barulho horrível e incomodava os ouvidos. Se isso acontecer de novo, acho que não vou conseguir falar. A detetive me encara.

— Bom, você já disse por que veio, então é melhor irmos logo ao assunto. Você vai se sentir melhor depois, eu prometo.

Eu respiro fundo.

— Eu não conseguiria viver com essa culpa — começo. — Estou me sentindo péssima, isso está me consumindo. Não paro de pensar na minha avó e em como ela ficaria decepcionada se soubesse o que eu fiz. Mas ela não sabe. Porque já morreu.

— Você está fazendo a coisa certa, Molly. Estou pronta para ouvir sua confissão — diz a detetive Stark.

— Eu cometi um crime — digo.

— Sim, eu sei. Mas você precisa ser mais específica. Precisa dizer em voz alta que envenenou e matou o Sr. Grimthorpe.

— O quê? — exclamo. Não consigo acreditar no que ela está dizendo. — Eu não fiz nada disso! O que você acha que eu sou, uma assassina?

— Você disse que veio se entregar.

— Por fraude, não assassinato! — rebato. — Eu me passei por uma autoridade e estou profundamente arrependida. Tentei dizer a verdade, mas as Damas do Mistério não quiseram ouvir. Você não está entendendo?

— Não, Molly, não estou entendendo — responde Stark —, porque, como sempre, você não está sendo coerente. Nem sei por que ainda me surpreendo.

Eu me recomponho e começo de novo, explicando a Stark em detalhes que as Damas do Mistério acharam que eu era uma detetive trabalhando à paisana no hotel e que, apesar de eu ter tentado dizer a verdade, elas se recusaram a acreditar em mim, no fato de que sou apenas uma camareira.

— É isso. Eu cometi fraude de identidade. E talvez obstrução de justiça também. Pode me indiciar. Eu mereço.

— Indiciar você? — repete a detetive. — Porque um bando de leitoras doidas de meia-idade achou que você era detetive?

Só então me dou conta do que a detetive Stark disse há pouco.

— Espera aí. O Sr. Grimthorpe foi envenenado?

A detetive Stark suspira.

— A autópsia e o laudo toxicológico chegaram. Encontraram etilenoglicol no chá dele. Ainda não é de conhecimento público, mas você ia ficar sabendo em breve, já que temos uma coletiva de imprensa daqui a uma hora. Tem algum palpite de como essa substância foi parar na xícara de chá do escritor, Molly? — pergunta Stark, inclinando-se para a frente de uma maneira que certamente parece uma invasão de espaço pessoal.

— Como eu poderia saber por que tinha anticongelante no chá do Sr. Grimthorpe? — respondo.

Stark apoia os cotovelos na mesa.

— Eu não disse nada sobre anticongelante.

— É outro nome para etilenoglicol — explico. — E, francamente, muito me surpreende que uma autoridade como você não saiba disso.

— Pelo amor de Deus... — Stark suspira, levando a mão à testa. — Molly, eu nunca disse para você que etilenoglicol é a mesma coisa que anticongelante! E isso não é exatamente algo que todo mundo sabe, não acha? Consegue entender como isso me faz pensar que você é a assassina de Grimthorpe?

Ela olha para mim de maneira muito indecorosa.

— Por acaso acha que sou uma imbecil? — acuso. — Fique sabendo que tenho um vasto conhecimento sobre produtos químicos e venenos, e não só por causa de *Columbo*. Uma vez, Angela me contou uma história real de uma mulher que matou o primeiro e depois o segundo marido colocando anticongelante nos bolos que fazia para ele. Até fizeram um filme sobre isso. Acho que o nome era *Viúvas Negras*. É um dos favoritos dela.

— Angela? Quem é Angela? — pergunta Stark.

— Ela trabalha no Social — respondo. — O título do filme se encaixa muito bem, não acha?

A detetive Stark cruza os braços.

— O que eu acho é que, se você sabe tanto sobre venenos, sabe exatamente por que foi usado anticongelante para matar o Sr. Grimthorpe.

— Sei mesmo. Porque tem um sabor adocicado, muito adocicado. Dá para esconder anticongelante em quase qualquer comida.

— Exatamente — responde a detetive Stark. — E como é que o Sr. Grimthorpe gosta de beber chá, Molly?

— Com mel — respondo. — Bastante mel.

— Isso! — concorda Stark com satisfação irritante. — E quem colocou o pote de mel no carrinho de chá dele, Molly?

— Eu — respondo com orgulho. Só quando a palavra sai da minha boca percebo que isso pode ser mal interpretado. — Mas não envenenei o Sr. Grimthorpe — acrescento depressa. — Eu não tinha motivos para isso.

— Encontramos suas impressões digitais em todo o carrinho — responde Stark.

— É óbvio que encontraram. Assim como tenho certeza de que também encontraram as da Lily.

A detetive Stark funga, mas não diz nada.

— Eu vim aqui confessar um crime pelo qual você não quer me indiciar só para descobrir que, mais uma vez, você quer me prender por um assassinato que não tem nada a ver comigo. Detetive Stark, se pretende fazer isso, é melhor ter provas que me conectem ao crime. Você não pode me deter sem um motivo, provas e uma arma do crime. E, até onde sei, tudo o que vocês têm no momento é apenas o crime.

— Então onde está, Molly? — questiona a detetive Stark. — Onde está a porcaria do pote de mel? Você guardou como se fosse um troféu macabro? Jogou em alguma caçamba de lixo?

— Por que não faz uma busca pelo hotel? — sugiro. — Se fui tapada a ponto de envenenar um homem famoso depois de deixar minhas impressões digitais por todo o carrinho de chá que ele degustaria, é lógico que devo ter deixado o pote de mel no meu armário.

Stark solta uma risada.

— Snow me deu permissão para inspecionar seu armário ontem à noite. Não encontrei muita coisa.

Aquilo me deixa ultrajada.

— Mexeram no meu armário sem a minha permissão?

— Você só pode estar brincando — responde a detetive.

— Foi um erro ter vindo — concluo. — Você nunca vai me enxergar como realmente sou, não importa o quanto eu tente. Já terminamos, detetive? Posso ir agora?

— Não posso impedir você, posso? — retruca Stark. — Mas estou de olho em cada movimento seu, Molly. Tenho olhos no hotel. Tenho olhos em todo lugar.

A menos que ela seja uma libélula ou uma aranha, isso é claramente impossível, mas como é evidente que a detetive está irritadiça, decido não refutar seu exagero ocular.

— Adeus, detetive.

Ofereço uma longa reverência e vou embora.

Só depois de deixar a delegacia e atravessar a rua é que volto a respirar normalmente. Assim que o faço, me dou conta da gravidade da situação. O Sr. Grimthorpe não morreu de causas naturais — foi assassinado a sangue-frio. Alguém o envenenou, e quem quer que tenha sido ainda deve estar hospedado no hotel. Tenho que voltar e contar ao Sr. Snow antes que a informação venha a público.

Acelero o passo, voltando o mais rápido que meus pés conseguem me levar. Estou a apenas alguns quarteirões de distância quando avisto algo que me faz parar no mesmo instante. Do outro lado da rua, na minha diagonal, fica a loja de penhores, com a vitrine ampla e o letreiro néon que fica aceso 24 horas por dia, sete dias por semana.

O Sr. Preston está parado em frente à loja, olhando para alguma coisa na vitrine. Ele entra no estabelecimento e eu ouço o som do sininho da porta ao ser fechada. Isso por si só não é nada de mais: é só o Sr. Preston, meu amigo, porteiro do hotel, entrando na loja de penhores do bairro. Não é nada preocupante.

O problema é o que ele tem em suas mãos ao entrar. Aquela porta escura, o olho espiando pelo buraco da fechadura: mesmo de longe, eu consigo enxergar a ilustração da capa muito bem.

É um exemplar raro da primeira edição de *A empregada da mansão*, de J. D. Grimthorpe.

Capítulo 13

Antes

Minha atenção aos detalhes sempre foi assim. Enxergo uma coisa, mas deixo outra passar. Observo com cuidado, mas, por alguma razão, não percebo o que outras pessoas notam com relativa facilidade.

Na minha mente, sou criança outra vez e estou segurando o boletim escolar que aponta minha habilidade social como MUITO RUIM e que me declara oficialmente REPROVADA, decretando que devo cursar aquela série de novo no ano seguinte. Estou trabalhando com a minha avó na mansão já faz quase duas semanas, e a cada dia fico mais confiante nas minhas habilidades. Mas agora, ao visualizar o boletim de novo, a sensação faz com que minha autoestima evapore em um piscar de olhos.

Não consigo nem olhar para a vovó. Minhas bochechas ficam vermelhas de vergonha. Sinto vontade de rasgar o papel em um milhão de pedacinhos, atear fogo nele e transformar tudo em cinzas. Mas uma parte de mim também está curiosa, ávida para entender como exatamente sou diferente dos meus colegas.

— Vó, como é ter habilidade para entender todos os comportamentos? — pergunto.

A pergunta a faz rir.

— Ninguém tem a habilidade de entender *todos*, Molly. Muito menos eu. Interações sociais são complexas. Quanto mais você treina, melhor fica.

— Explica — peço.

Vovó pensa um pouco antes de responder.

— Às vezes, o que dá forma e significado para uma coisa é justamente o que não é explícito — diz ela. — O que acontece é que nós captamos o que não é dito e entendemos que, apesar disso, esse algo é uma parte essencial da equação, o xis da questão. Ainda que esteja invisível, ainda que não esteja lá de verdade.

Tento entender aquilo com todas as minhas forças, mas não consigo. Se algo está invisível, simplesmente não existe. Se não existe, não há nada a ser captado. Naquele momento, concluo que é um caso perdido. Que *eu* sou um caso perdido. Nunca vou entender.

A vovó se agacha para ficar na minha altura.

— Não se deixe abalar por esse boletim, Molly. O problema não é você, é o sistema escolar como um todo. Isso é só um pedaço de papel bobo que não consegue quantificar suas competências.

— Minhas competências? — repito.

— Sim, suas competências. Você tem várias. De vez em quando você deixa passar algumas sutilezas, mas é uma pessoa boa de alma e de coração.

O coração fica do lado esquerdo do corpo. Sei que o meu está bom porque consigo senti-lo batendo quando coloco a mão sobre o peito, mas não sei onde minha alma fica. Talvez ela seja como o misterioso xis da questão de que a vovó comentou. Algo que depende do que está ao redor para ser revelado.

— Já que você falou em habilidades sociais — comenta vovó —, sempre quis te dizer que você não precisa falar "sim, senhora" com tanta frequência na presença da Sra. Grimthorpe. Ou na presença de qualquer um, para falar a verdade. É bom mostrar respeito, mas, quando se passa dos limites, as pessoas podem pensar que você é obsequiosa.

— O-B-S-E-Q-U-I-O-S-A. Significado: exageradamente respeitosa.

— Sim. E servil. Alguém com pouco respeito próprio. E já que estamos falando no assunto, quando quiser saber o significado das palavras, não precisa soletrá-las. Eu adoro seus concursos de soletração, mas nem todo mundo gosta. Talvez seja algo que você consiga fazer com menos frequência.

Vovó se aproxima de mim e me abraça, beijando minha cabeça.

— E, Molly, lembre-se: não importa o que aconteça, sempre vou ter orgulho de você. Você tem o direito de andar de cabeça erguida tanto quanto qualquer outra pessoa.

— Hora de sacudir a poeira — digo, inclinando o pescoço para olhar para ela.

— Essa é a minha garota — diz ela, concordando. — Vou lá embaixo pegar a roupa, Molly. Vou dobrar tudo e volto antes que você consiga dizer "Grilo Falante".

Ela tem três pilhas de roupa para dobrar hoje e, mesmo se fosse apenas uma, eu provavelmente seria capaz de dizer "Grilo Falante" umas mil vezes até ela terminar. Mas sei que é só uma expressão, ela não quis dizer isso literalmente. Significado: precisamente, estritamente, exatamente.

Ela abre a porta da frente para sair, mas depois volta alguns passos.

— Se o Sr. Rosso aparecer, entregue o envelope que deixei na mesa da cozinha, por favor. E não se esqueça de pedir o recibo. Chegou aquele dia do mês — diz ela com um olhar cansado.

Eu sei exatamente do que ela está falando. É o primeiro dia do mês, dia de pagar o aluguel. O Sr. Rosso, de narigão bulboso e barriga redonda, vai chegar a qualquer momento, batendo na porta e exigindo o que é dele.

— Por que chamam ele de senhorio? — pergunto à minha avó. — Ele não parece um senhor.

— Não? — pergunta vovó. — Ele cobra caro por moradias de má qualidade, espera reconhecimento por falta de assistência e reivindica propriedades como se fosse dono do mundo inteiro. Mas vamos pagar o aluguel mesmo assim. Afinal de contas, nós queremos continuar tendo um teto para morar. Então seja educada.

— Eu sempre sou.

— Sim, é verdade — concorda vovó.

Ela sorri e sai, trancando a porta. Consigo ouvi-la cantarolando no trajeto pelo corredor até as escadas.

Depois que ela se afasta, amasso meu boletim até formar uma bola e o arremesso na lata de lixo da cozinha.

Não demora muito para que alguém bata na porta.

— Estou indo! — exclamo, pegando uma cadeira da cozinha e indo até a entrada.

Vovó sempre me faz olhar pelo olho mágico antes de fazer "abre-te sésamo", então posiciono a cadeira, subo e espio lá fora. Não é o Sr. Rosso. É uma jovem que não reconheço, de cabelo escuro e olhar arisco.

— Bom dia! — cumprimento sem abrir a porta. — Quem é você?

— Eu digo meu nome se você disser o seu — responde a moça.

Paro para pensar na proposta sem me afastar do olho mágico.

— Minha avó diz que não posso dizer meu nome para estranhos. Nem abrir a porta.

A mulher muda o peso de um pé para o outro como se estivesse muito apertada para ir ao banheiro.

— Mas eu não sou uma estranha — argumenta ela. — Eu e sua avó nos conhecemos e eu conheço você. O nome dela é Flora e você é a Molly. Eu já estive aqui antes, você só não se lembra porque era da altura do rodapé, como diz sua avó.

Aquilo me deixa mais tranquila, mas já li o livro do Ali Babá, então sei que não devo abrir portas antes que digam "abre-te, sésamo".

— Prove que você já esteve aqui antes.

Ela coça a cabeça.

— Hum… Tá bem. A xícara de chá favorita da sua avó tem a figura de uma paisagem do campo e fica guardada na prateleira ao lado do fogão.

Ela acertou na mosca, cem por cento. Esse é um detalhe que apenas alguém que já esteve lá em casa poderia saber. Ainda assim, decido exigir outra prova.

— De onde você conhece minha avó?

— Hum, nós trabalhávamos juntas? — responde ela, tentando espiar pelo olho mágico.

— Onde?

— Na… hum… naquela mansão. A mansão Grimthorpe.

— O que você fazia lá?

— O que acha? Eu era… empregada de lá.

Então tudo bem. Eu salto da cadeira, giro a fechadura e abro-te, sésamo.

A jovem fica parada diante de mim, me observando com olhos atentos. Seu rosto é esquelético, abatido, e ela parece estar precisando pegar um solzinho. Treme como se estivesse frio, embora não esteja nem um pouco frio lá fora. Percebo que ela tem marcas vermelhas nos braços. Sei bem como é. Uma vez também tivemos uma infestação de percevejos nas camas e minhas pernas ficaram em carne viva, cheias de picadas, como naquelas brincadeiras de ligar os pontos.

A jovem olha para mim sem dizer nada.

— Você é amiga da vovó, então?

— Sou — responde ela, fazendo que sim com a cabeça em um movimento vigoroso.

A moça não se parece com nenhuma das amigas da vovó que já conheci. As amigas dela têm cabelo grisalho, usam óculos e sempre chegam com um novelo de lã ou biscoitos quentinhos que elas mesmas assam. Mas quando abro o armário e pego o pano para limpar os calçados da mulher, ela o pega da minha mão e sabe exatamente o que fazer. Mais uma prova de que está dizendo a verdade — ela com certeza já esteve aqui antes.

Ela limpa bem a sola de seus tênis velhos e sujos, depois os tira e deixa no cantinho sobre o tapete. Ela varre o apartamento com os olhos.

— Uau. Parece que voltei no tempo. Não mudou nada.

Ela vê a cadeira na entrada. Sobre ela, está a almofada que a vovó acabou de terminar de bordar.

— Ela ainda faz artesanato — comenta a mulher, pegando a almofada para lê-la em voz alta. — *Deus, conceda-me serenidade para aceitar as coisas que não posso mudar, coragem para mudar aquelas que posso e sabedoria para discernir entre elas.* Caramba. Parece algo que meu antigo padrinho diria.

— Padrinho — repito. — Apadrinhar. Significa: apoiar, proteger, patrocinar.

— É, tipo isso.

Então me dou conta de que estou sendo mal-educada. Normalmente não fico responsável por recepcionar nossos convidados.

— Gostaria de entrar? — convido, pensando em como a vovó ficaria orgulhosa dos meus bons modos.

— Onde ela está? — pergunta a moça. — Onde sua avó está?

— Dobrando roupas lá embaixo — explico. — Tem muita coisa para dobrar hoje. Nós guardamos muito dinheiro no Pote Especial. Venha — digo, conduzindo minha visitante até a cozinha.

Ela para diante da mesa e estende a mão para tocá-la como se estivesse acariciando um gatinho de estimação, e não nossa mesa velha.

— Gostaria de tomar uma xícara de chá? — ofereço.

— Não — responde ela. — Obrigada.

— Pode se sentar. — Eu faço um gesto para o lugar onde a vovó normalmente se senta à mesa.

— Obrigada — diz ela, puxando a cadeira e sentando-se devagar. — Você é muito… educada. Você é totalmente diferente do que eu imaginava. Venha aqui, deixa eu dar uma olhada em você.

Eu me aproximo e ela segura minhas mãos. Depois se inclina para a frente, aproximando o rosto do meu. De repente, começa a chorar.

— Peço desculpas — digo. — Fiquei sabendo recentemente que sou muito ruim em interações sociais e que não estou no mesmo nível dos meus colegas. Se fiz alguma coisa que chateou você, eu juro que não foi de propósito.

Ela solta minhas mãos e seca os olhos.

— Você não fez nada de errado.

— Talvez você não goste de mim — comento. — Não são muitas as pessoas que gostam.

— Não, eu gosto *sim* de você. Você nem imagina. É que… é como olhar num espelho.

E então lembro que sei exatamente o que fazer. Pego um lenço de papel da caixa que está na mesa da cozinha e estendo para ela.

— Um lenço para enxugar seus problemas — recito.

— Obrigada. — Ela funga. — Molly, da última vez que te vi, você não estava falando. Sua avó estava preocupada. Ela estava com medo de que você fosse…

Ela se interrompe como se não conseguisse encontrar a palavra certa.

— Diferente? — sugiro.

— Sim. Isso.

— Eu *sou* diferente — digo. — Mas sei falar muito bem. Para ser sincera, acho difícil seguir a regra de que "crianças devem ser vistas, mas não ouvidas". Ou será que era "não vistas e não ouvidas"? Não me lembro mais. Eu gosto de palavras. Você gosta? Eu adoro a palavra "eloquente". De que palavras você gosta?

Ela assoa o nariz no lenço de papel.

— Eu gosto de palavras mais simples. No momento, gosto da palavra "lar".

Ela começa a chorar de novo, mas então avista o envelope sobre a mesa. As lágrimas cessam na hora, como quando se fecha a torneira depois de lavar as mãos.

— Meu Deus, é mesmo. É o primeiro dia do mês — diz ela, balançando a cabeça. — O proprietário ainda é aquele pão-duro? Qual era o nome dele...

— Sr. Rosso — respondo. — Eu estava esperando por ele, não você.

Ela começa a ficar ofegante e coça a cabeça tão forte que fico nervosa.

— Molly — diz ela. — Você tem Band-Aids?

— Não precisa ficar com vergonha dos seus braços. As picadas de percevejo não são culpa sua. A vovó diz que eles pulam de apartamento em apartamento porque os donos não investem em saneamento, então não quer dizer que você não é saudável.

— Eu não sou saudável, Molly — responde ela. — Esse é exatamente o meu problema.

Vou até o banheiro e abro o armário embaixo da pia. Pego nosso kit de primeiros socorros lá no fundo e tiro três dos Band-Aids maiores para oferecer à amiga da vovó. Quando volto, ela já está calçando os tênis velhos e sujos enquanto enxuga os olhos com o lencinho amassado.

— Você já vai?

— Tenho que ir — responde ela.

— Não quer esperar a vovó? Ela vai ficar feliz em ver você.

— Não. Não foi uma boa ideia. Não quero que ela me veja assim.

— Eu trouxe os Band-Aids.

— Não vou precisar — diz ela. — Quem estou querendo enganar? Não consigo fingir ser o que eu não sou.

Ela abre a porta.

— Espera! O que eu falo para a vovó?

Ela se detém por um momento.

— Fala… fala que ela está cuidando muito bem de você. E que estou com saudade.

Ela começa a chorar de novo e sinto uma dor na barriga e no fundo do coração que nem consigo entender.

— Espera! — peço outra vez. — Eu nem sei como você se chama.

Ela para e me olha.

— Meu nome é Maggie.

— Foi um prazer conhecer você, Maggie.

Eu estendo o braço para cumprimentá-la, mas ela segura minha mão e a beija antes de me soltar.

— Pode vir sempre que quiser — digo.

Ela faz carinho no meu cabelo antes de dizer:

— Adeus, Molly.

Quando ela vai embora, eu tranco a porta imediatamente. *Tranque a porta bem trancadinha, de manhã e à noitinha.*

Eu me encosto na porta por um momento, me sentindo estranha. Um pouco zonza, mas empolgada também. Parece que sou uma adulta de verdade. Recebi uma visita sozinha, sem a ajuda de ninguém! Se socializar com adultos é assim, talvez eu seja capaz de fazer isso. Com outras crianças é diferente. Elas são horríveis e maldosas, rudes e cruéis. E apesar de a amiga da vovó estar triste, eu percebi isso na hora e soube o que fazer para que ela se sentisse melhor.

Quando estou no banheiro guardando os Band-Aids, ouço a chave girar na fechadura. Vovó chega com um cesto cheio de roupas dobradas que ela coloca no chão com um suspiro cansado.

— Meu Deus, Molly, estava um calor absurdo lá na lavanderia, parecia um forno — conta ela, fechando e trancando a porta.

Ela tira os sapatos, limpa-os bem e vai direto para a cozinha pegar um copo de água. Eu a acompanho.

O HÓSPEDE MISTERIOSO | 143

— Vovó, recebemos visita, mas não se preocupe! — digo depressa. — Eu vi que ela não era uma estranha porque fiz perguntas e ela respondeu direitinho. Ela conhecia você e me conhecia também, de quando eu era da altura do rodapé. Ela também é empregada, vovó. Vocês trabalhavam juntas. Foi bom conhecer outra empregada, apesar de ela estar sofrendo com os percevejos. É exatamente como você disse, não podemos culpar as pessoas pelo que acontece com elas. Ah, e ela me pediu para dizer que você está cuidando bem de mim e que está com saudade.

Então vovó bate o copo de água na pia. Ela abre a boca tanto, tanto, que se ainda tivéssemos percevejos provavelmente entrariam nela. Ela olha para a mesa da cozinha.

— Molly — diz. — O Sr. Rosso veio? Por favor, diga que ele passou para pegar o envelope.

Eu olho para a mesa também.

Então entendo o que a vovó estava dizendo sobre coisas invisíveis.

Junto duas variáveis na minha mente: nossa visitante e o envelope com o dinheiro do aluguel. A equação vai se formando, mas é tarde demais.

Ambos desapareceram.

Capítulo 14

Não dormi nada bem. Fiquei me revirando na cama de um lado para o outro a noite toda, tateando em busca de Juan Manuel sem encontrar nada além de um lugar vazio no colchão. Pensei em telefonar no meio da noite e contar sobre todos os acontecimentos dos últimos dias, mas ele não poderia fazer nada para me ajudar estando tão longe. Além do mais, o que eu iria dizer? "Juan, acabei não te contando que um homem caiu morto no hotel dois dias atrás. E que, depois disso, a morte dele foi considerada um assassinato. Ah, e é bem possível que o assassino esteja à solta no nosso hotel. E tem mais uma coisa: sabe nosso grande amigo, o Sr. Preston? Ele é um ladrão. Na verdade, estou começando a me perguntar se é possível que ele seja algo ainda pior do que isso."

É claro que não consegui dormir com tanta coisa na cabeça.

Não consigo afastar esses pensamentos abomináveis. E se o Sr. Preston, meu querido amigo e colega de trabalho, um homem que eu considerava a mais pura personificação da bondade, for um ladrão? E se ele é capaz de roubar, o que mais poderia fazer?

Isso é ridículo. Um disparate. Na minha mente, ouço a vovó ralhando comigo: *Não coloque a carroça na frente dos bois.*

Ela tem razão. Ainda assim, não dá para negar o que eu vi na loja de penhores: o Sr. Preston estava vendendo um exemplar raro da primeira edição de *A empregada da mansão*, de J. D. Grimthorpe, um dia depois de o autor ter morrido e o valor do livro ter ido às alturas. Então o assassinato foi motivado por pura e simples ganância? E quais as chances de o Sr. Preston ter tido algo a ver com isso? A ideia parece inconcebível e está me consumindo.

Saio de baixo dos cobertores, enfio meus pés quentes nas pantufas e vou para a cozinha. São cinco da manhã, cedo demais para estar de pé, mas não aguento mais ficar na cama em claro. Pego um balde embaixo da pia e encho de água, depois um pano na gaveta e vou para a sala de estar. Deixo os materiais de limpeza ao lado da cristaleira da vovó.

Ligo a TV para me distrair, mas é claro que o canal de notícias está reprisando a coletiva de imprensa de ontem, na qual a detetive Stark anunciou que a morte do Sr. Grimthorpe foi um assassinato. Então vem a chuva de perguntas:

— Detetive, a polícia tem alguma pista?

— Estamos investigando todas as pistas que temos — responde Stark.

— Detetive, o assassino é um hóspede ou um funcionário do hotel?

— Se eu tivesse essa resposta, acha que estaria aqui? — retruca ela.

— Detetive, você mencionou que o chá do autor foi envenenado com anticongelante. Tem alguma ideia de como isso pode ter acontecido?

— Estamos investigando. Temos uma evidência importante.

— Detetive, tem algo que queira dizer ao assassino?

Stark fica em silêncio e, por um momento, é como se ela estivesse olhando diretamente para mim.

— Você pode esconder a verdade por um tempo, mas ela não vai permanecer enterrada para sempre. Lembre-se disso — diz ela, dando as costas para se retirar da coletiva.

Desligo a TV.

Pego o pano e abro com cuidado as portas de vidro da cristaleira. *Limpeza profunda para acabar com a bagunça. Nada como um bom espanador para espantar o mau humor!*

Tem razão, vovó, penso comigo mesma enquanto retiro seus preciosos tesouros do móvel: uma coleção de animais de cristal Swarovski de segunda mão, os xodós da minha avó, e a coleção de colheres de lugares distantes que ela nunca chegou a ver com os próprios olhos.

Depois de polir cada um deles com vigor, eu me volto para as fotos emolduradas em cima da cristaleira. Há uma foto recente minha e de Juan Manuel, nós dois com bigodes de sorvete. Também há fotos mais antigas, de mim com a vovó. Mas é a foto da minha mãe quando jovem que atrai a minha atenção. Cabelo escuro como o meu, pele de porcelana, maçãs do rosto proeminentes e viçosas. Não havia vestígio do rosto encovado e cadavérico da jovem enigmática que roubou nosso aluguel no primeiro dia do mês tanto tempo atrás. Naquela época, eu não sabia quem ela era. Só quando estava bem mais velha fui entender que Maggie era minha mãe, bem como as razões pelas quais ela nos visitou naquele dia. Não sei como não fui capaz de juntar as peças naquele dia. Por que é sempre assim? Por que eu só entendo tudo quando já é tarde demais?

Guardo os tesouros da vovó de volta na cristaleira, entro no banho e depois esfrego o banheiro até meus dedos ficarem enrugados como uma ameixa. Como um pão sentada à nossa mesinha, mastigando exatamente vinte vezes antes de engolir, e aí finalmente saio de casa rumo ao trabalho, movida por pura ansiedade.

Agora que todo mundo já sabe que o Sr. Grimthorpe foi envenenado, o dia de trabalho no Regency Grand vai ser tudo, menos normal. Não faço ideia do que esperar.

Assim que chego, vejo o Sr. Preston tentando lidar com a multidão de hóspedes no patamar vermelho. Abro caminho entre as pessoas para chegar até ele.

— Ficou sabendo, Molly? — pergunta ele. — Sobre como o Sr. Grimthorpe morreu?

— Sim — respondo. — E estou muitíssimo preocupada! Quem poderia ser capaz de tal coisa?

— Muita gente. Aquele homem não era o que aparentava ser.

Observo o rosto do Sr. Preston. Ele exibe um semblante sombrio, e seus lábios estão comprimidos.

— E você, Sr. Preston? *Você* é o que aparenta ser?

— Molly, o que houve? — pergunta ele, tocando meu braço. — Está se sentindo bem?

Eu recuo.

— Precisamos conversar — digo. — Mas não aqui. Não agora.

— Minha querida, estou dizendo isso já faz um tempo.

— Olive Garden às 17h15. Não se atrase.

— Estarei lá. Tem certeza de que você está bem, Molly?

Não consigo acreditar que ele está perguntando isso de novo.

— Você deveria fazer essa pergunta para si mesmo, não para mim — respondo. O Sr. Preston me olha como se estivesse diante de um completo estranho. — Tenha um bom dia.

Subo as escadas vermelhas e passo pelas portas giratórias do elegante Regency Grand.

O saguão está ainda mais agitado do que ontem, repleto de hóspedes apreensivos e curiosos cochichando uns para os outros em grupinhos. No entanto, considerando o número de pessoas ali, está silencioso demais. Um silêncio fúnebre paira no ar, e justificado.

O Sr. Snow está na recepção, murmurando instruções para um concierge que parece irritado, nervoso e tenso. Vou até ele quando a conversa termina e o Sr. Snow volta seus olhos de coruja para mim.

— Molly, não consigo acreditar — diz ele. — Um homem foi envenenado bem aqui, no nosso hotel. Como isso é possível?

— Não sei, Sr. Snow — respondo. — Passamos os últimos anos restaurando nossa reputação, mas agora estamos em maus lençóis de novo, e dessa vez é muito pior. Eu me pergunto se algum dia nossa imagem voltará a ser imaculada.

— Nem quero pensar nisso, Molly. A polícia está por todos os lados, acusando e interrogando as pessoas.

Quando olho ao redor, noto vários homens de preto sozinhos e com fones no ouvido.

— Quem são aqueles? Não parecem ser hóspedes.

— Policiais à paisana — explica o Sr. Snow. — E estão por toda parte, observando cada passo nosso. Em vez de fechar o hotel, a detetive Stark exigiu que continuássemos abertos e tentássemos "agir com normalidade". Ela e os agentes especiais acham que essa é a melhor forma de descobrir o autor do crime.

— O assassino já não teria fugido, a essa altura do campeonato?

— Aparentemente, o método do assassino sugere que ele talvez ainda esteja por aqui. A detetive Stark comentou algo sobre troféus e a "patologia da xícara envenenada". O que entendi é que, para alguns assassinos, se esconder debaixo do nariz de todo mundo é parte da diversão.

Eu estremeço. Quando olho em volta, tudo parece estar coberto pelo véu da suspeita. O Sr. Snow está olhando para o lado de fora, onde, de seu púlpito, o Sr. Preston organiza o fluxo de pedestres.

— É difícil pensar na possibilidade — começa o Sr. Snow —, mas os detetives parecem acreditar que o assassino é…

Ele não termina a frase.

— Fale logo, Sr. Snow. Um funcionário? Um de nós?

Ele assente, preocupado. Sinto um aperto no peito. Simplesmente não sei como vou conseguir seguir em frente. *Fique firme, minha menina.*

— É melhor eu ir — digo. — O hotel não vai se limpar sozinho.

O que não digo é que uma camada criminosa de sujeira se esconde em cada canto e cada fresta deste hotel, mas é impossível limpar o que não conseguimos enxergar.

— Fique de olho aberto, Molly — aconselha o Sr. Snow.

— Sempre fico.

Estou indo em direção aos elevadores quando ouço um som familiar:

— Oizinho!

Eu me viro e dou de cara com duas das Damas do Mistério sentadas em um sofá cor de esmeralda perto das escadas. Gladys, a presidente de cabelo cacheado, acena para mim com sua bandeira vermelha enquanto Beulah está delicadamente puxando pelos de gato do suéter horrendo. Elas são as últimas pessoas com quem eu gostaria de falar neste momento, mas, como o Sr. Snow costuma lembrar à equipe, temos que estar sempre à disposição dos hóspedes.

— Olá — cumprimento ao me aproximar. — Espero que estejam bem.

— Bem? — responde Gladys. — Como poderíamos estar bem? J. D. Grimthorpe foi assassinado a sangue-frio.

— Estamos de luto — explica Beulah, abraçando a si mesma, desolada.

— Sabe nos dizer se o Social vai abrir no horário normal para o café da manhã hoje? — pergunta Gladys.

— Vai. O Regency Grand se orgulha da estabilidade e do serviço pontual.

— Perfeito — diz Beulah. — Preciso forrar o estômago para me acalmar.

Embora eu nem sempre faça a leitura mais confiável a respeito das emoções humanas, é impossível não notar a discrepância que existe ali. Ambas as mulheres parecem ter mais medo de perder o café da manhã do que de um possível assassino à solta. E por que elas decidiram ficar por aqui quando existe literalmente zero por cento de chance de falarem com o homem que vieram ver? Então me ocorre que a terceira haste do tripé, a menor das três, de cabelo colorido, não se encontra com o bando.

— Onde está a outra fã número um? — pergunto. — A Srta. Birdy. Ela voltou para casa?

— Voltar para casa? Está brincando? E perder toda essa emoção? — diz Beulah. — Ela está rondando o hotel, colhendo pistas. Está ajudando seu pessoal com teorias e possíveis motivos.

— Meu pessoal?

— Sim, os agentes secretos, os homens de preto que estão por todo canto do hotel hoje. Nós sabemos que eles trabalham com você — diz Gladys, apontando para um dos homens de preto no saguão.

— Eles *não* trabalham comigo. Sou apenas uma camareira, mais nada.

— Claro. Nós já entendemos — responde Gladys com uma piscadinha. — Não vamos contar nada para ninguém, mas temos uma coisa importante para contar para você. Enquanto camareira, é claro.

— Se for realmente enquanto camareira, estou ouvindo. O que houve? — pergunto.

— É sobre a Birdy — diz Gladys.

Beulah espana o suéter cheio de pelo e diz:

— Como deve ter percebido, eu e Birdy nem sempre nos damos bem. Compartilhamos o amor por Grimthorpe, mas digamos que nossa compatibilidade termina aí. Houve uma rivalidade profissional entre nós por muitos anos.

— Eu chamaria de inveja profissional, isso sim — complementa Gladys.

— Sabe, eu sou algo que a Birdy não é. Sou a biógrafa do Sr. Grimthorpe — continua Beulah.

— Biógrafa *não oficial* — acrescenta Gladys.

— Uma coisa que aprendi ao longo dos anos — continua Beulah — é que nunca se deve subestimar uma mulher franzina. Birdy pode ser pequena, mas é forte, sagaz e…

— Ela tem um histórico com veneno — interrompe Gladys.

As duas se entreolham.

— Como assim? — pergunto.

— Dois anos atrás, durante o simpósio bianual sobre a genialidade de J. D. Grimthorpe, estava presente uma acadêmica importante de uma universidade local. Depois de uma longa palestra ministrada por Birdy sobre crime e castigo nos mistérios do J. D., a acadêmica levantou a mão e disse que nunca tinha entendido por que a obra dele era tão popular. Disse que a escrita dele era engessada.

— A palavra que ela usou foi "constipada" — contou Beulah. — Birdy ficou completamente enfurecida.

— No segundo dia do simpósio, quando a acadêmica voltou para o nosso refeitório Crimes & Caramelos, Birdy serviu a ela um brownie especial que ela mesma tinha feito — continua Gladys.

— Cor de chocolate como meu suéter favorito… e cheio de laxantes — diz Beulah. — Para resumir: a acadêmica nunca mais foi a nenhum simpósio nosso depois disso.

— Realmente, a cara da Birdy — comenta Gladys, balançando as madeixas cacheadas. — O castigo corresponde ao crime.

As duas senhoras concordam mutuamente com a cabeça.

— Quando a detetive disse no jornal que o Sr. Grimthorpe foi envenenado, nós duas pensamos imediatamente: Birdy — explica Beulah.

Gladys se inclina na minha direção.

— Se Birdy teve coragem de envenenar um brownie, do que mais ela seria capaz?

— Mas por que ela envenenaria o próprio ídolo? — pergunto.

Quem responde é Beulah.

— Porque ela está com raiva. Dele e de mim. Matar J. D. é um castigo para nós dois. — Ela se se aproxima de mim de forma conspiratória, baixando o tom de voz. — Nos últimos tempos, eu vinha me aproximando do Sr. Grimthorpe, descobrindo coisas que Birdy jamais soube. Nós estávamos conversando sobre a possibilidade de eu me tornar sua biógrafa oficial. Ela não ficou nada feliz com isso, porque sempre quis ser mais do que uma fã número um. Digamos que Birdy ficou verde de inveja quando eu contei que tinha conseguido o que ela tanto queria.

— E, como dissemos — acrescenta Gladys —, Birdy sempre gostou muito de *Veneno & castigo*. O livro, quero dizer.

— Dos livros de J. D. Grimthorpe, esse é o favorito da Birdy porque o vilão tem o que merece e acaba sendo envenenado. Duvido que seja uma coincidência — opina Beulah.

— Eu e Beulah falamos sobre tudo isso ontem à noite — continua Gladys. — E, embora seja difícil pensar que Birdy tenha atingido o fundo do poço, pensamos que seria prudente mencionar isso para uma autoridade. Sabe como é, só por via das dúvidas.

— Eu não sou uma autoridade — digo. — A menos que esteja se referindo entre as camareiras, como camareira-chefe.

— Claro, claro — diz Gladys, falando alto. — Nós entendemos.

Beulah segura meu braço.

— Você vai investigar isso, não vai? — sussurra ela.

— De jeito nenhum — respondo. — Falem com as autoridades. Agora, se me dão licença, preciso ir. Os quartos de hotel não vão se limpar sozinhos.

— Principalmente o de Beulah — cutuca Gladys. — O quarto dela está parecendo um ninho de ratos!

— Não está tão ruim assim — defende-se a outra, passando a mão pelos ombros do suéter e lançando um tufo de pelo de gato no ar.

Vou embora sem mais nenhuma palavra e dou um suspiro de alívio assim que saio do campo de visão das visitantes. Tudo naquelas mulheres me dá nos nervos.

Desço às pressas em direção ao setor de limpeza, onde visto meu uniforme e coloco o broche de camareira-chefe na posição correta, bem na altura do coração. Vejo que Lily já chegou; seus sapatos estão cuidadosamente enfileirados em frente ao armário.

Depois de me vestir, dou uma última olhada no espelho e sigo para o segundo andar. As portas do elevador se abrem e vejo o carrinho de Lily no final do corredor, mas, quando olho para o outro lado, vejo Cheryl saindo de um quarto com a mão rechonchuda cheia de notas de dinheiro.

Não. De novo, não. É a segunda vez em menos de vinte e quatro horas que pego um ladrão em flagrante. Aquele é mais um dos truques de Cheryl: ela está roubando gorjetas destinadas a mim e a Lily de quartos que ela nem mesmo limpa.

— Cheryl! — exclamo, ou melhor, grito.

Vou até ela tão enfurecida que estou quase soltando fogo pelas ventas.

— Como se atreve? Você está roubando as gorjetas de outras camareiras. Devo te lembrar de que é expressamente proibido pegar uma gorjeta destinada a outros funcionários. Está ciente de que isso é motivo para demissão?

— Calminha, Molly! — exclama Cheryl, levantando as mãos. — Não precisa ficar tão nervosinha. Eu estava agora mesmo sugerindo para a Lily que todas nós, camareiras, somássemos nossas gorjetas e depois dividíssemos entre todo mundo. Sabe, como você sempre diz, "dividir por igual, sucesso total".

— Eu me referia à carga de trabalho. Você tirou o que eu disse de contexto.

A cabeça de Lily aparece à porta de um quarto. Ela está com olheiras tão profundas que está parecendo um guaxinim.

— Conte para ela, Lily. A gente não combinou que ia juntar as gorjetas?

Lily parece querer dizer algo, mas não chega a proferir as palavras.

— Não sei... Acho que sim? — murmura ela, depois balança a cabeça e volta a ficar em silêncio.

Isso não me tranquiliza nem um pouco. Pelo contrário, me faz querer afundar as patas gananciosas da Cheryl em um balde cheio de soda cáustica. Mas me controlo e, em vez disso, forço um sorriso ao dizer:

— Eu sou a camareira-chefe. Assim, cabe a mim decidir como as gorjetas são distribuídas entre as camareiras. E já tive minha cota de ladrões sorrateiros por hoje.

— Ladrões sorrateiros? — repete Cheryl, bufando. — Isso é uma coisa muito grave de se dizer. Quem está quebrando as regras agora? O que será que o Sr. Snow diria se eu denunciasse você, Molly? — ameaça ela. — Tenho que ir. Gritem caso encontrem um assassino com um machado escondido por aí. Ou melhor, não gritem. Fiquem. Bem. Quietas — diz ela, olhando fixamente para Lily.

Então desaparece pelo corredor.

Depois que Cheryl se afasta, Lily sai do quarto que estava limpando e vem até mim, cabisbaixa e com os olhos marejados.

— Você concordou mesmo em dividir as gorjetas com ela? — pergunto.

Lily não diz nada. Ela nem sequer se mexe.

— Será que um dia você vai romper esse silêncio? Sei que as coisas estão de cabeça para baixo agora e é mesmo muito assustador, mas tudo vai ficar bem. No fim tudo vai se ajeitar.

A expressão de Lily não muda; é uma máscara de preocupação e angústia.

— Este hotel... — sussurra ela. — É muito mais sujo do que eu imaginava. Não sei o que fazer.

— Só há uma coisa a fazer na presença de sujeira, Lily. E é limpá-la.

Lily me encara em silêncio, depois se posiciona atrás de seu carrinho de limpeza e desaparece pelo corredor.

Capítulo 15

Antes

Estou na cozinha com a vovó. Ela está fazendo uma pergunta, mas parece que um buraco está se abrindo sob meus pés, e por mais que ela esteja bem na minha frente, segurando meus ombros, é como se estivesse falando de um lugar muito distante.

— Por favor, diga que o Sr. Rosso pegou o envelope — repete ela. — Molly?

— Ele não veio — respondo. — O Sr. Rosso não passou aqui.

Encaro a mesa da cozinha, desejando que o envelope com o dinheiro do aluguel reapareça, mas isso não acontece. E eu sei que não vai acontecer.

— A moça conhecia você. Ela disse que se chamava Maggie.

Vovó solta meus ombros e esconde o rosto nas mãos. Ela deixa escapar um som incomum que só ouvi uma vez em um documentário sobre a natureza — era o som que uma ovelha fez quando um leão abocanhou seu filhote e fugiu com ele.

— Vovó, mas quem era? Talvez não seja tarde demais.

As lágrimas escorrem pelo rosto da vovó.

— Ah, minha querida — lamenta ela —, já faz muito tempo que é tarde demais.

— Quem era? — pergunto de novo.

A vovó fica em silêncio e franze a testa.

— Você não sabe? Realmente não sabe?

Eu faço que não com a cabeça.

— Realmente... Como poderia saber? — questiona ela. — Ela é uma estranha para você.

— Ela é uma ladra — corrijo. — A gente deveria chamar a polícia. Talvez consigam recuperar o dinheiro do aluguel.

— Não adianta, Molly. Ela já foi embora. E levou o dinheiro junto.

A vovó desaba no chão da cozinha e eu me sento de pernas cruzadas na frente dela. Sinto meu coração apertar enquanto começo a processar a gravidade da nossa situação.

— Não chore, vovó, por favor. Me desculpe.

Nós duas tomamos um susto quando ouvimos uma batida na porta. É ela, penso comigo. É Maggie. Ela mudou de ideia e veio devolver nosso dinheiro. Então ela é uma boa pessoa no fim das contas!

Eu fico de pé e ajudo a vovó a se levantar também. Pego um lenço de papel da caixa na cozinha para ela e, em seguida, levo uma cadeira até a porta da frente. Subo para olhar pelo olho mágico e fico amuada na hora com o que vejo.

— É o Sr. Rosso.

— Eu falo com ele — diz a vovó, fungando e assoando o nariz.

Ela tira minha cadeira da frente e a abre a porta para o proprietário de nariz de batata. Ele está de braços cruzados sobre a barriga protuberante.

— Bom dia, Sr. Rosso — cumprimenta a vovó. — Espero que esteja tendo um bom dia até agora.

A voz alegre dela denuncia a dificuldade que sente ao falar.

— O dia de aluguel só é um bom dia quando todos pagam — responde ele.

A vovó esfrega as mãos uma na outra e em seguida nas coxas.

— Sr. Rosso — começa ela —, nós nos deparamos com um imprevisto que levou a um atraso no pagamento do aluguel.

— Agora diga isso de novo falando meu idioma — responde o Sr. Rosso.

— Não temos como pagar o aluguel agora, mas vou pagar em breve.

O rosto do Sr. Rosso vai do tom vermelho habitual para um tom que lembra a cor de beterraba.

— Este prédio está cheio de vagabundos imprestáveis, Flora, mas achei que você era melhor do que eles. Achei mesmo.

— Sinto muito por decepcionar o senhor — responde minha avó. — Existe aquele ditado sobre fazer limonada com os limões que a vida dá, mas eu nem sequer tenho os limões, então não há muito que eu possa fazer. Às vezes a vida atrapalha as boas intenções das pessoas, Sr. Rosso.

— Não sem consequências — responde o proprietário, com as narinas dilatadas. — Só assim gente como você aprende.

Ele se vira e vai embora, caminhando a passos lentos pelo corredor.

— Como disse? — pergunta a vovó. — Pode explicar o que quer dizer com "gente como eu"?

Eu e vovó colocamos a cabeça para fora, à espera de uma resposta, mas o Sr. Rosso não diz mais nada. Ele nem mesmo olha para trás.

Entramos no apartamento de volta e vovó cuidadosamente fecha a porta e a tranca.

— O que ele quis dizer, vovó? O que vai acontecer?

— São só ameaças, querida. Não precisa se preocupar. — Ela respira fundo, depois bate uma única palma. — Vamos fazer o que fazemos de melhor? Que tal uma superlimpeza no apartamento?

— Limpeza profunda para acabar com a bagunça! — acrescento para ajudar.

— É só arrumar para se alegrar — responde vovó.

— Nada como um bom espanador para espantar o mau humor! — digo antes de correr para a cozinha para separar um balde e alguns panos para a nossa Aventura da Superlimpeza.

Passamos a tarde inteira esfregando e tirando o pó, polindo e secando cada coisinha. Embora vovó pareça cansada e não esteja cantarolando como costuma fazer, eu me sinto nas nuvens, revigorada pelo aroma cítrico que paira no ar, pelo cheiro reconfortante que me faz sentir em casa. Quando a noite cai, tudo está impecável em nosso humilde apartamento, da cozinha ao banheiro, da entrada aos dois quartos. Tudo está um brinco, perfeitamente limpo.

Vovó e eu sempre deixamos o melhor para o final. Estamos na sala de estar, limpando a cristaleira. Nós nos sentamos no chão cercadas por animaizinhos de cristal Swarovski, colheres e fotos emolduradas. Vovó segura a foto da minha mãe e franze a testa enquanto esfrega a moldura dourada, tentando deixá-la brilhando.

Então ouvimos um som estranho, como um zumbido elétrico e, de repente, as luzes se apagam.

Silêncio.

— Vovó?

Não consigo enxergar nada. A sala de estar está mergulhada no breu, mas descubro que meus ouvidos funcionam ainda melhor no escuro.

O que ouço em seguida é um som de dor muito específico — a mãe ovelha chamando um filhote que nunca mais voltará a ver.

Capítulo 16

Trabalho ao lado de Lily pelo resto do dia, torcendo para que minha presença a motive a falar comigo, mas infelizmente o esforço é em vão. Ela abre a boca um total de duas vezes durante o restante do tempo que passamos juntas:

— Pode me passar uma toalha limpa, por favor?

— Posso fazer um intervalo para ir ao banheiro?

Não sei o que está incomodando Lily, mas sei que é melhor não tentar arrancar nada dela à força. *Quem espera sempre alcança.*

A única boa notícia é que, juntas, em um silêncio quase absoluto, conseguimos limpar mais quartos do que o esperado para o dia, deixando tudo imaculado e impecável, como se a vida nunca os tivesse emporcalhado, como se não houvesse nenhuma sujeira ou mancha no mundo. Mas nós duas sabemos que isso não é verdade, porque, por mais que limpemos esses quartos, não conhecemos os hóspedes que os habitam, e um deles pode muito bem ser o assassino do Sr. Grimthorpe. E se o culpado não foi um hóspede, então quem foi?

Nosso turno acaba às cinco horas em ponto.

— Terminamos por hoje, Lily. Obrigada pelo ótimo trabalho, embora silencioso — digo.

Ela não responde, nem sequer me olha nos olhos. Apenas pega o carrinho e se dirige ao elevador, rumo ao setor de limpeza, onde vai tirar o uniforme para se tornar uma civil até o dia seguinte.

Está quase na hora de encontrar o Sr. Preston no Olive Garden e, para ser sincera, pensei nele o dia todo. O Sr. Preston, um amigo de confiança de longa data. O Sr. Preston, que sempre janta comigo e com Juan aos domingos. O Sr. Preston, que há tempos considero da família. O Sr. Preston, que penhorou um livro roubado. O Sr. Preston, que, na melhor das hipóteses, pode ser um ladrão, e na pior...

Traidores e canalhas, levianos e lobos em pele de cordeiro. Como é possível que o Sr. Preston possa estar associado a esse grupo? Ainda assim, vi com meus próprios olhos quando ele penhorou aquela primeira edição, vi quando entrou na loja com o livro debaixo do braço.

No setor de limpeza, tiro o uniforme e visto minhas roupas de sempre. Lily já foi embora, assim como as outras camareiras. Estou sozinha de novo. Observo meu reflexo no espelho e noto olheiras quase tão escuras quanto meus olhos. Se Juan Manuel estivesse aqui, escreveria um bilhetinho, como fez na última vez em que trabalhei até a exaustão.

— O que é isso? — perguntei quando ele me entregou o papel.

— Uma receita médica — respondeu ele.

— 500mg de descanso para Molly Gray — li em voz alta. — A ser administrado por J. M. via banho de espuma, massagem nos pés e macarrão com almôndegas no jantar. É recomendado repouso. Trabalhar com limpeza está expressamente proibido para a Srta. Molly.

E ele tinha desenhado um coração ao lado do meu nome.

Estou morrendo de saudade. Se ele estivesse aqui, saberia exatamente o que fazer. A quem eu poderia recorrer na ausência de Juan Manuel?

Nesse mesmo instante, Angela aparece à porta de repente, e levo um susto.

— Você quase me matou! — esbravejo. — O que veio fazer aqui embaixo? Você deveria estar lá no Social.

— É, eu sei — responde Angela. — Mas estou fazendo uma investigaçãozinha particular. Conversei com a equipe da cozinha para saber se a polícia tinha testado todos os líquidos da despensa em busca de veneno.

Lá vamos nós de novo.

— Angela, por que está fazendo isso? É melhor não se meter.

— E perder minha grande chance de solucionar um crime? Jamais. De qualquer forma, só para você saber, a polícia testou tudo na cozinha. Não encontraram nada de estranho, mas fiz uns testes por conta própria mesmo assim.

— Você o quê?

— Testei uma gota de cada líquido da cozinha para ver se me faria passar mal.

— E o que descobriu?

— Que suco de laranja e vinagre seguidos do shoyu e mel causam uma baita indigestão. Mas a boa notícia é que ainda não caí dura — conta ela.

— Não acredito que fez isso, Angela. Você está indo longe demais.

— Estou, nada — diz ela, teimosa. Angela põe a cabeça para fora, dá uma olhada de um lado para o outro no corredor vazio e volta silenciosamente para o vestiário. — Preste atenção, Molly. As coisas estão ficando muito estranhas no hotel. Os agentes disfarçados estão prestes a acusar um suspeito. Ouvi eles comentando. Tem coisas que você precisa saber.

— Tem coisas que *você* precisa saber, Angela. A primeira é que não sou investigadora nem quero ser confundida com uma. Eu contei à detetive Stark que cometi um erro terrível e fingi ser uma autoridade da lei. Eu confessei a fraude que cometi. Mas não disse a ela de quem foi essa péssima ideia.

Incrédula, Angela me encara, uma das mãos no quadril.

— Essa é oficialmente a coisa mais idiota que já ouvi — diz ela.

— Você está falando igual à Stark — respondo, abrindo meu armário e pegando minha bolsa. — Já cansei de falar para as Damas do Mistério que sou só uma camareira normal, mas elas não me escutam. Por causa das suas mentiras, elas ficam lançando pistas para mim.

— Que bom. Isso vai ser útil.

Então percebo que estou ficando ansiosa e irritada. Eu gosto de Angela, mas, às vezes, ela é a pessoa mais teimosa do mundo. Fecho o armário com um baque e rumo para a porta.

— Espera, Molly, temos que conversar — pede ela. — Você está indo para casa?

— Não. Vou me encontrar com o Sr. Preston. — Eu me viro para encará-la. — Angela, vou te contar uma coisa em segredo e não quero que você compartilhe com ninguém até que eu fale com ele, mas ontem vi o Sr. Preston vendendo a primeira edição rara que desapareceu da caixa no saguão naquele dia. Ele estava penhorando o exemplar em uma loja a alguns quarteirões daqui. Eu vi com meus próprios olhos.

— Quem liga, Molly? — responde Angela. — Era só um livro.

— Mas e se tudo isso estiver conectado? E se Grimthorpe foi assassinado para inflacionar o preço dessas edições raras?

Angela fica em silêncio, parecendo ponderar a informação. Ela mexe na fita do avental enquanto considera a possibilidade.

— Não. Impossível. O Sr. Preston não seria capaz de matar nem uma formiga. Não tire conclusões precipitadas.

— Você está falando igual à minha avó. Bom, tenho que ir. Tchau, Angela.

Subo para o saguão sem dizer mais nada. Sentindo-me trêmula e agitada, passo pelas portas giratórias, desço as escadas depressa e sigo para o Olive Garden, que fica a menos de um quarteirão de distância.

Chegando lá, um garçom que conheço me cumprimenta com um sorriso. Ele me conduz até uma mesa, deixa dois cardápios e vai embora.

Avisto o Sr. Preston entrando e aceno para ele. Tiro o celular da bolsa: são 17h14. Pelo menos por atraso não preciso repreendê-lo.

— Oi, Molly — cumprimenta ele, sentando-se diante de mim.

Ele está vestido de maneira bastante formal, pulôver azul-marinho com uma camisa por baixo e gravata, algo que o Sr. Preston raramente usa, nem mesmo para os jantares de domingo.

— É ótimo te ver fora do trabalho — diz ele, se acomodando. — Já faz algum tempo que queria conversar com você a sós.

Ele sorri e pés de galinha surgem nos cantos de seus olhos.

Nem mesmo nisso posso confiar. O rosto familiar exibe o que um dia julguei ser pura bondade.

— Sr. Preston, chamei você aqui hoje porque é um mentiroso.

Ele arregala os olhos.

— Como?

— Um mentiroso. Um enganador. Um ladrão — digo. — Você sempre me disse que não se pode julgar um livro pela capa, que nem todo sapo é um príncipe. Mas, Sr. Preston, é com pesar que digo que percebi que o senhor não passa mesmo de um sapo. Com verrugas e tudo.

— Minha querida, não tenho ideia do que está falando. Deve haver algum engano.

— Não há — rebato. — Ontem, quando estava voltando da delegacia, vi você na frente de uma loja de penhores com um livro específico em mãos. Você o vendeu. A primeira edição de A empregada da mansão.

O Sr. Preston dá de ombros.

— Não posso negar. O valor subiu de forma considerável e, por mais que eu entenda que você veja isso como uma forma de lucrar com a morte do escritor, a verdade é que estou precisando de um pouco de dinheiro extra. Estou ficando velho. Essa é uma das coisas sobre as quais queria falar com você, mas não queria te chatear. Carregar malas é trabalho para jovens, não sei quanto tempo mais vou aguentar. Estou pensando em me aposentar e preciso de um pé-de-meia para isso. Mais vale um ovo hoje do que a galinha amanhã.

— Mas não é certo roubar para conseguir um Fabergé! — As palavras escapam de minha boca em voz alta, e só me dou conta depois que vários clientes viram a cabeça na minha direção.

— Roubar? — sussurra o Sr. Preston, inclinando-se sobre a mesa. — Eu nunca roubei nada em toda a minha vida, muito menos um Fabergé.

Analiso o rosto dele em busca de qualquer indício de que está mentindo, mas não encontro nada. Tento outra tática.

— Era uma vez uma caixa… — começo. — Dentro dela havia um exemplar raro da primeira edição de A empregada da mansão, pertencente à Srta. Serena Sharpe. Em um segundo, a caixa estava na mesa da recepção. No outro, o alarme de incêndio foi acionado e puf: a caixa desapareceu. Quando vi o livro outra vez, estava nas suas mãos.

— Ah, Molly — lamenta o Sr. Preston, colocando os cotovelos em cima da mesa e enterrando o rosto nas palmas das mãos.

— Cotovelos não foram feitos para ficar sobre a mesa. Nem hoje, nem nunca — tento lembrá-lo.

O Sr. Preston suspira, mas tira os braços da mesa. Em seguida, o garçom se aproxima.

— Olá. Já querem pedir?

— Chardonnay, duas taças — responde o Sr. Preston.

— Não vou beber vinho — replico. — Vou querer só água. Isso *não é* uma comemoração.

O garçom olha de mim para o Sr. Preston sem entender nada. Como ninguém oferece explicações, ele vai embora.

— Molly — começa o Sr. Preston. — Tenho que confessar uma coisa.

Eis o momento em que todos os meus medos se concretizam em uma realidade trágica, em que toda a confiança que depositei em um homem que tem sido como família para mim é arruinada em um único instante. Mas eu já sabia disso, então me adianto:

— Então você admite que envenenou o Sr. Grimthorpe.

— O quê?! Eu não envenenei ninguém! — protesta o Sr. Preston. — Como isso sequer passou pela sua cabeça?

Olho para ele com atenção, atenta a suas expressões. Seus olhos estão marejados.

— Molly, sou culpado apenas de ter contado uma mentira inofensiva — explica ele. Ele pega um guardanapo na mesa e enxuga a testa antes de continuar. — Há alguns dias, quando você me perguntou sobre o Sr. Grimthorpe, eu dei a entender que não o conhecia, mas conheço. Ou melhor, conheci, muito tempo atrás.

Então fica em silêncio, olhando para mim como se esperasse que eu me desse conta de alguma coisa.

— Continue — peço.

— O livro que penhorei foi dado a mim pelo próprio Grimthorpe, anos atrás, quando eu trabalhava para ele. Quando você... bem, quando você era da altura do rodapé.

Nada daquilo faz sentido. Parece um truque para me distrair da verdade.

— Os Grimthorpe nunca tiveram porteiro. — Eu cruzo os braços. — Tenho certeza disso.

— Correto — responde o Sr. Preston. — Mas eles tinham um funcionário que guardava o portão.

Posso sentir as engrenagens da minha mente começando a girar. Minhas lembranças e sentimentos entram em colisão, como se um tornado estivesse me sacodindo por dentro.

— Molly, eu não sou assassino. Também não sou ladrão. O fato de achar que eu seria capaz de uma coisa tão vil… parte meu coração. — O Sr. Preston segura a minha mão do outro lado da mesa. — A única coisa da qual sou culpado é de não ter contado antes para você que eu conhecia o Sr. Grimthorpe. No dia seguinte à morte dele, passei pela loja de penhores no caminho para casa e vi um exemplar da primeira edição na vitrine, à venda por um preço astronômico. Então tive a ideia de vender o exemplar que eu tinha. Eu desprezava o Sr. Grimthorpe, então por que guardar o livro dele? Sua avó era defensora da paciência, mas levou muito desaforo para casa enquanto trabalhava naquele lugar insuportável, principalmente quando Grimthorpe ficava bêbado. Ela dizia que se ele ficasse sóbrio as coisas mudariam, mas estava enganada. A Sra. Grimthorpe não confiava em quase ninguém para se aproximar do marido, apenas na sua avó e na assistente pessoal dele. Ela dizia que eram as únicas mulheres, além dela mesma, fortes o suficiente para lidar com as questões dele. Sua avó ajudou os Grimthorpe por muito tempo, mas, no final, até mesmo Flora enxergou a verdade. Grimthorpe era um homem cruel e detestável, não era merecedor da lealdade dela. E a Sra. Grimthorpe também a desiludiu. Os dois a traíram de maneiras diferentes.

— Vovó nunca me contou nada disso.

— Não. E não contaria mesmo. Ela se sentiu envergonhada, humilhada. Queria deixar tudo para trás, começar do zero.

— Por que está me dizendo isso?

— Porque tem a ver com o que estou tentando contar para você há algum tempo.

— Que você me conhecia. Desde antes, na mansão dos Grimthorpe. Quando eu era criança — completo.

— Isso é só uma parte. Eu me lembro de você, uma menina corajosa, segurando a mão da avó e subindo pelo caminho das rosas. A mesma menininha que fez o caminho inverso um dia e apareceu diante das câmeras do portão para entregar um presente para o guarda. Você se lembra?

É claro que me lembrava. Como eu poderia me esquecer da bondade daquele estranho? Mas eu não sabia com quem estava falando. Eu nem tinha ideia naquela época.

Na mesma hora, sinto um embrulho no estômago.

— Sr. Preston, cometi um erro terrível. — Sinto a garganta arder com a vergonha e, por um momento, mal consigo encontrar as palavras. — Enfiei os pés pelas mãos. Fiz papel de boba. Não sei quem roubou o livro da recepção, mas agora sei que não foi você. E descobri muito mais, também. Sinto muito. Será que um dia poderá me perdoar?

— Perdoar você? Sem sombra de dúvidas, Molly. Hoje e sempre.

Solto um suspiro aliviado.

— O senhor queria me dizer mais alguma coisa?

O Sr. Preston dá palmadinhas na minha mão.

— Já contei muita coisa — responde ele. — É melhor deixar o resto para um outro momento.

— Não vai se esquecer?

Ele olha para mim com os olhos acolhedores e marejados.

— Eu jamais me esqueceria, Molly. Jamais.

Capítulo 17

Antes

Estou sentada no chão, apenas uma menina assustada com o pranto da avó, invisível no escuro. Não eram as lágrimas dela que me assustavam, nem o escuro. Eu estava com medo de mim mesma, da minha infinita capacidade de só entender as coisas tarde demais.

O choro cessa. Não consigo enxergar a vovó, mas ouço seus movimentos. Em seguida, escuto passos, o rangido familiar da gaveta do banheiro e o som de coisas sendo reviradas.

— Vovó? — chamo.

— Já estou indo — responde ela. — Fique onde está.

Mais movimentos, mais passos. Um arranhar de superfícies.

— Que haja luz! — proclama vovó, colocando uma vela acesa em uma mesinha.

Ela acende outra e mais outra, dispondo-as pela sala. O efeito é encantador, e o cômodo inteiro é tomado por um brilho alaranjado.

— Para tudo existe um jeito. Eu me deixei abater por um instantinho, Molly, mas já dei a volta por cima. Quer chá?

— Mas a gente está sem luz. A chaleira não vai funcionar.

— Ainda temos gelo no congelador, pelo menos por enquanto. Posso fazer chá gelado.

Vovó pega uma vela e segue para a cozinha. Ela vai de um lado para outro enquanto permaneço imóvel no chão, ouvindo-a cantarolar como se a vida fosse um mar de rosas. Alguns minutos depois, ela volta com uma vela, dois copos, uma jarra e bolachinhas em uma bandeja prateada.

— Chá para duas?

Ela coloca a bandeja na mesinha da sala, senta-se no sofá e dá uma palmadinha no assento ao lado.

Eu me aproximo e me sento ao lado dela.

Passamos o resto da noite bebendo chá gelado e comendo bolachas. Não podemos ver *Columbo* ou o programa do David Attenborough, então vovó me conta histórias de fadas e princesas, reis e rainhas, empregadas e criados que trabalham nos andares de baixo. Quando meus olhos começam a se fechar, uma mão envolve a minha e me leva até a cama.

Minha avó. Ela sempre foi assim. Sempre encontrava uma maneira de manter viva a esperança. E o que é esperança se não a decisão de iluminar a escuridão?

Na manhã seguinte, o sol já nasceu e nós dispensamos as velas, embora ainda estejamos sem eletricidade e sem água quente. Eu me lavo com água fria em um banho de gato, como diz a vovó, embora não haja felinos no nosso apartamento. No caminho para a mansão dos Grimthorpe, questiono:

— O que vamos fazer com o aluguel? E se o Sr. Rosso nunca mais ligar a energia? E se tivermos que viver no escuro para sempre?

— Não se preocupe, Molly. A vovó tem um plano.

Quando chegamos à mansão, paramos no portão como sempre.

Ela aperta o interfone, mas, em vez de dizer oi e pedir para entrar, diz:

— Estou indo para a torre.

Isso é muito incomum. Ela nunca tinha ido à torre antes, a fortaleza impenetrável que vigia a mansão Grimthorpe a poucos passos do portão. Então ouço um zumbido e o portão se abre.

— Espere aqui — instrui vovó.

Eu assinto, confusa, mas sei que a vovó sabe o que está fazendo. Ela segue pela cerca de ferro forjado até a torre, depois entra por uma porta do outro lado que eu nem sabia que existia. Para quê? Por que ela está entrando? O que ela está fazendo?

Fico esperando no portão e contando as lanças pontudas no topo da cerca. Quando começo a sentir a vertigem distorcendo o chão, a vovó sai da torre e volta até mim.

— Consegui um pouco de dinheiro emprestado — cantarola ela. — Vou ter o dinheiro do aluguel hoje à tarde. O que significa que vão ligar a energia de novo. Que haja luz!

Ela coloca a mão nas minhas costas afetuosamente e me conduz pelo caminho de rosas em direção à mansão. Enquanto avançamos, tento assimilar a notícia.

— Mas quem te deu o dinheiro do aluguel, vovó?

— O guarda do portão — respondeu ela.

O homem invisível? O homem misterioso da torre?

— Por que o guarda nos emprestaria dinheiro?

— Porque ainda existe gente de bem nesse mundo, Molly. Há uma pessoa de bem ali mesmo, naquela torre. Ele tem cuidado de nós esse tempo todo.

Olho para trás, para o pilar de três andares de pedra cinza com janelas escuras onde é possível ver tudo de dentro para fora, mas nada de fora para dentro. Então tomo uma decisão.

Passo a manhã polindo a prata na despensa, e, por volta das onze e meia, a Sra. Grimthorpe entra para avaliar meu trabalho.

— Pode subir e ler em silêncio.

Eu vou até a biblioteca, pego *Grandes esperanças* e me acomodo no divã. Assim que me sento, ouço um clique e vejo a luz na fresta da parede surgir. Depois ouço o barulho das pantufas e o dicionário Oxford se move, revelando o Sr. Grimthorpe com um sorriso de orelha a orelha.

— Pip, por onde andou? — pergunta ele. — Não vejo você há dias. Estava te esperando. Você realmente é a criança profeta, a adivinha-mirim, aquela que tudo sabe.

— Mas eu não sei nada — respondo. — A cada dia, sei menos do que antes.

— Mas você me trouxe a resposta — contesta ele. — Fiquei empacado por muito tempo e você me deu a solução: a solução do produto abrasivo. O fim está próximo, Pip. Estou quase terminando meu último romance.

Analiso o homem frágil diante de mim. O rosto dele está radiante como o Fabergé na lareira do andar de baixo.

— É mesmo? Terminou de escrever o livro?

— Quase — responde ele. — O abrasivo e a empregada. Os dois foram ideia sua. Você descobriu como um corpo pode estar lá em um momento e desaparecer no outro. Dissolvido. Desintegrado. Desaparecido. Invisibilidade e ausência, o impacto causado. Vou levar mais alguns dias para escrever as últimas palavras, mas estou chegando lá. E acho que consegui, acho que vou conquistar um novo lugar nas prateleiras literárias. *In perpetuum.*

Ele começa a andar pela sala, pega um caderninho e a caneta-tinteiro e rabisca algo com traços exagerados. Seu corpo ossudo parece diferente hoje, renovado. A assimetria, os ângulos pontudos, tudo parece intensificado, esguio e decidido, como um felino à caça.

Tec-tec-tec-tec-tec.

Lá está mais uma vez. O som de digitação, claro e ressonante. A moça de azul deve estar no escritório, ocupada digitando a conclusão da nova obra do grande escritor.

Como o Sr. Grimthorpe está de bom humor, decido arriscar.

— Sr. Grimthorpe, onde fica o escritório da sua assistente? Eu vejo a moça entrar pela porta lateral todos os dias e ouço o som das teclas, mas nunca vi onde ela trabalha.

— Então não está prestando atenção — diz o Sr. Grimthorpe, fechando o Moleskine com um sorrisinho de lado.

— Ela nunca está por perto na mansão. Às vezes me pergunto se ela é de verdade.

O Sr. Grimthorpe dá risada.

— Ah, sim, ela é de verdade. Claro que é de verdade.

Não sei o que foi tão engraçado, mas fico aliviada pelo bom humor estável. Ele se aproxima do divã onde estou sentada.

— Nada me abala hoje, Pip — anuncia ele. — Eu seria capaz de andar sobre a água. Estou me sentindo como antes de parar de beber, quando meu primeiro livro entrou na lista dos mais vendidos e eu estava no auge. Hoje sou capaz de qualquer coisa.

Nesse momento, ouço a vovó me chamando:

— Dez minutos para o chá!

O Sr. Grimthorpe também a escuta.

— Antes ela vinha me ver todos os dias, sabia? Ela me ouvia se eu quisesse conversar. Nos piores momentos, quando eu estava tremendo e suando, me contava histórias. Ela me distraiu nos dias mais difíceis. Mas agora quase não vem aqui.

O Sr. Grimthorpe umedece os lábios, a língua passando pelos dentes branquíssimos antes de desaparecer outra vez na caverna escura da boca.

— Se precisa da minha avó, por que não desce até lá? — pergunto.

Ele concorda com a cabeça e sorri, achando graça.

— Boa ideia, Pip. Talvez eu desça.

— Bom, tenho que ir.

— Ah, sim, sorrir e polir. Devolver tudo a um estado de perfeição. O esforço fútil da minha esposa para preservar a ilusão do casamento e do marido perfeito, duas coisas que ela nunca teve. Vou contar um segredo, Pip: a primavera nunca dura. O dourado não reluz para sempre.

— Tenho que ir — repito. — Tenho que fazer uma coisa. Tchau, Sr. Grimthorpe.

Empurro o dicionário Oxford, a parede de livros se fecha e o Sr. Grimthorpe desaparece atrás dela.

Não tenho muito tempo. A vovó vai me chamar de novo daqui a pouco. Vou depressa para o corredor e desço a escada da frente na ponta dos pés, calço meus sapatos e giro a maçaneta sem fazer barulho, saindo sorrateiramente pela porta da frente.

Desço pelo caminho das rosas, que já não estão tão floridas. As pétalas já estão caindo dos caules pesados, formando um tapete de rosas nos paralelepípedos. No trajeto, procuro uma que ainda não esteja desbotada ou molenga. Demora um pouco, mas finalmente vejo uma rosa de um carmesim intenso e no auge de seu esplendor escondida em um arbusto. Enfio o braço entre os galhos, ignorando a picada dos espinhos, até que meus dedos encontram o caule da última rosa. Eu o parto e puxo a flor da folhagem densa. Meu braço fica arranhado, mas isso não importa, porque o que tenho em mãos vale a pena: um tesouro efêmero, o último da safra deste ano.

Percorro o resto do caminho carregando minha rosa com cuidado com as duas mãos. Quando chego ao portão de ferro, aperto o botão do interfone como a vovó sempre faz.

— Consegue me ouvir? — pergunto. — Está me vendo? Eu sou a Molly, aprendiz de empregada. Câmbio.

Espero uma resposta. Nada. Olho para a torre lá em cima e aperto o botão de novo.

— Não sei quem você é, mas sei que ajudou minha vó e eu emprestando dinheiro para o nosso aluguel. Achei muito generoso da sua parte e quis trazer um presente e falar pessoalmente o seguinte: obrigada.

Ouço um clique, seguido do som de estática.

— Minha querida, não há de quê — escuto.

Olho de novo para a torre. Os vidros escuros não revelam nada, mas isso não me impede de erguer minha rosa para o homem lá dentro antes de deixá-la no parapeito perto do interfone.

Faço uma reverência profunda para ele, executando-a da melhor forma possível. E então corro de volta para a mansão.

Capítulo 18

Desde que eu era criança, sempre me disseram — direta e indiretamente — que sou um fracasso. Não sou boa o suficiente. Abaixo do nível. Incapaz de entender o que os outros conseguem com relativa facilidade. Molly, a mutante. Molimpeza. DestrambeMolly.

Antes deste momento, nunca acreditei de verdade em nada disso. Eu desafiava a ideia de que minhas diferenças faziam de mim alguém inferior, me recusava a aceitar isso. Mas agora, enquanto sigo pela calçada a caminho do trabalho, onde terei que falar com o Sr. Preston pela primeira vez desde que o acusei de ser um assassino, começo a acreditar que tudo o que sempre disseram sobre mim talvez seja verdade. Talvez eu seja mesmo inferior. Com certeza sou uma boba, a maior idiota do mundo. Como pude me enganar e pensar que o Sr. Preston era um homem ruim? Como pude cometer um erro tão tenebroso? E se sou tola para fazer isso, de que outros erros colossais sou capaz?

Juan Manuel me ligou de manhã enquanto eu mastigava um pedaço de muffin pela décima quarta vez. Depois de terminar de engolir, perguntei:

— Eu sou uma boa pessoa? Sou alguém de bem?

Ele ficou em silêncio do outro lado da linha.

— *Mi amor*, do que está falando? Você é mais do que boa. Molly, você é mais preciosa que um Fabergé.

Bebi o chá e mudei completamente de assunto, perguntando a Juan sobre a viagem, a mãe e os irmãos, até que ele começou a tagarelar, todo feliz, e se esqueceu de todas as minhas perguntas sem pé nem cabeça.

Agora estou diante da fachada elegante do Regency Grand, chegando à entrada principal. Os manobristas vão de um lado para outro ajudando os hóspedes com suas malas, e o Sr. Preston, com seu paletó e chapéu de porteiro, está posicionado em seu lugar de sempre, um retrato de dignidade e compostura. Ele me vê no primeiro degrau. Minhas pernas não se movem. Não mereço pisar no tapete vermelho, nunca mereci.

Ele se apressa até onde estou e segura meu braço.

— Molly, você está bem?

— Não estou. Nunca estive bem.

— Vamos lá. Respire — orienta ele, me acompanhando escada acima. — Um passo após o outro. É o único jeito de chegar a algum lugar na vida.

— Minha avó dizia isso — comento, me apoiando no braço do Sr. Preston.

— Eu sei — responde ele.

Paramos em frente às portas giratórias.

— Acusei você de uma coisa terrível — digo. — Não deveria me perdoar, Sr. Preston. Não mereço sua bondade.

— Todo mundo comete erros. O que fazemos depois disso é o que importa.

— Vovó dizia isso também.

Ele sorri e aperta meu braço com carinho. Eu não tinha percebido até então o quanto ele tinha envelhecido em tão pouco tempo, como o seu cabelo estava grisalho, não mais permeado por fios pretos, mas quase inteiramente branco. O Sr. Preston vai se aposentar logo, e isso significa que não vou mais vê-lo todos os dias. Essa ideia entristece meu coração.

— Molly — diz ele —, falei com a Angela ontem à noite. Ela quer conversar com nós dois o quanto antes.

— Você falou com a Angela? — repito, um pouco confusa, sem entender por que ele falaria com ela depois do expediente.

— Depois que você e eu conversamos ontem, fiquei pensativo. Liguei para ela porque queria saber o que ela acha da caixa que desapareceu do saguão e da primeira edição rara do romance de Grimthorpe que vi na vitrine da loja de penhores. Você tinha razão a respeito de uma coisa, Molly: tem alguma coisa nisso tudo que não cheira nada bem. Angela não tinha muito a dizer ontem, mas parece que hoje está com uma pulga atrás da orelha. Ela quer nos encontrar no restaurante.

— Está bem — concordo. — Eu tenho um tempinho livre antes do meu turno.

O Sr. Preston avisa aos manobristas que vai fazer um intervalo e abre passagem para que eu entre primeiro pelas portas giratórias do hotel, vindo logo atrás de mim.

Quando chegamos ao Social, Angela está no balcão com o cabelo revolto de sempre, um olhar preocupado enquanto analisa com concentração a tela do laptop aberto à sua frente. Ela está tão compenetrada que nem sequer olha para nós quando entramos. Ao notar nossa presença, ela acena.

— Isso vai demorar? — pergunto, sentando-me com o Sr. Preston nas banquetas do balcão. — Tenho que trabalhar.

— Molly, você sempre chega meia hora mais cedo para o seu turno — diz Angela. — E, pode acreditar, quando vir o que estou prestes a mostrar, vai ficar de queixo caído. Você também, Sr. Preston. Estão preparados?

O Sr. Preston tira o chapéu e o coloca sobre o balcão. Com um floreio, Angela vira o laptop para nós. Na tela, está aberto o site TocaDosAbutres.com. A logo é uma ave de rapina agourenta segurando um livro antigo nas garras.

— O que é isso? — questiona o Sr. Preston.

— É um site de compras on-line de itens colecionáveis e afins — responde Angela. — As pessoas leiloam livros usados, autógrafos de gente famosa, tudo o que é possível de ser vendido. Eu vi até um anúncio de roupas íntimas usadas de um cantor de rock. E sabe o que é pior? As pessoas compram. Vejam isso — diz Angela, clicando em outra aba. — O nome deste vendedor é Anjo da Morte.

O Sr. Preston lê a descrição do perfil em voz alta:

— "Vendo produtos originais dos ricos, mortos e infames. Cem por cento autêntico! Fonte anônima!"

— Agora olha só isso — diz Angela, e rola a tela para baixo.

Há vários itens marcados como vendidos. Então deixo escapar um som engasgado, sem acreditar no que estou vendo.

— Todos esses itens estão relacionados ao Sr. Grimthorpe? — pergunta o Sr. Preston antes que eu consiga formular as palavras.

— A maioria — responde Angela. — Mas tem uma coisa que não está.

Ela rola a tela até uma foto de garrafas vazias de uísque dentro de um frigobar. A descrição diz: "A última ceia líquida do Sr. Charles Black — o Sr. Black, do dia em que bateu as botas no Hotel Regency Grand!"

O mundo está girando e meu coração acelera.

— Dê uma olhada — continua Angela.

Ela passa o mouse sobre o anúncio de venda de uma caneta-tinteiro e de um cartão de anotações. A legenda informa: "Este combo pode ser seu! Caneta-tinteiro de J. D. Grimthorpe + bilhete de amor polêmico escrito para a assistente pessoal do autor!"

— Meu Deus — suspira o Sr. Preston. — Clique ali.

Angela clica e amplia a foto.

É uma caneta-tinteiro preta e dourada com uma elegante ponta cônica.

— Essa é a caneta do Sr. Grimthorpe — digo. — Estava na caixa que sumiu.

— Sou eu que não estou enxergando direito ou o bilhete de amor está ilegível? — pergunta o Sr. Preston.

— O vendedor borra as coisas de propósito — explica Angela. — Apenas o comprador tem acesso.

— Esse é o papel de carta do Regency Grand — observa o Sr. Preston.

A logo é familiar, ainda que esteja borrada.

— E não é que é mesmo? Você tem razão — concorda Angela.

— Mas eles estão enganados em relação ao bilhete — digo. — Não foi o Sr. Grimthorpe quem escreveu, foi o Sr. Snow. Ele mesmo me disse.

— Faz sentido — comenta Angela. — Esses vendedores on-line são uns abutres. Eles contariam qualquer mentira para ganhar dinheiro.

— Por quanto foram vendidos a caneta e o bilhete? — pergunta o Sr. Preston.

— Quinhentos dólares — responde Angela. — Mais frete expresso e taxas.

— Quem gastaria dinheiro em uma porcaria dessas? — indaga ele.

— Muita gente — responde Angela. — E não só colecionadores. Podcasters e repórteres também. Vejam. — Ela clica na foto de um Moleskine preto com as iniciais JDG, depois passa para a foto do mesmo caderno aberto. As páginas estão cheias de rabiscos e passagens ininteligíveis. — Diz aqui que pertenceu a J. D. Grimthorpe, mas duvido que seja de verdade.

— É de verdade, sim — confirmo. — Definitivamente é de verdade.

Outro anúncio chama minha atenção.

— Suba a barra da tela, por favor — peço.

Angela clica no anúncio de um item vendido.

"As últimas palavras de J. D. Grimthorpe! Seja o primeiro a ler o discurso que ele não teve tempo de terminar!"

Meu coração parece prestes a sair pela boca quando minha ficha começa a cair.

— São as anotações que desapareceram do púlpito. A imagem está borrada, mas são as mesmas anotações.

— Isso confirma que foi alguém daqui — diz o Sr. Preston. — O vendedor trabalha no hotel ou está mancomunado com alguém que trabalha.

Angela assente, fazendo uma careta. Ela olha para mim.

— Você está entendendo, Molly?

Nosso maior medo acaba de ser confirmado.

— Há um ladrão trabalhando aqui — digo. — Que talvez seja também…

Não termino a frase. Não quero dizer aquilo em voz alta.

— Um assassino cruel e sanguinário — completa Angela. — Tem mais uma coisa. Isso talvez seja difícil de ouvir, Molly.

Fecho os punhos sobre o balcão do bar. Não sei se vou aguentar. O banco em que estou sentada vacila.

Angela rola a tela até o último anúncio, o único item relacionado a Grimthorpe que ainda está disponível. É seu último livro. "Um dos últimos exemplares autografados pelo autor! Desconto imperdível, por apenas 100 dólares!"

— Prepare-se — avisa Angela, clicando na foto.

O livro está aberto na folha de rosto, onde J. D. Grimthorpe escreveu:

Querida Lily,
Para retribuir sua gentileza, meus agradecimentos pela leitura.

A dedicatória é seguida pela assinatura do autor, igual à assinatura do exemplar autografado para mim e a de todos os outros exemplares autografados por ele que já vi. A caligrafia é irregular e desalinhada, tão imprevisível quanto o próprio homem que escreveu. É um autêntico autógrafo de Grimthorpe, inconfundível.

Angela não está mais olhando para a tela, e sim para mim, com uma expressão que já registrei em meu catálogo mental de comportamento humano. A expressão do Sr. Preston é uma cópia da dela. Antes, eu confundia isso com angústia, mas hoje sei o nome desse tipo tão doloroso de constrangimento que não se refere àquele que a exibe, mas à outra pessoa: o nome é pena.

— Por favor, por favor me diga que Lily não é a vendedora. Não consigo acreditar. Não pode ser!

— Molly, não vamos tirar conclusões precipitadas — me acalma o Sr. Preston. — Talvez haja uma explicação lógica para isso.

— Ele tem razão — concorda Angela. — Todo mundo é inocente até que se prove o contrário e tudo mais. Não temos certeza de nada. Ainda não.

— Além disso, Lily nem sequer trabalhava aqui quando tudo aquilo com o Sr. Black aconteceu — acrescenta o Sr. Preston. — Como ela saberia que uísque foi a última bebida dele antes de morrer?

— Ela saberia porque eu disse. Durante o treinamento, passávamos horas juntas limpando quartos. Contei à Lily que o Sr. Black bebeu todo o uísque do frigobar e fez uma bagunça com as garrafas vazias. Contei que pensei que ele tinha desmaiado na cama quando, na verdade, estava morto. Contei também que, depois disso, todo mundo apontou o dedo para mim. Eu disse a ela que todo cuidado era pouco quando se é camareira. Eu estava tentando ensiná-la.

Angela e o Sr. Preston trocam um olhar preocupado que em nada me tranquiliza.

Não digo a eles o som que estou ouvindo na minha cabeça como um disco arranhado, o sussurro calmo de Lily repetindo o que eu já sei:

— A culpa é sempre da camareira.

Capítulo 19

Antes

Pronto. Consegui. Deixei um presente para o homem misterioso da torre como agradecimento por ter ajudado vovó e eu. Isso me trouxe uma sensação boa, mas algo em mim ainda quer saber por que esse homem é tão generoso. Talvez eu toque no assunto com a vovó amanhã no café da manhã para descobrir o que mais ela sabe sobre ele.

Volto para a mansão e entro pela porta pesada, fechando-a silenciosamente atrás de mim. Consegui entrar e sair tão de mansinho que nem a vovó, nem a Sra. Grimthorpe notaram a minha ausência.

Limpo a sola dos sapatos e os guardo de volta, então ouço vozes vindas da sala de estar. Por um momento, acho que estou imaginando coisas, porque uma das vozes é de homem.

Só de meias, vou na ponta dos pés até a entrada da sala de estar. As portas francesas estão abertas e, lá dentro, a vovó está parada atrás do carrinho de chá que preparou para mim. Do outro lado do carrinho está o Sr. Grimthorpe. É a primeira vez que o vejo fora do escritório, e isso por si só já é uma grande surpresa, mas além disso ele está no andar principal, conversando em voz baixa com a vovó na sala de estar. Aparentemente ele seguiu meu conselho e veio falar com ela, mas tem algo de estranho naquela conversa. Decido observar mais um pouco, em silêncio e escondida.

Eu me encosto na parede do corredor pouco iluminado, prestando atenção à minha avó. A forma como ela está ali, de pé, é muito estranha. Está pálida e toda rígida atrás do carrinho de chá, segurando a alça com os nós dos dedos brancos.

— Você me abandonou quando mais precisei. Que tipo de mulher abominável faria algo assim? — indaga o Sr. Grimthorpe.

A voz dele é calma e ponderada, mas alguma coisa no tom me embrulha o estômago.

— Não fiz nada disso, Sr. Grimthorpe — responde a vovó. — Meu trabalho era acompanhá-lo durante o período mais difícil da abstinência. Mas quando você... quando você...

— Quando eu *o quê?* — pressiona o Sr. Grimthorpe, a última palavra soando mais alta do que as demais.

— Estou muito ocupada hoje, senhor. Tenho muitas coisas para fazer para a Sra. Grimthorpe. É melhor eu ir.

— Quer dizer que está aqui para obedecer à minha esposa e não a mim? É isso? Ela mandou você manter distância? Você reclamou de mim para ela?

— Senhor, sua esposa e eu concordamos que, depois da sua recuperação, meu trabalho passaria a ser limpar a mansão. E cozinhar. Nada mais.

— Seu trabalho é obedecer. É para isso que pago você — diz o Sr. Grimthorpe, dando um passo em direção ao carrinho de chá.

— Você estava melhorando — diz vovó. — O pior já tinha passado. Por isso parei de subir. E espero que esteja claro que não o culpo pelo... pelo que fez. Você estava doente. Os demônios falaram mais alto. E o passado é passado.

— Sou um novo homem, Flora — diz o Sr. Grimthorpe, curvando a boca em um sorriso torto.

Vovó solta a alça do carrinho de chá.

— Fico muito feliz por você estar sóbrio.

— Sóbrio. Significa: lúcido. Sem efeito de álcool. Moderado — diz o Sr. Grimthorpe. — Te lembra alguém?

Vovó endireita a postura no mesmo instante.

O Sr. Grimthorpe dá a volta no carrinho com uma agilidade repentina e segura minha avó. Tudo acontece tão depressa que não consigo entender a cena que se desenrola — é como se em um piscar de olhos ele tivesse deixado de ser um homem e se transformado num lobo. As mãos dele agarram a cintura da vovó e ele mostra os dentes, brancos, ao aproximar a boca do pescoço dela. O que ele está fazendo? Está tentando devorá-la? Vovó se contorce, tentando se desvencilhar dele.

Saio do meu esconderijo e corro para a sala.

— Vó! — grito por ela.

O Sr. Grimthorpe leva um susto e a solta na mesma hora. O cabelo dele está desgrenhado, e uma das suas pantufas saiu do pé e está apontada para mim como uma flecha letal.

— Pip! — exclama o Sr. Grimthorpe. — Eu estava só... convidando sua avó para tomar chá.

Com muita tranquilidade, ele resgata a pantufa com o pé e a calça de volta.

Vovó comprime os lábios, me encarando de olhos marejados. Ela quer dizer alguma coisa, eu sei, mas as palavras parecem estar presas na sua garganta.

— Chá é uma bebida deliciosa, não acha? — comenta o Sr. Grimthorpe. — A bebida que me ajudou a superar meus momentos mais sombrios. Chá bem doce, com mel. Não é mesmo, Flora? Um homem amargo sempre precisa de um pouco de doçura. Quer tomar uma xícara com a gente, Pip?

Seus olhos azuis estão límpidos como sempre foram, não vermelhos. Ele é alto, esguio e está bem-vestido, não tem nada de corcunda e não está maltrapilho. Está arrumadinho e aparenta ser respeitável. Não é um lobo em pele de cordeiro. Não há pilhas de ossos nos cantos do seu escritório e ele não vive em uma ponte aterrorizando os transeuntes.

Mas agora eu entendo. Agora consigo ver com clareza, de um jeito que nunca vi antes, como um homem pode ser um homem e um monstro ao mesmo tempo.

Capítulo 20

—Molly? Molly?

O Sr. Preston me chama, sentado no banco ao meu lado, com as duas mãos apoiando minhas costas para me manter firme. Angela olha para mim, preocupada. Ela fecha o laptop.

— Estou bem — digo.

— Não está, não — discorda Angela. — Você desmaiou, Molly. Se o Sr. Preston não tivesse te segurado, você teria caído do banco e dado de cara no chão.

Estou me sentindo zonza e vendo alguns pontos de luz pelo canto do olho.

— Pronto. Está tudo bem — diz o Sr. Preston. — Respire fundo, Molly.

Eu obedeço.

— Ela está de volta ao plano dos vivos. Nada de pânico.

Ele me solta devagar.

— O que foi que eu fiz?! Abri as portas e deixei que a sujeira entrasse neste hotel. Contratei uma traidora, uma traidora chamada Lily.

O Sr. Preston se vira para mim.

— Ouça bem, mocinha. Não cometa o mesmo erro duas vezes.

— Que erro? — pergunto.

— Tirar conclusões precipitadas. Você sabe exatamente onde isso vai dar. Só há uma maneira de resolver essa situação.

— E qual é?

— Temos que ouvir o que Lily tem a dizer — responde o Sr. Preston.

— Mas acho que nunca ouvi ela falar uma frase completa — comenta Angela.

— Ela fala — digo. — Ela fala comigo quando fica confortável. Mas leva tempo.

Decidimos então que precisamos pelo menos tentar fazer com que Lily se abra para ouvirmos o que ela tem a dizer com as próprias palavras. Assim, bolamos um plano.

— Você está bem para trazê-la aqui? — pergunta o Sr. Preston.

— Sim — respondo. Fico em pé por um momento ao lado do banco, testando minha firmeza. — Estou me sentindo melhor.

Em grande parte, é verdade. O mundo parou de girar, pelo menos.

— Então vá, Molly — instrui Angela. — Não se esqueça de respirar.

Aceno para os dois e saio do Social. Desço as escadas e vou para o vestiário, onde encontro Lily colocando o uniforme e se preparando para começar o dia. O rosto dela murcha na mesma hora quando, em vez de "bom dia", eu digo:

— Tenho um assunto de extrema importância a tratar com você.

Peço para que ela vá comigo até o Social e, quando chegamos lá, o Sr. Preston e Angela estão no mesmo lugar onde os deixei. Lily parece congelar assim que os vê.

— O que houve? — pergunta ela, sua voz quase um sussurro.

— É exatamente o que queremos descobrir — respondo.

O Sr. Preston se levanta quando Lily e eu nos aproximamos.

— Por favor, sente-se, Lily — oferece ele, fazendo um gesto para o banco livre.

Ela se senta em movimentos rígidos, evitando contato visual.

— Lily — começo —, talvez você esteja com problemas, mas ainda não temos certeza. Queremos que tenha a chance de se explicar. Quero esclarecer uma coisa: não estamos deduzindo que você é uma ladra, que é desonesta ou assassina. Isso seria imprudente e precipitado.

— O que Molly está tentando dizer é que estamos oferecendo a você o benefício da dúvida — explica o Sr. Preston.

Angela coloca o laptop no balcão e o abre na frente de Lily.

— Queríamos que visse uma coisa. — Ela aponta para a página inicial da Toca dos Abutres na tela.

Angela mostra a Lily todas as postagens do usuário Anjo da Morte e por fim o exemplar autografado do livro do Sr. Grimthorpe, dedicado à *querida Lily*.

Ela mal se mexe. É como se tivesse se transformado em pedra. Mesmo quando fazemos perguntas, Lily não diz nada. Nem um pio.

— Acho que entende que isso é preocupante, que tudo aponta para *você* como autora do roubo do hotel e para *você* como a pessoa por trás do usuário Anjo da Morte — explica o Sr. Preston.

Lily assente.

— Não quer dizer nada em sua defesa? Oferecer uma explicação, talvez? — sugiro.

Ela olha no fundo dos meus olhos.

— A culpa é sempre da camareira — diz.

— Então você admite que roubou aquelas coisas e as colocou à venda nesse site mequetrefe?

— Não — responde Lily. Sua voz é tão baixa que temos que nos esforçar para ouvi-la. — Eu não disse isso. Não estava falando de mim.

— Se não foi você, então quem foi? — questiona o Sr. Preston.

— O peixe morre pela boca — diz Lily. Seus olhos são como duas piscinas.

— Lily, você está repetindo isso há dias — digo. — Mas não faço ideia do que quer dizer.

— Um dia você é a chefe, Molly, e no outro não é mais — responde ela. — Eu faço as tarefas dela e as minhas também. Ela me obriga a fazer o que manda e diz que vou me meter em problemas se não obedecer, mas não quero mais proteger ninguém. Ela me fez acionar o alarme para poder roubar a caixa que estava no saguão. Ela rouba as gorjetas dos quartos. E se eu não ficar de bico fechado, vou perder meu emprego de novo e nunca mais vou conseguir outro. "Feche o bico. O peixe morre pela boca." É o que ela me diz.

— Quem faz tudo isso, Lily? — indaga o Sr. Preston. — Você precisa nos dar um nome.

Talvez ele precise ouvir a resposta, mas eu não preciso. O nome dela é como um odor fétido no ar.

Engraçado. É que nem a vovó sempre disse: às vezes as peças se encaixam, fazendo com que algo ausente pareça ter estado lá o tempo todo.

— Cheryl — diz Lily. — Ela é a traidora.

Parece *déjà-vu*. Estou correndo pelo saguão e descendo as escadas em busca de uma camareira, mas desta vez não é Lily. Estou atrasada para o meu turno, o que me deixa muito ansiosa, mas não tanto quanto o que acaba de ser revelado.

Eu a encontro perto do próprio armário, já vestida e prestes a prender o broche de camareira-chefe no lado esquerdo do peito, bem na altura do coração. Como ela se atreve? Tenho que me segurar para não arrancar o broche da sua mão e espetá-la direto no olho.

Raiva não resolve nada. Quem espera sempre alcança.

— Cheryl — cumprimento, forçando um sorriso. — Que bom que chegou! E só está quinze minutos atrasada. Vim dizer que o bar está oferecendo muffins e suco de laranja de cortesia.

Ela arrasta os pés até onde estou e para bem na minha frente.

— Angela disse que você adora brindes — acrescento.

Ela leva a mão ao quadril.

— Ah, é? — diz Cheryl.

— Sim.

Na verdade, quando perguntei ao Sr. Preston e a Angela como eu poderia convencer Cheryl, sempre tão desleixada, desprezível, avarenta e imprestável, a vir até o Social no andar de cima, Angela bolou aquela desculpa.

— É só dizer que tem a ver com comida. Ela vai morder a isca.

Cheryl dá de ombros, olhando para mim.

— Hum. Pode ser. Eu gosto de muffins. Qualquer coisa para dar um tempo do trabalho.

É assim que, minutos depois, estou subindo as escadas e passando pelo saguão com minha arqui-inimiga e principal rival, numa conversa fiada sobre o clima. Sorrio e sorrio e sorrio sem parar enquanto a conduzo pelo saguão glorioso até o bar do Social, onde o Sr. Preston está mastigando um dos muffins de chocolate que pegou da travessa que Angela colocou no balcão. Lily ainda está sentada no mesmo banco, completamente imóvel.

— Ah, oi, Cheryl — cumprimenta o Sr. Preston, cedendo o lugar à dita-cuja. — Estamos muito contentes por você ter vindo. Por favor, por favor, sente-se.

Cheryl solta o corpo sobre o banco.

— Valeu — diz ela, pegando um muffin.

Cheryl estala os dedos para Lily e pede um copo de suco de laranja, que Lily serve e entrega a ela sem questionar.

— Como é bom relaxar um pouco — comenta Cheryl.

— É mesmo? O trabalho foi pesado hoje? Achei que você tinha acabado de chegar para o seu turno — retruco.

Angela empurra a travessa na minha direção e delicadamente sugere que eu ocupe minha boca com um muffin.

— Se Snow entrar e pegar todo mundo enrolando, vou dizer que foi ideia de vocês, hein — ameaça Cheryl.

— Claro! — responde Angela. — Não queremos que *você* leve a culpa por algo que *nós* fizemos. Que tipo de colegas acha que somos?

Cheryl leva o muffin à boca e começa a mastigá-lo. Seus olhos atentos analisam nosso rosto, mas ela não encontra o que está procurando.

— Isso aqui está muito esquisito — comenta ela. — O que é que vocês querem? O que está acontecendo de verdade?

O Sr. Preston pigarreia.

— Já que mencionou, queríamos falar com você sobre uma coisa.

Angela não perde tempo. Ela pega o laptop e abre o Toca dos Abutres.

— Hoje está um dia muito agradável — diz Angela. — Mas também meio *mortífero*. Não acha, Cheryl?

Cheryl olha para a tela.

— Não tenho nada a ver com isso. Nada.

— Eles já sabem, Cheryl — sussurra Lily. — Eu contei.

Cheryl vira o corpo para encarar Lily.

— Sua vadiazinha fofoqueira. A loja de penhores acabou de me dar trinta mil dólares pela primeira edição. Eu ia te dar uma parte, Lily. Por que você é tão burra?

— Eu já disse, Cheryl — continuou Lily, a voz cortante como uma faca silenciosa —, não quero seu dinheiro sujo. Só quero meu emprego.

Os olhos de Cheryl vão de Lily para Angela, depois para o Sr. Preston e, finalmente, param em mim.

— Esperem — diz ela. — Podemos fazer um acordo, certo? Podemos dividir os lucros das minhas vendas em quatro partes, desde que vocês fiquem de bico fechado. Todo mundo fica um pouco mais rico se vocês segurarem a língua.

A única língua que quero segurar é a de Cheryl, com o único propósito de arrancá-la da boca dela.

— Acho que já ouvi o suficiente — conclui o Sr. Preston. — Estão de acordo?

Angela faz que sim com a cabeça e eu também.

— Definitivamente já ouvi o suficiente — ecoa Lily.

A voz dela não é mais um sussurro, e a determinação nas suas palavras me enche de orgulho.

— Molly, se não se incomodar, poderia fazer o favor de chamar o Sr. Snow? — pede o Sr. Preston.

— Me incomodar? — repito. — Pelo contrário, vai ser um prazer.

Faço uma reverência para Cheryl, a mais profunda que já fiz na vida, porque é a última cortesia que ela receberá de qualquer um de nós por muito tempo.

Capítulo 21

Antes

Há momentos na vida que causam uma transformação sísmica capaz de dividir tudo, provocando uma ruptura nítida entre o antes e o depois. Senti isso de maneira profunda no dia em que a minha avó morreu, mas essa não foi a primeira vez.

A primeira vez foi no dia em que vi o que o Sr. Grimthorpe fez com minha avó na sala da mansão. Embora eu não tenha entendido completamente até muito tempo depois, testemunhar aquele momento me transformou de criança em adulta em um único instante.

Acho que eu deveria ter percebido desde o início que o Sr. Grimthorpe era um monstro. Meus instintos me diziam isso antes mesmo de conhecê-lo. Mas, como acontece em muitas circunstâncias, eu não conseguia acreditar no que estava bem debaixo do meu nariz, não era capaz de juntar as peças do quebra-cabeça, como consigo fazer hoje em dia.

Agora sei por que alguns dias eram tão difíceis para a vovó, por que algumas vezes ela abria minhas cortinas, mas se esquecia de dizer um bom-dia alegre. Eu me lembro de vê-la preparar o café em silêncio em vez de cantarolando como sempre, porque estava morrendo de medo de ir para o trabalho e ter que fugir do Sr. Grimthorpe. Hoje me lembro de algumas noites em que, durante o jantar, ela se sentava de frente para mim com o olhar vazio e distante, mexendo a comida no prato sem colocar quase nada para dentro, com a cabeça nitidamente em outro lugar.

Ela se recuperava — minha avó sempre dava a volta por cima — tentando enxergar o lado bom da vida, concentrando-se nas coisas positivas, convencendo-se de que Grimthorpe tinha mudado, era um novo homem, e não voltaria a atacá-la. Essa era a minha avó. Tinha uma capacidade infinita de trazer esperança para a escuridão. E, na maioria das vezes, ela conseguia. Ela conseguiu me convencer de que tudo estava bem no nosso mundinho, de que nosso futuro era extraordinariamente promissor. Tudo o que fez foi para que eu não apenas sobrevivesse, mas prosperasse. Só agora sei o quanto ela sofreu em silêncio e como deve ter se sentido solitária carregando aquele fardo.

Na minha mente, sou uma criança outra vez. Vovó e eu estamos sentadas à mesa da cozinha tomando café da manhã, no dia seguinte à transformação do Sr. Grimthorpe de homem em lobo predador bem diante dos meus olhos. Estou balançando as pernas para a frente e para trás debaixo da minha cadeira, como sempre faço, mas nada vai voltar a ser o que era antes. Ao menos isso eu sou capaz de entender. De manhã, eu geralmente disparo uma avalanche de perguntas bobas para a vovó, questionamentos existenciais e perguntas do tipo "você prefere isso ou aquilo?". Mas não nesse dia.

Forço meu mingau de aveia goela abaixo, mas quando vovó me diz que é hora de ir para a mansão Grimthorpe, eu não me mexo. Não consigo.

— Não podemos — digo. É a primeira vez que toco no assunto desde que presenciei a cena. Faço uma pausa antes de pedir: — Não volte para lá, vó.

Não sei como dizer o que quero dizer porque não tenho o vocabulário adequado para falar sobre o que presenciei.

— Molly, hoje é um dia novinho em folha. — Vovó se levanta tão depressa que os pés da cadeira rangem contra o piso. — O sol está brilhando, os pássaros estão cantando!

Ela leva nossas tigelas praticamente intocadas para a pia, dando as costas para mim. Depois se apoia no balcão, segurando a borda com firmeza.

— Nós já vamos sair — declara ela. — Está na hora.

Ela está sorrindo quando se vira para mim, e posso jurar que é um sorriso genuíno. Ela o tirou das profundezas de seu ser e agora o oferece para mim como se fosse um buquê de flores recém-colhidas. Minha avó exibe uma fachada de coragem — afinal, que outra escolha ela tem?

Essa pergunta retórica me manteve em claro a noite inteira. Fiquei lá deitada com o cobertor da vovó puxado até o pescoço, encarando o escuro e considerando nossas opções. Um plano brotou na minha mente. De repente, pude enxergá-lo por completo, claro como cristal. De repente, eu sabia o que fazer.

Uma vez minha avó me disse que, em certos momentos da vida, precisamos fazer algo errado para consertar algumas situações. Nunca me esqueci disso. Se tornou o meu lema.

Enquanto balanço as pernas debaixo da mesa, já tomei minha decisão.

É um dia novinho em folha. O sol está brilhando, os pássaros estão cantando. Eu tenho um plano e nada vai me impedir de colocá-lo em prática. Nada.

Chegamos pontualmente à mansão. O guarda invisível abre o portão e eu e a vovó entramos. De repente, fico receosa. E se eu não conseguir? E se for a coisa errada a se fazer? E se eu estiver cometendo um erro terrível? Não. Não vou me deixar abalar pela dúvida. Temos que escapar do monstro. Temos que fugir do lobo.

Não disse uma palavra a respeito à vovó, nem vou dizer, mas meus pés estão enraizados no chão antes mesmo de chegarmos à porta da frente. A vovó coloca a mão de forma acolhedora no meu braço, e meu corpo relaxa, meus pés ganham vida outra vez. Juntas, seguimos pelo restante do trajeto até a mansão Grimthorpe.

As rosas já estão quase todas murchas, suas pétalas estão opacas e seus caules, curvados. Jenkins vem varrendo as pétalas, juntando-as em pequenos montes que em seguida coloca em seu carrinho de mão. Há um novo cheiro no ar, um aroma doce de flores mortas.

— Bom dia, Flora — cumprimenta Jenkins quando passamos por ele. — Como estão você e a pequena?

— Tudo bem, na medida do possível — responde a vovó.

— A temporada das rosas acabou — comenta ele. — Agora nos resta esperar pelo ano que vem.

— É sempre bom ter algo pelo que esperar.

— Todo mundo precisa disso para continuar vivendo, não é?

Minha avó assente.

— E como!

Continuamos subindo e chegamos à mansão. Seguro o leão da porta e bato três vezes, até que a Sra. Grimthorpe nos deixa entrar. Vovó e eu tiramos os sapatos e os limpamos como sempre, depois os guardamos no canto reservado para os empregados.

A Sra. Grimthorpe não demora para começar a dar ordens.

— Hoje é dia de lavar e secar. Flora, suba e pegue a roupa suja. Ande logo, há muito o que fazer.

A vovó se retrai ligeiramente. É algo sutil que eu não teria notado antes, mas noto desta vez.

— Depois que pegar tudo, leve para o porão e fique lá de olho nas máquinas, a máquina de lavar está estranha de novo. E tome cuidado com o alvejante, da última vez você exagerou nas roupas brancas e acabou fazendo um buraco em uma das camisas do Sr. Grimthorpe.

— Estava tentando remover uma mancha, senhora.

— Remover furando o tecido? — retruca a Sra. Grimthorpe. — Nenhuma empregada decente faria isso.

— Certo, senhora.

— Menina, pode subir para ler. As pratas podem ser polidas à tarde.

— Posso ler na sala de estar? Só hoje? — peço.

A Sra. Grimthorpe franze a testa ao ouvir aquilo, mas então diz:

— Acho que sim, desde que fique sentada apenas em uma poltrona e não encoste em nada. Também não limpe nem lustre coisa alguma, entendeu bem? Mantenha suas patas bem longe dos tesouros do Sr. Grimthorpe.

— Sim, senhora.

— Então vá.

Vovó dá um apertão carinhoso no meu braço e depois segue a Sra. Grimthorpe pelo corredor. Seguro o corrimão, mas não me mexo. Fico ali, tentando me estabilizar antes de subir a escada para buscar meu livro.

Os rangidos das tábuas do assoalho emitem um som diferente hoje, como um aviso: *Não faça isso. Não vá até lá.* Chego ao primeiro patamar e olho pela janela. Lá está ela, a assistente pessoal do Sr. Grimthorpe, com seu lenço e luvas azuis, entrando pela porta lateral da mansão como de costume. Eu me pergunto: será que ela também teve que se defender do monstro?

Começo a subir o próximo lance de escada, depois sigo pelo corredor e forço meus pés a entrarem na biblioteca. Quando chego na soleira, me detenho, olhando para dentro. A luz está acesa e vaza pela fresta sob a porta oculta da estante, e posso ouvir o barulho dos passos do Sr. Grimthorpe do outro lado.

Entro na biblioteca na ponta dos pés, pego *Grandes esperanças* e saio tão silenciosamente quanto entrei. Desço as escadas, passo pelas portas francesas da sala de estar e escolho uma poltrona azul de espaldar alto, onde começo a ler em silêncio.

Tec-tec-tec-tec.

O som começa assim que termino o capítulo. É o mesmo ritmo familiar, o barulho da assistente do Sr. Grimthorpe digitando no seu esconderijo secreto em algum lugar nas entranhas da mansão.

Espero, fingindo ler meu livro, até vovó passar pelas portas francesas. Ela sorri para mim e segue para a escada. Ouço os degraus rangendo e, minutos depois, ela desce com duas sacolas grandes de roupa nas costas.

— Tudo bem por aqui? — pergunta ela, parando na sala por um instante.

— Tudo — respondo. — E com você?

— Tudo excelente — responde a vovó. — Hoje é um novo dia.

Ela carrega o fardo pesado pelo corredor em direção à cozinha e pouco depois a Sra. Grimthorpe começa a lhe dar ordens ríspidas com sua língua afiada.

Com a porta do porão aberta, consigo ouvir o som abafado das sacolas de roupas batendo contra os degraus enquanto vovó as empurra escada abaixo.

— Pelo amor de Deus, você não consegue fazer nada direito? — ralha a Sra. Grimthorpe. — Por que não as carregou até o porão?

A voz ecoa por toda a casa, e a resposta da vovó é a mesma de sempre:

— Sim, senhora. Sim, senhora.

Alguns minutos depois, a Sra. Grimthorpe aparece entre as portas francesas, me encarando com o costumeiro olhar de desprezo.

— Vou ao quintal falar com Jenkins sobre o descarte adequado das rosas mortas. Quando as flores estão doentes e você as mistura no composto, a praga infecta todo o jardim. Mas é claro que ele não sabe disso. Os empregados hoje em dia parecem não saber de coisa alguma.

— Sim, senhora — respondo.

— Não vou me ausentar por muito tempo. E lembre-se — avisa, apontando um dedo ossudo para mim —, você não tem permissão para tocar em nada.

Eu concordo com a cabeça. Ela dá meia-volta e segue em direção à porta da frente.

Fico quieta até ouvir a porta se fechando, então coloco meu livro sobre a mesinha.

Chegou a hora.

Vou até a cornija da lareira e contemplo o Fabergé brilhante. Está tão bonito quanto no primeiro dia em que o vi, delicado e encantador, incrustado com pedras preciosas brilhantes e apoiado em um pedestal ornamentado feito do mais puro ouro.

Sei que, depois que eu fizer isso, haverá uma nova ruptura no tempo, um novo Antes e Depois. Mas isso não me impede. Nada pode me impedir.

Estico o braço e pego o Fabergé. O peso é satisfatório e concreto nas minhas mãos. Volto correndo para minha poltrona e abro *Grandes esperanças*, escondendo o tesouro no meu colo atrás do livro no momento exato em que ouço a Sra. Grimthorpe retornando à mansão.

— Flora! — vocifera a Sra. Grimthorpe com sua voz aguda.

Já se passaram horas desde que executei a primeira etapa do plano. Estou no porão da mansão Grimthorpe. Desci para usar o banheiro porque, pela primeira vez, a vovó está lá e não tenho que encarar as aranhas sozinha.

— Flora! — grita a Sra. Grimthorpe outra vez, a voz soando ainda mais estridente.

Só pode significar uma coisa: ela o encontrou.

Seco as mãos depressa e saio do lavabo.

Vovó está dobrando uma das camisas brancas do Sr. Grimthorpe e fica paralisada ao ouvir o segundo grito cortante vindo do andar de cima.

— Flora Gray! Está me ouvindo? Venha até a cozinha agora mesmo! E traga essa peste que você chama de neta!

A vovó olha para mim e dá de ombros. Dou de ombros também, sem dizer uma palavra. Subimos as escadas até a cozinha, onde a Sra. Grimthorpe está de pé, bufando com o rosto vermelho de raiva e um semblante de fúria.

— Venham — diz ela.

Não era um convite, mas uma ordem. Ela nos leva até a despensa de prata. Deixei todas as peças polidas do dia anterior organizadas na mesa, que parece pronta para um banquete elegante que nunca vai acontecer. Trabalhei sem parar por dias para que todas as prateleiras cintilassem e brilhassem. Cada prato de prata, talher e bandeja refletem como espelhos. Resta apenas uma única prateleira de itens. É uma pena que eu não vá poder concluir o trabalho. Mas que seja, já não importa.

— Flora — começa a Sra. Grimthorpe —, eu estava na sala de estar me certificando de que esse seu vermezinho não tinha tocado em nada. Tudo parecia em ordem, até que notei um espaço vazio sobre a lareira. Foi então que percebi que o ovo Fabergé tinha desaparecido. Depois de procurar em todos os lugares, resolvi checar a despensa de prata. E adivinhe o que encontrei?

A Sra. Grimthorpe abre o armário onde guardo minhas luvas de borracha, minha bacia, meu avental velho e a solução abrasiva.

— Veja! — esbraveja a Sra. Grimthorpe. — Veja só o que está embrulhado no avental dela.

Vovó pega meu avental e tira o ovo Fabergé do bolso da frente. Ela se vira para mim de olhos arregalados e boca aberta em uma expressão de choque e perplexidade absolutos.

— Ela pretendia roubá-lo! Estava prestes a levá-lo da mansão, essa monstrinha gananciosa — acusa a Sra. Grimthorpe. — Não se pode colocar ninguém dentro de casa hoje em dia. Não há lealdade, não há limites, não há integridade.

— Senhora, por favor, ela é só uma criança — argumenta vovó. — Tenho certeza de que há uma explicação.

— Ela é uma ladra, isso é o que ela é. Você deveria estar educando essa menina, ensinando o que é certo e o que é errado. Mas se aprendi alguma coisa na vida é que filho de peixe, peixinho é. Se ela gosta de roubar, o que acha que isso diz sobre você?

— Está enganada sobre essa última parte — intervenho, encarando a Sra. Grimthorpe sem titubear. — Mas está certa sobre o resto. Eu ia mesmo roubar o Fabergé. Peguei e ia levar para casa. Mas a ideia foi toda minha, a vovó não teve nada a ver com isso. Ela nunca faria uma coisa dessas.

— Molly, como pôde fazer isso? — pergunta vovó. — Sabe que é errado.

— Sei — respondo. — Mas fiz mesmo assim.

— Está vendo? — vocifera a Sra. Grimthorpe, cuspindo as palavras. — Não há bússola moral, não há discernimento entre o certo e o errado. A desonestidade está no sangue de vocês. Se não são ladrões, são mentirosos, como todos os outros empregados que vieram antes. Sumam daqui. Vocês duas. Agora!

— Por favor, não faça isso — pede a vovó. — Sabe como é difícil encontrar alguém de confiança hoje em dia.

— Saiam! — vocifera a Sra. Grimthorpe, fazendo a vovó estremecer.

Ela segura minha mão e me puxa para fora da sala. A Sra. Grimthorpe nos segue pela cozinha e pelo corredor, passando pelo *gold de toilette* e pelo "entulho de gente rica", até chegarmos à entrada. A Sra. Grimthorpe abre o vestíbulo e acompanha, furiosa, enquanto minha avó e eu nos atrapalhamos tentando encontrar nossos sapatos.

Depois de os calçarmos, a dona da mansão abre a porta, me segura pelo colarinho e me joga para fora. Vovó vem logo atrás.

— Vocês são uma vergonha! Nunca mais apareçam aqui. Nunca mais! Ouviram?

Ela entra e bate a porta na nossa cara.

Vovó e eu ficamos imóveis, atônitas demais para nos mexer. Jenkins observa tudo de trás de seu carrinho de mão, sem poder fazer nada.

Então vovó pega meu braço e vamos embora juntas, seguindo pelo caminho das rosas pelo que acredito ser a última vez.

— Não consigo acreditar — lamenta vovó quando estamos quase no portão. — Molly, o que deu em você para fazer uma coisa dessas? Por que quis roubar o Fabergé?

Não respondo porque não importa mais.

Tudo o que importa é que o Sr. Grimthorpe nunca mais vai encostar na minha avó.

Capítulo 22

Encontro o Sr. Snow no escritório dele, ocupado com a papelada do hotel. Entro sem bater e anuncio:

— Sr. Snow, sua presença é necessária no Social. Apesar de não ser uma situação de vida ou morte, é uma emergência que requer sua atenção imediata.

— Que situação? — questiona ele.

Demoro um pouco para encontrar as palavras, mas então digo:

— Controle de pragas. Encontramos um rato no nosso hotel. E é dos grandes.

Isso prende a atenção dele. Ele fecha a pasta em que estava trabalhando, fica de pé e ajeita os óculos, que, como de costume, estavam tortos. Eu saio primeiro e ele me acompanha a passos rápidos pelos corredores labirínticos até o Social.

O Sr. Snow sente que tem algo errado assim que entra no restaurante. Cheryl está sentada em um dos bancos com o Sr. Preston de um lado e Lily do outro. Angela está atrás do balcão.

— Por acaso vocês não têm mais o que fazer? — indaga ele. — É melhor que isso seja muito importante.

— Eu sei que isso parece uma pegadinha, mas não é — adianta Angela.

Ele suspira.

— O que exatamente está acontecendo dessa vez? Molly disse algo sobre pragas — diz o Sr. Snow.

— É ela. — Aponto para Cheryl.

Que se danem os bons modos.

O Sr. Snow franze a testa, sem entender.

Então Angela abre o laptop e começa a mostrar cada um dos itens de Cheryl no TocaDosAbutres.com. Os olhos dele se arregalam cada vez mais por trás de seus óculos de tartaruga, mas Cheryl permanece impassível como uma estátua, os braços cruzados sobre o peito e o rosto com um semblante emburrado e insolente.

— Você fez a Lily acionar o alarme de incêndio? E pegou os itens da caixa destinada à Serena? Você realmente é esse... — Ele acena para a tela do laptop. — Esse usuário "Anjo da Morte"?

Ela dá de ombros.

— Eu me considero mais uma empreendedora do ramo de reutilização. Por falar nisso, o que você paga para as camareiras é uma mixaria. Sabe disso, não sabe? E quando tirou meu cargo de camareira-chefe meu salário ficou ainda pior. Você queria o quê?

— O que eu espero — responde ele — é que um funcionário não engane ninguém e não roube nada, principalmente dos próprios colegas.

— Você obrigou a Lily a ajudar você — digo. — Como teve coragem?

— Ah, fala sério, olha só quem fala — retruca Cheryl. — Quantas vezes não vi você pelos corredores, roubando potinhos de geleia das bandejas descartadas dos hóspedes ou passando a mão nos chocolates que eles deixam nos quartos?

— Isso não é roubo — refuto. — Esses itens estavam destinados à lixeira e eu apenas dei outro destino para eles que não o lixo. Há uma cláusula sobre isso no *Guia & Manual da Camareira*.

— Você e essa merda de manual. Admita, você é da ralé assim como eu.

Endireito a coluna, tensa. Sinto o sangue pulsando nas minhas têmporas. Já fui chamada de muitas coisas ao longo da vida, mas nada nunca soou tão ofensivo como aquilo.

— Por que seu nome de usuário é "Anjo da Morte"? — pergunta Angela a Cheryl. — Por que esse nome em específico?

— Porque é instigante. Isso se chama marketing.

— Talvez estabeleça uma conexão com uma coisa que você não pretendia — sugere o Sr. Preston.

— Com o quê? — pergunta Cheryl.

— Com assassinato — responde Lily, sua voz nítida e firme, o mais distante possível de um sussurro.

Cheryl ri e dá um tapa nas próprias coxas.

— Os produtos químicos estão fritando o cérebro de vocês. Até posso ser meio estranha, mas passo longe de ser assassina.

— Bom saber — responde o Sr. Snow. — Por favor, coma outro muffin. É cortesia do Regency Grand. — Ele se levanta de supetão, tira o celular do bolso e disca um número. — Você vai poder explicar isso com as próprias palavras.

— Explicar? Explicar o quê? — pergunta Cheryl.

— Estou ligando para a detetive Stark.

Vinte minutos depois, a detetive chega. Ela vai direto para o olho do furacão, onde três camareiras, uma funcionária do restaurante, um porteiro e um gerente de hotel estão falando sobre um exemplar de primeira edição colocado à venda em uma loja de penhores.

— Eu vendi algo que era meu, mas *você* vendeu um bem obtido de forma ilícita! Não consegue entender a diferença? — esclarece o Sr. Preston.

— Se o livro naquela caixa era tão precioso, deveria estar trancado em um cofre — argumenta Cheryl. — Hoje em dia todo o cuidado é pouco.

— Puta merda, Cheryl, você está de brincadeira?! — exalta-se Angela.

Alguns agentes especiais que parecem familiares entram no Social no encalço da detetive Stark. Eles ficam na entrada dando cobertura enquanto Stark se aproxima de nós no bar. Lily, o Sr. Snow e o Sr. Preston se levantam imediatamente para recebê-la.

— Obrigado por ter vindo tão rápido, detetive — agradece o Sr. Snow.

— Precisamos de tudo isso, mesmo? — indaga Cheryl. — Não posso simplesmente voltar ao trabalho?

— Você não vai a lugar algum — intervém o Sr. Preston.

— Será que alguém pode me explicar o que diabos está acontecendo? — ordena a detetive.

Angela não perde tempo. Ela coloca o laptop virado para Stark e abre a aba das evidências. Cheryl está sentada no banco ao lado com uma careta.

— Todos os itens do site têm a ver com Grimthorpe, menos um — explica Angela. — As garrafas de uísque do frigobar. Cheryl admitiu que é o Anjo da Morte. Ela vendeu quase todos os produtos anunciados de Grimthorpe para um único revendedor.

Stark se vira para Cheryl.

— Há quanto tempo exatamente está vendendo coisas neste site? — questiona a detetive.

— Desde que ela começou a trabalhar aqui — responde Angela. — Ou pelo menos é o que parece.

— Então as garrafinhas de uísque foram a última coisa que o Sr. Black bebeu antes de morrer?

— É — responde Cheryl. — Eu as peguei do carrinho da Molly. Mas isso foi há séculos.

— Quem está mancomunado com você aqui no hotel? A equipe da cozinha? Ou talvez outras camareiras?

Stark olha para mim e para Lily e, embora eu queira gritar, pela primeira vez tenho o bom senso de ficar calada.

— Tá de brincadeira? — zomba Cheryl, percebendo o olhar e apontando para mim e para Lily. — Essas duas não reconheceriam uma pepita de ouro nem se caísse na testa delas.

— Ela obrigou a Lily a ser cúmplice! — acuso.

— Eu não queria ajudar, detetive — defende-se Lily. — Mas... mas...

As palavras não saem.

— Fale — encorajo-a. — Pode falar.

— É que preciso muito desse emprego — continua Lily. — E pensei que ninguém acreditaria em mim se fosse a minha palavra contra a dela.

Cheryl está prestes a dizer algo, mas muda de ideia. Seus lábios estão franzidos.

O HÓSPEDE MISTERIOSO | 203

— O que estava escrito nas anotações, Cheryl? — pergunta Stark.

— E eu lá sei? — responde ela. — Não prestei atenção. Parecia um porre.

— Quem comprou? — insiste a detetive.

— Não faço ideia. Enviei tudo por correio para uma caixa postal aqui na cidade. Os clientes são anônimos, eu nem sei qual é o nome verdadeiro deles.

— Você não mantém um registro dos endereços dos compradores?

— Até mantenho, mas são inúteis. Não dá para vender.

— Essa aí vale menos do que uma pipoca molhada... — resmunga o Sr. Preston.

— Cheryl, você vai me dar os detalhes dessa caixa postal — ordena Stark. — Vou buscar mais informações sobre o endereço na delegacia.

— Beleza. — Cheryl dá de ombros.

— E o bilhete romântico? — pergunta a detetive. — Também está borrado. Suponho que também não tenha lido.

— Na verdade, esse era mais interessante, então li, sim — admite Cheryl. — Mas era uma bobeira, tipo os cartões cafonas que vendiam em supermercados nos anos 1990. A assinatura era "seu maior admirador". O velhote do Grimthorpe obviamente estava envolvido com a assistente. A mesma história de sempre, um velho com amante jovem. Como os Black.

— Não é verdade — corrijo. — O bilhete não é do Sr. Grimthorpe.

Vejo o Sr. Snow ficando vermelho.

— É meu — confirma ele. — Eu o escrevi. Tenho uma certa... afeição pela Srta. Sharpe... pela Serena... desde que ela veio falar com a gente semanas atrás sobre a organização da entrevista coletiva no nosso salão de chá. O bilhete que coloquei na caixa... bem... confesso que foi uma declaração das minhas intenções românticas.

— Você também deixou um bilhete de amor no quarto dela, não foi, Sr. Snow? — lembro.

— Com doze rosas de caule longo — complementa a detetive Stark.

— Sim — confirma ele, tirando o lenço do bolso do paletó e secando as gotas de suor que brotaram na testa. — Serena é uma jovem encantadora.

Inteligente, empreendedora e elegante. Não sei como pôde pensar que ela era amante do Sr. Grimthorpe, Cheryl. Ela é o ápice da beleza.

— Ah, meu Deus — cochicha o Sr. Preston. — O amor é cego mesmo.

— Você estava romanticamente envolvido com a Srta. Sharpe? — pergunta a detetive Stark.

— Por Deus, não! — responde o Sr. Snow.

— Não por falta de tentativa — sussurra Angela.

Stark volta-se para Lily.

— Você deu sua cópia autografada do último livro do Sr. Grimthorpe para Cheryl?

— Dei? — repete Lily, de queixo erguido. — Ela tomou de mim. Disse que me daria de volta quando eu provasse que era uma boa camareira, só depois de limpar meus quartos e os dela em um único turno.

— Isso é impossível — digo. — Nenhuma camareira conseguiria fazer isso.

— Correto — concorda o Sr. Preston.

— A primeira edição estava na caixa. Por que não está disponível no site? Onde ela está, Cheryl? — pergunta Stark.

— Eu vendi — responde Cheryl. — Penhorei na loja aqui perto. Ele paga muito bem por livros antigos. Faturo mais do que vendendo no site.

Então algo me ocorre: Cheryl afanou tudo o que conseguiu com suas mãozinhas imundas, até as anotações do púlpito. Talvez tenha pegado outros itens também.

— O pote de mel e a colher! — exclamo. — As duas coisas estavam no carrinho de chá do Sr. Grimthorpe no dia em que ele morreu. Você pegou, Cheryl? Aquela colher foi a última coisa que tocou os lábios do Sr. Grimthorpe.

— Colher e pote de mel? — repete ela. — Estou por fora.

— Mentir vai te trazer mais problemas do que os que você já tem — alerta Stark. — Admita. Você pegou as duas coisas.

— Não peguei! — insiste Cheryl. — Mas a colher teria sido uma boa ideia, mesmo. "A última colher a tocar os lábios do célebre autor"! Venderia num piscar de olhos. Os Abutres adoram essas baboseiras, chamam de "efemeridades raras".

— O caderno Moleskine — continua Stark. — Você borrou as fotos de vários outros itens que continham escritos de Grimthorpe. Por que não borrou as páginas do caderno?

— Porque não tinha nada para ser lido, só rabiscos. Para um escritor como ele, é até estranho que não houvesse uma palavra legível sequer naquele caderninho.

Mantive a serenidade durante toda a conversa até então, mas agora um pensamento ameaça abalar minha compostura. Como eu nunca tinha percebido antes? Dentro de mim, uma fenda se abre e a vertigem se instala. A revelação que me invade é tão impactante que perco o equilíbrio e me sinto cambalear.

Alguém segura meu braço — não é o Sr. Preston, nem o Sr. Snow. É Lily, me amparando para me manter firme. Ouço o Sr. Preston gritar:

— Molly!

— O que deu nela? — pergunta Stark.

O xis da questão, a peça que faltava, estava lá o tempo todo, bem debaixo do meu nariz!

— Detetive Stark, tenho uma confissão a fazer. Tem uma coisa que não contei. Eu conheci o Sr. Grimthorpe quando era criança.

A detetive balança a cabeça.

— E daí? O que isso tem a ver?

Todos os olhos estão voltados para mim. O semblante de Cheryl é de pura satisfação predatória.

— O Sr. Grimthorpe sofria de bloqueios criativos — conto. — A evidência está bem ali, naquele Moleskine. Ele era perfeitamente alfabetizado, mas não conseguia escrever uma palavra sequer. Eu me lembro disso com clareza. Na escrivaninha dele na mansão, havia pilhas de cadernos que ele dizia serem seus primeiros rascunhos. Eram exatamente como o que Cheryl roubou, marcados com as iniciais dele e cheios de rabiscos ilegíveis. Quando eu era criança, pensei se tratar de um código ou de um idioma desconhecido. Mas não era. Agora eu entendo.

— O que você falou não está fazendo sentido, para variar, Molly.

— Não consegue entender? O Moleskine é a prova do motivo do assassinato. Havia uma boa razão para que alguém quisesse o Sr. Grimthorpe morto.

— Nem eu sei do que você está falando — comenta Angela.

— Nem eu — concorda o Sr. Preston.

— Pelo amor de Deus, Molly. O que isso significa? — questiona Stark, exasperada.

— Motivo — digo. — M-O-T-I-V-O. Significa: razão para matar. O Sr. Grimthorpe não escrevia os próprios livros. Não escreveu nenhum deles. Foi outra pessoa.

Capítulo 23

Antes eu achava que aquilo só acontecia em filmes, os clássicos em preto e branco a que eu e a vovó costumávamos assistir juntas nas noites de cinema lá em casa, aconchegadas no nosso sofá velho. Mas agora sei que isso também pode acontecer na vida real, que um detalhe do passado pode se desenrolar como uma sequência de quadros de um filme, que a vida pode passar diante dos nossos olhos e nos lembrar que tudo o que vivemos nos trouxe até o momento presente e nos fez quem somos.

Estou passando por isso ao revelar a verdade à detetive Stark sobre as fatídicas duas semanas que passei trabalhando com a vovó na mansão Grimthorpe, polindo prata, lendo na biblioteca e fazendo amizade com um homem doente, um autor a quem dei sugestões que não tinha ideia de que o ajudariam a escrever um best-seller mundial. Revivo tudo isso em cores, revejo aqueles acontecimentos com um novo olhar.

O Sr. Snow sugeriu que a detetive Stark e eu fôssemos para o escritório para conversar em particular, e foi assim que passamos a última hora. Estou sentada em uma cadeira de frente para uma detetive que sempre me intimidou. E estou contando a ela a história da minha vida.

Para ser justa com Stark, ela está me ouvindo com atenção e paciência pela primeira vez. Pela primeira vez, percebe que estou em vantagem, que sei coisas das quais ela não sabe. Percebo que ela está se esforçando para juntar as peças, para conectar o passado com o hoje, o mistério não solucionado de um autor envenenado no Hotel Regency Grand.

A vovó costumava dizer que *as histórias são uma maneira de enxergar as coisas da perspectiva de outra pessoa.*

Ela tinha razão. Todo conto de fadas ensina uma lição.

O monstro é sempre real, mas não do jeito que se imaginava.

Nenhum segredo fica enterrado para sempre.

A camareira encontra sua redenção no final.

— Tec, tec, tec, tec — digo para a detetive Stark. — Esse som estava sempre soando ao fundo. Era a assistente pessoal digitando. O Sr. Grimthorpe escrevia à mão, mas nunca vi nada além de rabiscos naqueles Moleskines pretos com as iniciais dele. Quando eu era criança, me disseram que a assistente digitava o que ele escrevia e eu acreditei. Mas já não acho que isso seja verdade.

— Você disse agora há pouco que deu a ideia para o final do romance mais popular dele — lembrou Stark. — O da solução abrasiva.

— Sim, essa ideia em específico foi minha, mas e se outra pessoa deu o restante da história? Ou melhor, o restante de todas as outras histórias? Talvez a assistente fosse mais do que uma datilógrafa. Talvez fosse...

— Uma *ghost-writer*? — completa Stark.

— Sim.

— Uma *ghost-writer* trabalhando em segredo enquanto o escritor farsante levava toda a fama e a glória.

— E colhia todos os louros — acrescento. — Não acha que isso geraria insatisfação? Que seria um motivo para vingança?

A detetive Stark se levanta de repente e se põe a caminhar de um lado para outro do escritório. A reverberação dos passos dela parece fazer minha coluna vibrar.

— Já conheci alguns escritores — conta ela. — Os que escrevem sobre questões policiais às vezes me consultam querendo saber se acertaram nos detalhes. Digamos que escritores assim saberiam como assassinar alguém sem deixar rastros. A questão é: um escritor, ou um *ghost-writer*, conseguiria aplicar esses conhecimentos em um assassinato na vida real? E, nesse caso, conseguiria se safar? — A detetive para de andar. — Molly, acho que subestimei você.

— Como assim? — pergunto.

— Eu nem sempre entendo o que você diz, mas você acabou de juntar uma série de pistas que eu *nem enxergava* como tal. Preciso da sua ajuda.

— Minha ajuda? — repito. — Para quê?

— Vamos dar uma volta de carro.

A ideia de ir a qualquer lugar com a detetive Stark é a coisa mais aterrorizante que consigo imaginar no momento.

— Para onde?

— Para a mansão dos Grimthorpe, é claro.

Estou agora nos limites da cidade, sentada em uma viatura policial, com a detetive Stark ao volante. O fato de eu estar no banco do carona em vez de no banco de trás me dá certo consolo. Me sinto como uma criança de novo enquanto me dirijo a um lugar que nunca pensei que voltaria a ver, desta vez não com a minha querida avó, mas com uma detetive imponente do meu lado. Minhas mãos estão tremendo. Seguro a maçaneta da porta como fiz todos aqueles anos atrás, dentro de um táxi, na primeira vez que visitei a mansão.

Antes de partirmos nessa visita, Stark fez uma ligação e falou com uma juíza. Ela explicou tudo e pediu um mandado de busca, que agora se encontra no bolso de dentro de sua jaqueta preta.

— Ainda está longe? — pergunta Stark.

— Não. Estamos a uns cinco minutos de lá.

Stark assente, dando uma olhada nas mansões que permeiam o subúrbio arborizado.

— Já pensou como é ser rico assim?

— Nem consigo imaginar — respondo.

Fazemos uma curva e a mansão dos Grimthorpe surge ao longe.

— Ali. É aquela.

A mansão monolítica de três andares é tão suntuosa quanto antigamente, com as janelas de moldura preta dispostas em três fileiras, como o rosto assustador de uma aranha de oito olhos.

A detetive para o carro em frente ao portão de ferro. A tinta preta está descascando e o portão está começando a enferrujar. A torre fica a poucos passos de distância, com seus vidros escuros preservando a privacidade de quem quer que esteja lá dentro.

Nós duas saímos do carro e nos aproximamos do portão.

Os botões do interfone estão desbotados e desgastados.

— Você tem que interfonar para o guarda — explico. — Ele fica naquela torre.

Mas Stark empurra o portão com a mão, que simplesmente se abre. Eu fico surpresa.

— Ah. Acho que as coisas mudaram por aqui.

Passo pelo portão, seguindo a detetive.

Subimos pelo caminho tão familiar das rosas vermelho-sangue. Os botões estão começando a se abrir e exalam uma fragrância ambrosiana, hipnótica e demasiadamente doce.

— Este lugar já viu dias melhores — comenta Stark.

A mansão está com um aspecto de abandono, e as rosas são as únicas coisas que parecem ter recebido qualquer tipo de cuidado.

Chegamos à porta da frente e vejo o leão. O ferro está escurecido e desgastado. Da última vez em que estive aqui, minha mão de criança estava aninhada na da vovó. A lembrança me atinge como um soco.

— Você bate e eu cuido do resto — ordena Stark.

Agarro a mandíbula do leão e bato três vezes. Quando a porta se abre, vejo um homem de cabelo grisalho e olhos protuberantes. Ele usa um cinto de couro contendo uma série de ferramentas: alicates, tesouras de poda e cortadores. Ele ficou rechonchudo com a idade e seu corpo se parece mais com um ponto de interrogação do que com um de exclamação como antigamente. Apesar de tudo, assim que vejo aqueles olhos, reconheço o homem diante de mim.

— Jenkins? É você?

— Molly? Molly Gray?

— Você se lembra de mim?

— Claro que me lembro — responde ele. — A pequenininha. A menina das pratas, polindo tudo até a perfeição. Ah, quanto tempo! Aqui era um lugar sombrio naquela época, mas você iluminava tudo.

— Você sempre foi gentil comigo, embora eu sentisse um pouco de medo de você. Eu era pequena demais para discernir as pessoas boas das más.

— Você era uma gracinha, cheia de energia. Eu vivia ouvindo as histórias que você contava. Também não fugia do trabalho! Sua avó tinha muito orgulho de você. Como vai a Flora?

— Ela morreu — informo sem rodeios.

— Sinto muito — diz Jenkins. — Ela era uma mulher muito boa.

— A melhor de todas — respondo.

A detetive suspira e Jenkins volta a atenção para ela.

— E você é...?

— Sou a detetive Stark — responde ela. — Responsável pela investigação da morte do proprietário deste lugar. Quis saber quem estava residindo na mansão atualmente e decidi fazer uma visita.

— Bom, não tem mais ninguém aqui além de mim — diz Jenkins. — Estamos aguardando a leitura do testamento. Imagino que a propriedade deva ser vendida em breve. A Sra. Grimthorpe provavelmente está se revirando no túmulo.

— Jenkins, posso perguntar como ela morreu? — questiono.

— Ela teve um derrame há cinco anos, logo depois de colher uma rosa do próprio jardim. Como bem sabe, Molly, o Sr. Grimthorpe sempre foi estranho, mas ficou ainda mais depois disso. Mais paranoico. Dizia que sem a esposa seus segredos jamais estariam seguros. Mas ele nunca mais voltou a beber. Ele fez uma promessa à Sra. Grimthorpe e cumpriu. Imagino que essa tenha sido a única demonstração de lealdade dele à esposa.

Jenkins fica em silêncio por um momento, olhando para uma caixa a seus pés cheia de coisas de prata, pequenos quadros e outros itens.

— Recebi ordens para limpar a casa. — Ele lança um olhar de cima a baixo a Stark. — Você tem um mandado de busca?

— Tenho.

Ela pega o papel e o entrega a Jenkins, que dá uma olhada rápida antes de devolvê-lo.

— Jenkins, você se importaria se eu desse uma olhada na casa também? — pergunto. — Seria muito importante para mim. Lembro com carinho deste lugar.

— Talvez você seja a única. — Virando-se para Stark, ele pergunta: — Já descobriram quem envenenou o Sr. Grimthorpe?

— Não — responde Stark. — Mas vamos descobrir. É só uma questão de tempo.

Jenkins assente. As rugas no seu rosto são como um mapa cheio de segredos.

— Podem entrar. Vou estar na sala, limpando. Ninguém liga mais para as velharias hoje em dia. A mudança deve estar próxima.

— Obrigada, Jenkins.

Ele move a caixa de objetos para abrir passagem. No teto, o lustre modernista está tão coberto de teias de aranha que se parece mais com um emaranhado disforme do que com vidro.

— Por aqui — digo à detetive Stark, conduzindo-a pela escada principal.

Os degraus rangem muito mais do que eu me lembrava, fazendo barulho a cada passo.

Seguimos pelo corredor e as luzes se acendem automaticamente — pelo menos as que ainda têm lâmpadas que funcionam. O papel de parede está puído e desbotado. Uma vez enxerguei olhos naquela estampa, mas já não os vejo mais. Teria sido apenas minha imaginação?

Passamos por cômodo após cômodo. As portas estão abertas, mas todas as cortinas estão fechadas.

— Que sujeira — resmunga Stark.

Todos os cantos e todas as arandelas estão cobertos por uma espessa camada de poeira.

— Essa casa não vê uma empregada há muito tempo.

Eu me pergunto se a vovó teria sido a última. Talvez a Sra. Grimthorpe não tenha confiado em mais ninguém depois de demiti-la.

Enfim chegamos ao último cômodo do corredor. Vou até a janela, abro as cortinas e deixo a luz entrar.

O lugar não é mais o que era antes. Os livros estão abandonados e uma camada de poeira cobre todas as lombadas de capa dura. A detetive Stark analisa tudo: a escada com rodinhas, a figura da ninfa empoeirada do abajur sujo, as estantes de livros que tomam as quatro paredes. Ela logo detecta o único livro que se projeta à frente dos outros e que não está coberto de poeira — o dicionário Oxford na quarta parede.

— É este? — pergunta ela, apontando para o dicionário.

— É. A porta secreta, o portal para outra dimensão.

Dou um passo à frente e o empurro. A quarta parede se abre e revela o escritório do Sr. Grimthorpe.

— Caramba! — exclama Stark, os olhos arregalados de surpresa.

A escrivaninha está no mesmo lugar de sempre. Nela, há pilhas de Moleskines de capa preta com as iniciais dele. Eles se multiplicaram consideravelmente desde a última vez que estive aqui. Os cadernos estão amontoados na escrivaninha como antes, mas também no chão em algumas pilhas que batem na minha cintura. A sala está tão abarrotada de Moleskines que os únicos espaços livres são uma passagem estreita até a escrivaninha do Sr. Grimthorpe e outra que leva à estante da parede oposta.

— Que maluquice — comenta Stark. — Por um acaso, Grimthorpe era acumulador?

— De certa forma, talvez — respondo. — O senhor de tudo. E de nada.

Ela pega um Moleskine e o abre com cuidado em uma página aleatória cheia de rabiscos indecifráveis.

— É impossível de entender. Igualzinho ao que a Cheryl vendeu — conclui ela.

A detetive inspeciona outros cadernos e eu faço o mesmo, embora não queira sujar as mãos com todo aquele pó. O conteúdo é exatamente como eu me lembro: rabiscos e garranchos, nada de caligrafia ou códigos, e certamente nada de romances.

— Não há nada aqui que pudesse ser digitado — comenta Stark.

— Exatamente. E o Sr. Grimthorpe nunca digitava nada, era sempre a assistente. Sempre invisível, enquanto esses cadernos se multiplicavam, intocados.

A detetive avista algo na estante da parede oposta, outro livro diferente dos outros, o único limpo na prateleira: um segundo dicionário Oxford. Ela se aproxima e pressiona o dicionário. Uma parede se abre.

— O quê?! — exclamo. — Eu não sabia da existência disso!

— Ainda bem que eu sirvo para alguma coisa — responde Stark.

Ela passa pela porta estreita e entra em um escritório moderno, impecavelmente limpo e branco do teto ao piso. O contraste é absurdo. Eu a sigo. Uma escada em espiral no canto leva até a porta lateral da mansão. Há estantes modulares da Ikea em uma das paredes e, em cada um, pilhas de manuscritos impressos perfeitamente organizados e presos com elásticos. Vejo um compartimento para cada um dos livros do Sr. Grimthorpe, com os títulos impressos acima de cada pilha. Todos estão organizados por ano de publicação, desde os mais recentes em papel branco e limpo até seu maior best-seller, *A empregada da mansão*, em um papel amarelado pelo tempo.

— Parece que são os manuscritos dos livros — comenta Stark, agachando-se para olhar mais de perto.

Ela se levanta e se aproxima da escrivaninha simples do outro lado da sala, onde há um MacBook dourado fechado, uma impressora e nada mais.

Então vejo uma coisa. Em um nicho curvado atrás da escrivaninha, há uma máquina de escrever antiga e, na parede logo acima, uma foto em um porta-retratos simples de moldura dourada. Chego mais perto para ver melhor.

O que vejo é inesperado, mas, de certa forma, faz total sentido. Lá está ela, a mulher de lenço e luvas azuis, com o braço em torno de uma garotinha que é praticamente um clone dela.

— É ela — digo. — A moça de azul, a assistente pessoal de antes. Quando eu era criança, eu a via chegando todos os dias pela entrada lateral. Nunca consegui descobrir onde o escritório dela ficava, mas eu a ouvia digitando.

Stark se aproxima da foto.

— Mas quem é a criança ao lado dela?

Mais uma vez descobri algo antes da detetive Stark. Junto dois mais dois e chego a uma soma que é muito mais do que eu imaginava.

— Não está reconhecendo? Olhe direito.

Stark semicerra os olhos.

— Meu Deus! — exclama Stark. — É ela?

— Sim — respondo. — A semelhança é absurda, não acha? Essa menininha é a Srta. Serena Sharpe.

Capítulo 24

— Que gentileza da parte de vocês invadir meu escritório. Por favor, fiquem à vontade para bisbilhotar minhas coisas.

A detetive Stark e eu levamos um susto e nos viramos para a porta. Lá está a Srta. Serena Sharpe, com as chaves do carro em uma das mãos.

— O senhor lá embaixo nos deixou entrar — explica Stark.

— Fiquei sabendo. Posso saber o que diabos estão fazendo no meu escritório?

— Eu conhecia sua mãe — respondo. — Ou melhor, não a conhecia, mas eu a via aqui quando era criança e vinha trabalhar com minha avó. Ela era a assistente pessoal do Sr. Grimthorpe na época. Aquela foto... você é filha dela.

A Srta. Sharpe suspira.

— Sim, é a minha mãe. E daí?

— Você não tinha mencionado esse detalhe — observa a detetive Stark.

— E também esqueceu de mencionar que sua mãe é a verdadeira autora dos livros do Sr. Grimthorpe — acrescento.

A Srta. Sharpe me encara com uma expressão insondável. Em seguida, atravessa a sala e para diante do nicho com a máquina de escrever da mãe. Ela pousa um dedo sobre a letra *I*.

— Como você descobriu?

— Pelos Moleskines. Estão cheios de rabiscos e, mesmo assim, *tec, tec, tec, tec*. Sua mãe estava sempre digitando alguma coisa. Todos os dias.

Ela assente devagar.

— A Sra. Grimthorpe escolheu minha mãe por sua discrição, entre outras coisas. Ela sabia ser discreta e era excelente para guardar segredos. — A Srta. Sharpe contempla a foto na parede. — Grimthorpe nunca foi escritor. Pelo menos, não de verdade. Antigamente, antes do bloqueio criativo, ele inventava enredos e intrigas mirabolantes que ditava para minha mãe em um palavrório sem fim. Ela transformava a loucura dele em algo coerente e com cara de livro, em um texto intrigante. Ela era tão boa que o transformou em um escritor best-seller. Mas a verdadeira mágica por trás dos livros dele sempre foi ela.

— Ele a escondia — digo.

— Sim. A Sra. Grimthorpe sabia a verdade, ninguém mais.

— Por que não me contou nada disso antes? — questiona Stark. — Quando foi depor na delegacia, você não comentou nada sobre sua mãe e se recusou a dizer uma palavra sequer sobre o que o Sr. Grimthorpe ia anunciar.

A Srta. Sharpe dá a volta na mesa e se senta na cadeira.

— Não contei porque assinei um contrato. — Ela faz um gesto para as duas cadeiras brancas à sua frente. — Por favor, sentem-se.

A detetive Stark e eu obedecemos, nos acomodando nas cadeiras.

— Há muitos anos sei que minha mãe era *ghost-writer* dele. Eu implorava para que ela exigisse uma remuneração adequada e parte dos royalties do J. D., mas ela era mãe solo e tinha medo do chefe e de perder um emprego estável. Ela sabia que merecia mais, mas nunca conseguia bater de frente com ele ou com a esposa. Minha mãe não queria enfrentar a ira dos Grimthorpe.

A Srta. Sharpe fica em silêncio, olhando para o escritório caótico do Sr. Grimthorpe do outro lado da porta.

— Um homem tão instruído, mas que nunca conseguiu escrever um livro decente. Um homem extremamente problemático.

— Problemático e poderoso — acrescento. — Ele tinha um jeito de fazer com que você se sentisse especial e, ao mesmo tempo, inferior.

A Srta. Sharpe arregala os olhos.

— É exatamente isso. Ano passado, quando minha mãe morreu sem receber a devida remuneração por seus escritos, fiquei furiosa. Ela economizou a vida inteira, viveu com um salário de assistente por décadas. O medo a calou, mas isso não ia colar comigo. Eu bolei um plano.

A detetive Stark e eu nos entreolhamos.

— Continue — diz a detetive.

— Abandonei meu MBA e assumi o cargo de assistente pessoal do Sr. Grimthorpe. Ele ficou animado. Aquilo significava continuidade e sigilo, tudo em um modelo mais moderno e mais bonito. Ele foi ingênuo de acreditar que eu também sabia escrever, mas nunca tive o dom da minha mãe. Quando Grimthorpe percebeu e ameaçou me demitir, eu o ameacei de volta.

— Ameaçou como? — pergunta a detetive Stark.

— Eu disse que contaria para o mundo inteiro que ele era uma fraude, que minha mãe era a verdadeira autora dos seus livros — diz ela, gesticulando para os manuscritos. — Ameacei processá-lo e ir atrás de cada centavo que ele tinha, a menos que aceitasse minhas condições.

— Quais eram? — questiono.

— Um depósito de cinco milhões de dólares e cem por cento dos royalties futuros de todos os livros que minha mãe escreveu.

— Ou seja, de todos eles — conclui Stark.

— Sim.

— Como ele reagiu? — pergunto.

— Com uma serenidade inabalável. Acho que ele sabia que isso estava por vir. — A Srta. Sharpe pousa as mãos sobre o laptop fechado sobre a mesa. — Ele aceitou minhas condições e nem mesmo tentou me convencer a não dizer nada sobre as contribuições da minha mãe. Mas, em troca, também impôs as próprias condições.

— Quais? — pergunto.

— Ele mesmo queria divulgar a notícia. Controlar a narrativa.

— Por isso a coletiva de imprensa no hotel — conclui Stark.

— Sim. E ele me fez assinar um termo de sigilo. Se eu vazasse alguma coisa antes do evento, nosso acordo seria anulado.

— Ou seja, nenhum dinheiro para você — deduz Stark.

— Ou seja, nenhum crédito para minha mãe — rebate a Srta. Sharpe em tom cortante. — Por isso eu não disse nada quando você perguntou o que o Sr. Grimthorpe planejava anunciar na coletiva de imprensa. Para não invalidar o contrato.

A Srta. Sharpe tira o contrato da gaveta e o entrega a Stark, que o analisa com cuidado e depois assente com uma expressão severa.

— Como isso fica agora que ele morreu? — pergunto.

— Consultei um advogado e parece que minha situação é complicada. Se eu revelar a verdade, o acordo cai por terra. Mesmo após a morte dele.

— Então receber o crédito pelo trabalho da sua mãe significaria abrir mão de todo o dinheiro — digo.

— Correto — responde a Srta. Sharpe com um sorriso abatido que não alcança seu olhar felino.

A detetive Stark fica de pé e começa a andar de um lado para outro diante da escrivaninha da Srta. Sharpe.

— Você provavelmente o odiava — diz ela.

— Ainda odeio — responde a outra.

— Então permita que eu pergunte o seguinte: o odiava a ponto de envená-lo? — indaga a detetive.

A Srta. Sharpe ri fraquinho, um som vazio.

— Você não entendeu nada do que eu disse? Morto ele não me serve de nada.

— Também não servia estando vivo — observo.

Stark olha para mim com um sorriso quase imperceptível.

— Não se engane — continua a Srta. Sharpe. — Eu odiava aquele homem com todas as minhas forças. Ele se aproveitou da minha mãe em vários sentidos. Ele se apropriava dos talentos dela e os exibia como se fossem dele. Também fazia coisas piores.

— Por exemplo? — questiona Stark.

— Ele tinha comportamentos inapropriados e depois usava aquelas situações contra ela — respondo, ainda que não tenham me perguntado nada.

A Srta. Sharpe olha para mim, intrigada.

— Como você sabe?

— Minha avó. Ele fez o mesmo com ela. Suspeito que era o que fazia com todas as funcionárias, por isso a Sra. Grimthorpe insistia em ter apenas as duas na mansão, porque eram de confiança. E com "de confiança" quero dizer que eram as únicas que ficavam caladas.

— Sua avó e minha mãe.

— É.

— Ele saiu ileso disso. Também tentou se engraçar para cima de mim, mas o empurrei com tanta força que quase o matei. Um homem poderoso, mas tão frágil... Ele tinha tudo para bater as botas a qualquer momento. Eu torcia muito por isso. Só não esperava que ele morresse logo no único dia em que não deveria.

Parte do que ela diz chama a atenção.

— Por que ele tinha tudo para bater as botas a qualquer momento? — pergunto.

— Os anos de alcoolismo cobraram um preço. Ele tinha problemas no fígado e nos rins.

— O que explica por que o anticongelante o matou tão depressa — conclui a detetive Stark. — Os órgãos não chegaram nem perto de tentar processar o veneno.

Então Jenkins aparece na porta do escritório trazendo uma bandeja com um bule de chá fumegante e xícaras de porcelana que eu reconheço daquela época distante.

— O chá, senhora — anuncia ele. — Não sabia se deveria trazer xícaras para suas convidadas.

— Minhas convidadas? Foi você quem as deixou entrar, Jenkins — responde a Srta. Sharpe.

— Não tive escolha — justifica ele, embora evite o olhar dela. — De qualquer forma, trouxe chá para três pessoas.

Ele deixa a bandeja na mesa e sorri para mim antes de ir embora.

A Srta. Sharpe pega o bule e serve as três xícaras.

— Bom, estejam servidas.

— Eu tomo puro — diz Stark, pegando uma xícara delicada que parece pequena demais para suas mãos grandes. — Não sou muito de beber chá. Prefiro café.

Pego uma das belíssimas xícaras de porcelana, coloco uma gota de leite e mexo com uma colher de prata opaca. O tilintar ao tocar a porcelana fina é delicioso, o mesmo som que uma colher do Regency Grand faz contra a xícara de chá do Regency Grand.

Então um grito sufocado escapa da minha boca e eu quase derramo chá quente em mim mesma. Coloco a xícara e a colher em cima da mesa.

Meu coração acelera, prestes a sair pela boca. Em um instante, tudo se encaixa: todas as peças que faltavam, todas as variáveis. Fico ofegante e o mundo começa a girar.

— Detetive Stark, temos que voltar para o hotel. Temos que voltar agora mesmo!

— Mas acabamos de chegar — contesta ela. — E eu tenho mais perguntas para a Srta. Sharpe.

— Não! Sem mais perguntas. Não temos tempo. Temos que ir para o Regency Grand, depressa!

— O que foi dessa vez, Molly? Por que ficou com tanta pressa do nada?

— Porque não foi a Srta. Sharpe que matou o Sr. Grimthorpe. E eu sei exatamente quem foi.

Capítulo 25

Muito tempo atrás, minha avó me contou uma história verdadeira sobre uma empregada, um rato e uma colher. Eu nunca me esqueci. Uma empregada que trabalha em um castelo é culpada pelo desaparecimento de uma colher de prata, mas, vários anos depois, a colher é encontrada ao lado do cadáver do rato que a roubou.

É nisso que estou pensando sentada no banco do carona da viatura da detetive Stark. Estamos em frente à mansão Grimthorpe e tenho um ovo incrustado de joias no colo, um presente de despedida de Jenkins.

Acabei de explicar à detetive nos mínimos detalhes a razão pela qual precisamos nos apressar para chegar ao Regency Grand. Contei a ela tudo o que sei, tudo de que me lembro.

— Não consigo acreditar — diz ela quando termino de falar. — Molly, como diabos você conseguiu conectar tudo isso?

— Detalhes — respondo. — Já te disseram que sou boa nisso, mas você não escutou. Talvez o óbvio passe despercebido por mim, mas sempre estou atenta ao que os outros ignoram. Somos todos iguais de jeitos diferentes, detetive Stark. Minha avó me ensinou isso há muito tempo.

— Eu... eu não deveria... não deveria ter subestimado você — diz Stark. Ela demora tanto para dizer tão poucas palavras que parece ter algo preso na garganta.

— A maioria das pessoas me subestima. Mas isso não importa agora. Temos que ir. Depressa.

A detetive assente e dá partida na viatura. Sou lançada contra o banco com o tranco do carro entrando em movimento, e, em poucos segundos, estamos acelerando pela rodovia.

— A propósito — comenta ela no caminho —, por que aquele homem esquisito insistiu para que você trouxesse essa velharia?

Ela desvia o olhar da estrada por um momento para dar uma olhada no ovo em meu colo.

— O Fabergé? — pergunto.

— Você não acha mesmo que isso é um Fabergé, não é, Molly? É uma imitação barata.

— A beleza está nos olhos de quem vê, detetive. Este ovo era muito importante para mim quando eu era criança e vou guardá-lo com carinho. É preciso olhar além da aparência para enxergar o verdadeiro valor das coisas.

— Ainda está falando sobre o ovo?

— Sobre o que acha que estou falando?

A detetive Stark não responde, mas pisa mais fundo no acelerador. Ela liga as luzes e a sirene quando viramos na rua do Regency Grand.

Chegamos em tempo recorde e estacionamos em frente aos degraus vermelhos.

— Molly, o que aconteceu? Está tudo bem? — pergunta o Sr. Preston quando saio da viatura e passo correndo por ele.

— Não posso falar agora! — grito em resposta.

— Você não pode simplesmente deixar uma viatura acesa na entrada do hotel! — grita um manobrista para a detetive Stark.

— Claro que posso! — esbraveja ela.

Nós duas passamos depressa pelas portas giratórias e corremos para a recepção, onde o Sr. Snow está falando com alguns hóspedes.

— As Damas já foram embora? — pergunto, esbaforida.

— Molly, está me interrompendo — repreende o Sr. Snow.

— Minhas mais sinceras desculpas por violar o protocolo dos hóspedes, mas isso é uma emergência.

— Você ouviu o que ela perguntou? — intervém Stark. — Quando é o check-out das doidas de pedra?

— Amanhã — responde o Sr. Snow.

— Precisamos entrar em um dos quartos delas. Agora — anuncia Stark.

— Você não pode simplesmente invadir o quarto de um hóspede sem aviso — protesta o Sr. Snow. — Isso é violação de privacidade.

— A camareira de vocês acabou de descobrir informações cruciais sobre o caso. Coisas muito importantes.

O Sr. Snow arqueia as sobrancelhas.

— Nesse caso, siga-me, por gentileza.

Nós três nos dirigimos ao elevador e vamos em silêncio até o quarto andar. Quando as portas se abrem, dou de cara com Sunshine e Lily com seus carrinhos. O semblante de Sunshine fica sério assim que nos vê, e o sorriso de Lily desaparece.

— Molly, o que houve? — pergunta Sunshine.

— Não posso falar agora! — exclamo enquanto vou atrás do Sr. Snow e da detetive Stark em direção ao quarto 404.

Nós paramos do lado de fora.

— Por favor — diz o Sr. Snow, dando passagem para que eu faça as honras.

— Molly, aja normalmente — aconselha a detetive Stark.

— Esse definitivamente não é o meu forte — respondo.

Mesmo assim, bato na porta três vezes.

— Camareira! — chamo com voz firme e cheia de autoridade.

Aguardamos com os ouvidos colados na porta. Nada. Nem um som.

— Está vazio — conclui o Sr. Snow.

Ele pega o cartão-chave mestra e abre a porta.

— Esse com certeza é o quarto certo.

Sei que foi limpo há pouco tempo, já que a cama está perfeitamente arrumada. No entanto, cada centímetro quadrado além da cama está abarrotado de diversas coisas. Há caixas de papelão cheias de pastas espalhadas pelo chão, cada uma com uma etiqueta onde se lê GRIMTHORPE, seguido de um número. Uma mala revirada está aberta perto da janela, cheia de roupas cobertas de pelos de gato.

O Sr. Snow tapa o nariz.

— Que nojo — comenta Stark. — Parece um ninho de ratos. As camareiras não limpam os quartos todos os dias?

— Claro que sim, mas não podemos fazer uma limpeza profunda até que o hóspede vá embora. Em quartos ocupados, as camareiras têm permissão para limpar apenas as superfícies livres.

Vou até o frigobar perto da janela. É exatamente como eu me lembrava: em cima dele há vários frascos em miniatura de xampu do Regency Grand, vários pacotes abertos de salgadinho, alguns caídos pelo chão, uma tigela com cereal velho, um pacote aberto de biscoitos salgados e um pote grande de manteiga de amendoim.

A detetive Stark vai até a escrivaninha em frente à cama. O tampo da mesa está uma bagunça, coberto de papéis, pastas, blocos de notas, livros e recibos de compra amassados.

— Molly, venha ver.

Ela está apontando para um Moleskine preto com as iniciais JDG. Ao lado há outro Moleskine de capa preta, mas com um monograma diferente: BB.

Estou acostumada a manusear itens pessoais das pessoas nos quartos de hotel, mas é estranho pegar o Moleskine de Beulah não para colocá-lo no lugar, mas para bisbilhotar o conteúdo. Na primeira página, vejo o título "Interações próximas". Logo abaixo há anotações em tópicos que ocupam quase todo o caderno.

— São registros — digo para a detetive Stark enquanto o Sr. Snow bisbilhota também.

— De fato. São todas as tentativas que fez de encontrar o Sr. Grimthorpe.

Dou uma olhada nas páginas datadas que remontam a anos atrás. Leio algumas anotações aleatórias:

- enviei um flyer para apresentar as Damas do Mistério — SEM RESPOSTA.
- enviei um e-mail me autodeclarando fã número um — SEM RESPOSTA.

- telefone e endereço encontrados. Deixei uma mensagem na caixa postal com meu contato — SEM RESPOSTA.
- enviei o quinto pedido para ser sua Biógrafa Oficial via carta registrada — SEM RESPOSTA.

Viro a página para ler os registros mais recentes.

- bilhete colocado debaixo da porta, convidando-o para um encontro no Social — SEM RESPOSTA.
- esperei por JD na frente do seu quarto no Regency Grand — ENCONTRADO!
- solicitei a contestação de fatos preocupantes recém-descobertos — RECUSADA.
- solicitei permissão para ser a Biógrafa Oficial — RECUSADA.
- solicitei permissão para entrar no quarto — PORTA FECHADA COM GROSSERIA.

— De quando é a última anotação? — pergunta Stark.

— De um dia antes da coletiva — respondo.

Eu e a detetive nos entreolhamos.

— Não entendo como isso pode ter alguma importância — diz o Sr. Snow, balançando a cabeça.

— Eu entendo. Preciso da Lily.

Solto o Moleskine e corro para o corredor. O carrinho dela está em frente a uma porta do outro lado. Eu a encontro lá dentro, aspirando o carpete.

— Lily! — grito, mas ela não me ouve. Tiro o aspirador da tomada e chamo de novo. — Lily.

Ela leva um susto e recua para perto da cama.

— Você não está encrencada, mas preciso que venha comigo agora mesmo.

Sem perder tempo, pego-a pela mão e a arrasto para o quarto 404, onde o Sr. Snow e a detetive Stark estão esperando. Sem fôlego, paro diante da detetive com Lily ao meu lado.

— Lily — começo, ofegante —, você se lembra de quando estávamos limpando este mesmo quarto alguns dias atrás?

Ela faz que sim.

— E se lembra do estado em que o quarto se encontrava?

Ela assente mais uma vez.

— Está sempre uma bagunça. É difícil limpar com tudo isso espalhado pelo cômodo. Foi assim todas as vezes que entrei para limpar.

— Exatamente — respondo. — E você se lembra de darmos risada de todos os vidrinhos de xampu e da comida espalhada? Do cereal, dos biscoitos, do pote de manteiga de amendoim?

Lily faz que sim com a cabeça outra vez.

— Sim. Estava tudo igual.

— Não exatamente — digo. — Tinha uma coisa diferente na manteiga de amendoim no dia em que limpamos o quarto juntas.

— Estava aberta. Com uma colher dentro — diz ela.

— Isso! Eu tirei a colher e fechei a tampa, me perguntei em voz alta quem deixaria aquilo aberto, ainda mais com a colher daquele jeito. Lavei a colher e naquele momento percebi que não era a prata do Regency Grand, e sim uma colher de aço inoxidável do Social. Você se lembra?

Lily concorda.

— Sim. Perguntei se deveria levar de volta ao restaurante e você disse que não, que se o hóspede estivesse usando, não tinha problema em deixá-la no quarto.

— Exatamente! E eu coloquei aquela colher de aço inoxidável no frigobar, ao lado do pote de manteiga de amendoim. Mas não está mais lá. Lily, você limpou este quarto hoje?

— O máximo que pude. É difícil.

— E você viu a colher?

Lily olha de mim para o Sr. Snow e depois para a detetive Stark. Então ela faz que sim com a cabeça.

— Onde?

Ela aponta para a mesa de cabeceira e vai até lá.

— Aqui. Ao lado do abajur.

Vou até Lily depressa e lá está: a mesma colher comum de aço inoxidável.

— É essa!

A detetive e o Sr. Snow se aproximam. Stark analisa a colher, depois se inclina para a frente e abre a gaveta da mesa de cabeceira. Lá dentro, em uma caixa aberta e forrada de cetim vermelho, está um pote de mel de prata do Regency Grand.

— Ah, não! — exclama Lily num lamento. — Eu esfreguei a mesa de cabeceira. Estava grudenta, então limpei do jeito que você me ensinou, Molly. Eu não sabia! Eu não sabia o que estava aí dentro!

— Não se preocupe. — Tento tranquilizá-la. — Você fez tudo certo.

O semblante de Stark é atento e concentrado.

— Então o assassino guardou a arma. Não apenas isso, mas em uma caixa de cetim. É o troféu mais estranho que já vi. — Ela se vira para mim. — Molly, nós tínhamos o crime. E o local.

— Assassinato no salão de chá — completo.

— Agora temos o motivo — continua a detetive.

— Vingança — digo. — Vingança por rejeição.

— Acho que não estou entendendo — intromete-se o Sr. Snow. — Como deduziram que o hóspede deste quarto é culpado de assassinato? Vocês simplesmente encontraram uma peça de prata que um hóspede estava tentando roubar.

— Está enganado, Sr. Snow — diz a detetive. — Encontramos a arma do crime. Está bem aqui.

— Mas é só um pote de mel e uma colher normal — teima o Sr. Snow.

A detetive Stark se aproxima e tira o lenço do bolso do paletó do Sr. Snow.

— Com licença — diz ela.

Ele dá de ombros e endireita os óculos.

A detetive desdobra o lenço e, com cuidado, tira a tampa de prata do pote de mel sem tocá-la com os dedos. Um cheiro químico e adocicado instantaneamente invade nossas narinas.

— O cheiro é estranho. A aparência do mel também — comenta o Sr. Snow. — A cor está diferente.

— É porque não é mel puro — explico.

— Então o que é? — questiona o Sr. Snow, olhando de mim para a detetive.

— É mel misturado com um ingrediente-chave.

— Que ingrediente?

— Anticongelante caseiro — responde a detetive Stark.

Capítulo 26

Quando eu era criança, eu e a vovó assistíamos a *Columbo* juntinhas no sofá. Vovó adorava quando o assassino começava a mentir.

— Está sentindo, Molly? Cheirinho de ratazana — disse ela uma vez, no tom melódico de sempre.

— Onde? Vamos pegar o rato, vovó! Rápido!

Fiquei profundamente preocupada com a ideia de um roedor ter invadido nosso apartamento.

— Não literalmente, Molly. Estou me referindo à assassina em *Columbo*. Preste atenção no comportamento dela. Percebe que ela está mentindo? Tentando encobrir tudo?

O olhar esquivo. Os detalhes inconsistentes. A necessidade de manter segredo em conflito com o desejo de ter a própria genialidade criminosa reconhecida.

— Sim, agora percebi.

— Veja o que Columbo faz agora. Como ele afasta a ratazana do ninho.

— Como?

— Com palavras. Ele prepara a armadilha.

É essa a lembrança que me dá a ideia do que fazer em seguida.

Nós quatro estamos na recepção: o Sr. Snow, Lily, a detetive Stark e eu. Saímos do quarto 404 e a detetive acabou de chamar três de seus agentes especiais para recolher as evidências que encontramos.

— Beulah não está no quarto, mas podem apostar que está por aqui — digo.

— O importante é pegá-la de surpresa — orienta a detetive Stark.

— Mas como? — pergunta Lily.

— Com uma isca — sugiro. — Podemos anunciar uma palestra gratuita sobre o Sr. Grimthorpe.

— Muito inteligente — elogia a detetive.

Mal acredito que ela acabou de dizer essa palavra, muito menos se referindo a mim.

— Podemos planejar isso para amanhã — sugere o Sr. Snow.

Mas a detetive discorda.

— Tem que ser agora. Na verdade, *você* vai divulgar a palestra, Sr. Snow. Vá e comunique o evento no sistema de som do hotel.

O suor brota na testa do Sr. Snow.

— Não podemos fazer um seminário do nada. Planejar um evento leva tempo.

— Não vamos precisar de guardanapinhos nem de canapés — diz Stark. — Simplesmente anuncie a palestra. E seja breve.

O Sr. Snow se posiciona atrás do balcão, ativa o microfone e fala:

— Olá e boa tarde a todos os hóspedes do Hotel Regency Grand. Este é um anúncio especial para os fãs de J. D. Grimthorpe. Haverá uma palestra gratuita sobre a vida e a obra do ilustre autor no salão de chá.

Ele cobre o microfone com a mão e vira-se para a detetive.

— Quando? — sussurra ele.

— Agora! — responde a detetive.

— O evento terá início em cinco minutos — continua ele no microfone. — Serviremos chá e sanduíches. Além disso, o evento contará com um convidado VIP.

O Sr. Snow desliga o microfone e dá a volta no balcão. Todos os funcionários estão olhando para ele.

— Convidado VIP? — pergunto.

— O que queriam que eu dissesse? "Detetive"?

— Você disse que ia ter chá — diz Lily.

— E sanduíches — lembro.

— Ah, por Deus. É mesmo. Lily, por favor avise o pessoal da cozinha. E peça a ajuda da Angela também.

Lily sai correndo para o Social. Estou prestes a ir atrás dela quando a detetive Stark segura meu braço.

— Molly, você fica. Você vai ser meus olhos e meus ouvidos. Se vir alguma coisa que passou despercebida por mim, me avise.

— Está bem — respondo.

Ela se vira e sai do saguão rumo ao salão de chá. O Sr. Snow e eu a seguimos.

Nós chegamos no momento certo. Vindo na direção oposta está um grupo familiar de mulheres — cerca de dez delas — lideradas pela mais alta, que tem cabelo cacheado e segura uma bandeirinha vermelha.

— Viemos para a palestra gratuita — anuncia Gladys, a líder das Damas do Mistério. — Quem é o convidado VIP? É a Serena Sharpe?

— Houve um equívoco no anúncio — diz a detetive Stark. — A convidada VIP que estamos procurando é a fã número um do Sr. Grimthorpe. Sabem onde ela pode estar?

É como se uma descarga elétrica atingisse a panelinha. Várias mãos se levantam e muitas das mulheres dão um passo à frente.

— Eu! Eu sou a fã número um!

— Não, não é ela. Sou eu!

— Eu! Aqui!

— Estou aqui!

As Damas do Mistério se aproximam. O Sr. Snow tem que esticar os braços para impedi-las de entrar em massa no salão.

— Por favor! — grito com a mesma voz cheia de autoridade que uso para comunicar minha chegada aos quartos dos hóspedes. — Só pode haver uma fã número um.

— Você — diz a detetive Stark, apontando para a mulher com um suéter marrom cheio de pelos de gato. — Nós nos falamos alguns dias atrás. Você é a biógrafa oficial do Sr. Grimthorpe, não é?

— Não oficial — corrige Gladys, agitando a bandeirinha.

— Você não só é a fã número um dele — digo para Beulah — como também é a maior especialista do mundo quando o assunto é o Sr. Grimthorpe, não é?

— Muitas outras integrantes da Sociedade Literária Damas do Mistério sabem tanto quanto ela — reclama Gladys.

— Isso mesmo! — ouço uma voz aguda vinda do meio do bando.

Quem grita é Birdy. Ela está na ponta dos pés para ser vista, e seu cabelo fúcsia a distingue das demais.

— Eu sou a fã número um. É comigo que você tem que falar — insiste ela.

— Desculpe, mas não é — diz a detetive Stark. — Agora, se nos der licença, teremos uma reunião particular com a biógrafa de J. D. Grimthorpe.

— Tem a ver com uma pista? — pergunta uma das Damas. — Encontraram o assassino?

— Receio que não — responde a detetive Stark. — Estamos empacados. Não é, detetive?

Stark olha para mim.

— Detetive? — repete ela.

— Eu não sou detetive — respondo.

— Você é melhor do que muitos com quem já trabalhei — insiste Stark. Ela se volta para Beulah. — Como uma verdadeira fã de Grimthorpe, sua ajuda vai vir a calhar agora.

Beulah alisa o suéter, orgulhosa.

— Obrigada a todas — digo. — Já temos a especialista de que precisamos. Podem retornar a suas atividades.

O Sr. Snow educadamente direciona as demais Damas para o saguão enquanto a detetive Stark conduz Beulah para o salão de chá. Eu as acompanho e puxo uma cadeira da mesa onde estão sentadas.

Imaginei que Stark começaria a conversa dizendo: *Você está presa pelo assassinato de J. D. Grimthorpe*, mas ela não fez isso, e sim algo completamente diferente.

— É uma honra falar com uma especialista do seu nível — diz ela. — Quando a detetive Gray e eu conhecemos você aquele dia, percebemos no mesmo instante que estávamos diante de uma grande biógrafa literária.

Beulah cora.

— Nunca recebo o crédito que mereço, nem mesmo das Damas do Mistério. É bom ser reconhecida.

— Eu imagino — responde Stark. — E sinto muito por termos chamado você até aqui sob falsos pretextos, mas precisamos de ajuda. Aparentemente há uma corrupção organizada no Hotel Regency Grand e, apesar de sabermos que você não está envolvida de forma alguma, acreditamos que você, como fã número um e biógrafa do Sr. Grimthorpe, pode nos ajudar. Molly, conte para ela.

— Contar o quê? — pergunto, confusa.

— Sobre o site.

— Ah! Alguém está vendendo objetos raros de Grimthorpe em um site. A detetive Stark… bom, nós duas… fomos chamadas para investigar esse crime também.

— Até onde sei, fazer compras on-line não é crime — diz Beulah.

— Estamos investigando o vendedor, não quem está comprando — explica Stark. — Quem quer que seja o comprador, é alguém muito esperto.

Beulah levanta as mãos.

— Você me pegou! A compradora esperta sou eu! Comprei toda a coleção de Grimthorpe assim que os anúncios foram publicados. Mas imaginei que fossem produtos genuínos, não obtidos por meios ilícitos. Naturalmente, quero proteger o legado dele.

— Naturalmente — digo.

Stark me cutuca por baixo da mesa.

— Tenho uma dúvida — diz ela. — Dadas as suas habilidades exemplares de pesquisa, por que não é a biógrafa autorizada do Sr. Grimthorpe?

Beulah tenta tirar alguns pelos do suéter.

— Não faço ideia, mas isso não importa mais. Ele morreu. Posso escrever o que quiser sobre ele. E vou.

— Não vejo a hora de ler a biografia que você vai publicar sobre o Sr. Grimthorpe. Tenho certeza de que será muito esclarecedora.

— Ah, e como. Sabia que pesquiso sobre a vida dele há quase duas décadas? Dediquei grande parte da minha vida a esse homem, ainda que meu empenho tenha sido pouco valorizado. Sempre achei que minha biografia seria lisonjeira. — Ela se aproxima e diminui o tom de voz. — Mas digamos que evidências recentes sugerem que ele não era o que aparentava ser.

— Fascinante — comenta Stark.

— Pode nos contar algo mais? — peço.

Beulah coloca as mãos cruzadas sobre a mesa.

— Se eu contar, precisam me garantir que nada será usado em uma biografia não autorizada ou divulgado publicamente. Meu livro deve ser o primeiro, só assim vai consolidar meu lugar como a principal biógrafa literária do nosso tempo. Meu nome vai ter um lugar reservado nas prateleiras *in perpetuum*.

— Impressionante — digo.

O que não digo é que seu uso do latim replica o do Sr. Grimthorpe com extrema precisão.

— Não vamos roubar sua pesquisa — promete a detetive. — E, sabe de uma coisa, tenho a sensação de que você está certa. Beulah Barnes soa como um nome que vai entrar para a história. — Stark abre um sorriso amarelo. — Agora, sobre os itens do Sr. Grimthorpe...

— Adquiridos de forma íntegra e legal — destaca Beulah. — E, me desculpe, não sei nada sobre o vendedor, se é isso o que quer saber. Mas agora sou a proprietária de um Moleskine Grimthorpe original com as iniciais dele e de outros itens importantes. As Damas do Mistério passaram anos certas de que os cadernos significavam que ele escrevia os primeiros rascunhos à mão. Mas, como acontece com frequência, estavam erradas.

— Erradas? — repete Stark.

— Sim. Ele só rabiscava — explica Beulah.

— Mas isso não parece ser um problema — digo. — Por que sua opinião sobre ele mudou tanto?

— Devido a outras evidências. O bilhete, por exemplo.

— Que bilhete? — pergunto.

— J. D. estava tendo um caso com a jovem bonita. A assistente. Serena Sharpe.

— Não estava — digo sem pensar, sentindo outra cutucada por baixo da mesa.

O HÓSPEDE MISTERIOSO | 237

— Molly tem razão — afirma Stark. — Aparentemente o bilhete era de outra pessoa do hotel.

— Olhem, nem todo item da Toca dos Abutres tem uma origem com boa procedência, mas garanto a vocês que J. D. era uma fraude — diz Beulah. — As anotações que ele preparou para o dia do evento provam isso.

— Estão com você?

— Sim. Eu as comprei junto de todas as outras coisas.

— Você sabia que estávamos conduzindo uma investigação, mas nunca pensou em compartilhar o conteúdo dessas anotações? — pergunta a detetive.

Beulah solta uma risada curta e sarcástica.

— Que grande investigação é essa? Vocês não sabem nada sobre o homem. J. D. Grimthorpe tinha muitos segredos. Muita sujeira debaixo do tapete.

— Que tipo de segredos?

— Sabiam que, em determinado momento da vida, J. D. foi alcoólatra? Falei com funcionários que trabalharam para ele — conta Beulah. — Guardas, jardineiros e uma empregada. Todos foram demitidos. A empregada disse que a esposa de J. D. era uma carrasca e que ele *passava longe* do que aparentava ser. Ela o acusou de ter mão-boba e depois foi demitida por reclamar. Por sorte ele não se atreveu a tentar nada comigo!

— Então você o conheceu pessoalmente? — pergunto.

— Sim, conheci. Na porta do quarto dele. Aprendi a lição: cuidado ao conhecer seus ídolos. Talvez eles não correspondam às expectativas.

— Os livros dele eram potentes, mas ele aparentava ser uma pessoa frágil, não? — indaga a detetive.

— Sim, ele era — confirma a fã. — Ele tinha problemas no fígado e no rim depois de passar tantos anos abusando do álcool.

— Então você descobriu isso também? — pergunta Stark.

— Sim. Como eu disse, pesquisar sobre J. D. era o trabalho da minha vida.

Nesse momento, Lily e Angela aparecem com um carrinho de chá. Angela torce as mãos no avental, observando a sala. Lily tem os ombros eretos e a cabeça erguida de forma que nunca vi. É a primeira vez que ela não aparenta estar prestes a sair correndo.

— Desculpem por interromper — diz ela, a voz firme e decidida. — Nos pediram para trazer este carrinho de chá como cortesia para a fã número um do Sr. Grimthorpe.

Então ela executa a reverência mais perfeita que já vi.

— Ah, que gentileza — agradece Beulah.

— Você não está usando o broche — observa Angela, apontando para o local no suéter de Beulah onde estava o broche de fã número um.

— É. Eu perdi.

— Que engraçado — comenta Angela. — Eu podia jurar que vi você tirando-o outro dia no Social, depois deixando-o na mesa.

— Deve ter sido outra pessoa — insiste Beulah. — Ninguém consegue diferenciar as Damas do Mistério. É bastante ofensivo.

Lily pega o bule, serve um pouco de chá em uma xícara do Regency Grand e depois a coloca na frente de Beulah.

— Como gosta do seu chá, Sra. Barnes? — pergunta ela.

— Com quatro cubos de açúcar. Adoro um docinho!

— É mesmo — concorda Lily. — O Sr. Grimthorpe também preparava o próprio chá assim.

— De jeito nenhum — corrige Beulah. — J. D. tomava chá com mel, não com açúcar. Sempre com mel. E bastante.

Lá está: outro detalhe revelador que Lily arrancou dela. Um sorriso de Mona Lisa surge na sua boca enquanto ela coloca os quatro cubos na xícara de Beulah, conforme solicitado. Lily mexe o chá com uma colher de prata do Regency Grand, fazendo soar um tilintar agradável contra as bordas de porcelana.

— Obrigada — diz Beulah.

Nesse momento, três policiais aparecem à porta, um deles com uma caixa simples nas mãos. Beulah se detém em meio ao gole de chá.

— O que eles estão fazendo aqui?

— Segurança extra — responde Stark. — Todo cuidado é pouco com delinquentes à solta no hotel. Com licença, volto já.

A detetive vai até os homens e pega a caixa depois de trocarem algumas palavras. Em seguida, ela retorna ao seu lugar ao nosso lado e coloca a caixa sobre a mesa, de frente para Beulah. Então, abre a tampa, revelando uma colher de aço inoxidável e um pote de mel de prata do Regency Grand em uma caixa de cetim vermelho.

— Sabe o que é isso, Beulah? — pergunta Stark.

— Entraram no meu quarto? Por que mexeram nas minhas coisas?

— Por que estava guardando esses itens na sua gaveta? — questiona a detetive.

— Pelo amor de Deus. É só uma colher.

— Mas essa colher não é uma colher comum, Beulah. É a arma do crime. E o pote de prata também. Você adicionou um ingrediente extra antes do anúncio do Sr. Grimthorpe, não foi? Colocou anticongelante no mel e, ciente de que Grimthorpe gostava de um doce, sabia que ele não detectaria o sabor estranho no chá. Também sabia que isso o mataria depressa, já que tinha problemas no fígado e nos rins.

— Que disparate! Por que eu envenenaria meu ídolo?

— Porque ele rejeitou você — respondo. — O que significa que o trabalho de uma vida inteira foi em vão.

— Estão acusando a pessoa errada. Falem com ela! Foi ela quem serviu o chá para ele! — diz Beulah, apontando para Lily.

— Ah, não — diz Lily. — A culpa não vai cair na camareira. Não desta vez.

— Inacreditável — diz Angela. — Como consegue dormir à noite, Beulah?

— Você tirou a ideia de um dos livros dele, não foi? — insinuo. — Matar um vilão amargo com um toque de doçura.

A fúria de Beulah toma conta e ela se vira para mim sem aviso.

— Você! Você finge ser investigadora, mas não acredito que seja. É apenas uma camareira. Você o matou. Você e aquela que nunca diz nada estão mancomunadas! Este hotel está infestado de uma ralé capaz de tudo por ambição, inclusive de vender o lixo de um hóspede morto só para ganhar alguns trocados!

A detetive Stark se põe de pé.

— Já chega, Beulah Barnes. Acabou. Você está presa — declara ela.

Os policiais se aproximam depressa para algemá-la.

— Você tem o direito de permanecer calada. Tudo o que disser pode e será usado contra você no tribunal. E, sinceramente, o silêncio é sua melhor opção agora. Você certamente falou demais.

— Falei demais? Não cheguei nem perto de falar o suficiente! — grita Beulah, se debatendo contra os homens que a seguram pelos pulsos algemados e a escoltam até a saída. — É a palavra de vocês contra a minha!

— "Sua palavra" foi gravada, Beulah — conta Angela.

Lily levanta um guardanapo do carrinho de chá, revelando o celular de Angela que estava por baixo, gravando toda a conversa.

— Vocês não têm autorização para entrar no meu quarto! — guincha Beulah. — Isso é invasão de privacidade! Vou processar o Regency Grand!

— É melhor parar de falar — sugere Stark. — Está cavando mais ainda a própria cova.

Quando Beulah desaparece pelo corredor, me ocorre que a verdadeira natureza dela foi exposta, já que cavar é exatamente o que ratazanas fazem.

Capítulo 27

Continuamos ouvindo os protestos de Beulah enquanto os policiais a arrastam para o saguão.

Finalmente, o silêncio recai.

Todos nos voltamos para Lily, que ainda tem um sorriso de Mona Lisa iluminando o rosto.

— A ideia de trazer o carrinho de chá foi sua? — pergunta a detetive Stark.

Lily faz que sim.

— Você fez com que ela admitisse saber como Grimthorpe gostava de tomar chá — digo.

Lily assente outra vez.

— Foi ótimo — elogia Stark. — E, Angela, bom trabalho com a gravação.

— Obrigada — responde Angela. — Meus podcasts de crimes reais me ensinaram tudo o que sei.

— Vocês duas se importariam de ficar de olho na entrada por um minuto enquanto falo com a Molly? Estou com a sensação de que as Damas vão aparecer daqui a pouco e não estou com cabeça para responder às perguntas delas.

— Claro — diz Angela.

Lily apenas concorda com um gesto de cabeça.

As duas se dirigem à porta e eu e a detetive Stark permanecemos no mesmo lugar, olhando para os troféus na caixa sobre a mesa.

— Molly, tem uma coisa que ainda não entendi — diz Stark. — Como sabia que a colher era a chave?

— Foi o som — explico. — Quando Jenkins levou chá para nós na mansão, eu me lembrei da minha infância e da primeira vez que ouvi o tilintar de uma colher de prata de verdade contra as bordas de uma xícara de porcelana. Eu amo esse som. Então me lembrei daquele dia, quando o Sr. Grimthorpe estava prestes a fazer o discurso. Ele pegou a xícara de chá levada por Lily, colocou mel com a colher do pote e mexeu.

— E daí?

— Eu conheço o som de uma colher de chá do Regency Grand batendo na xícara de chá do Regency Grand. O tilintar agudo é música para os meus ouvidos. Mas o som daquele dia estava diferente. Era um tinido oco.

— Porque a colher que Beulah usou não era a de prata do Regency Grand?

— Exato. Era uma colher de aço inoxidável do Social, a mesma que vi no pote de manteiga de amendoim no quarto dela.

A detetive Stark balança a cabeça, impressionada.

— Você realmente nota os detalhes mais peculiares. E os ouve.

— Na maioria das vezes, noto as coisas erradas nas horas erradas. É meu grande problema desde que me entendo por gente.

— E acha que isso torna você diferente das outras pessoas? — pergunta a detetive. — Molly, julguei você de maneira equivocada desde o começo.

— Nunca julgue um livro pela capa. Minha avó dizia isso.

— Talvez isso seja inesperado, mas se um dia quiser mudar de carreira, alguém com as suas habilidades seria muito bem-vindo nas forças armadas. Digo, na polícia, assim como eu.

— Mas eu sou camareira. Meu trabalho é limpar os quartos dos hóspedes até tudo estar perfeito. Organizar a bagunça que as pessoas fazem.

— Não é tão diferente do que eu faço. Eu tento deixar o mundo mais limpo também.

Consigo enxergar as semelhanças. Claro que sim. No entanto, nunca me imaginei sendo algo diferente do que sou agora.

— É impossível, detetive — decido. — Mudar de profissão significaria voltar a estudar.

— Bem, sim. Qual o problema nisso?

O HÓSPEDE MISTERIOSO | 243

— Nunca fui boa na escola. Na verdade, eu era um fracasso, abaixo dos meus colegas em todos os níveis, incapaz de alcançar o padrão da turma.

— Talvez o padrão é que estivesse errado. Talvez a escola fosse do tipo errado também. Talvez os professores tenham cometido o mesmo erro que eu e prestado atenção nos seus pontos fracos em vez de exaltar suas qualidades.

— Você falou exatamente como a minha avó, sabia?

Uma lembrança me acomete com tanta força que a sala começa a girar e eu levo as mãos à barriga. É o momento logo após a morte da vovó. Ela está no nosso apartamento, já sem vida na cama, e eu, ao lado dela. Estou segurando a almofada com o bordado da serenidade, apertando-a contra o peito, enquanto uma onda de tristeza me invade, ameaçando me afogar e me atirar nas profundezas para sempre.

Penso nessa almofada agora, no lugar que ela ocupa na cadeira perto da porta de entrada do apartamento que compartilho com o querido Juan Manuel. Olho para ela todos os dias. A vovó bordou sua sabedoria para mim. Por que ela escolheu aquelas palavras? Por que aquela oração?

Só agora entendo a perenidade de sua mensagem, destinada a repercutir *in perpetuum*:

Deus, conceda-me serenidade para aceitar as coisas que não posso mudar, coragem para mudar aquelas que posso e sabedoria para discernir entre elas.

O que preciso aceitar?

Que eu sou quem eu sou. Molly. Com todas as minhas fraquezas e defeitos. Mas com todos os meus pontos fortes também.

Talvez seja hora de eu me aceitar, porque não há nada que eu possa fazer para mudar quem sou.

Sou uma camareira ou apenas trabalho como uma? Isso é algo que quero mudar? É algo que *consigo* mudar? Será que tenho a sabedoria para discernir entre as duas coisas?

— É melhor nós irmos — anuncia a detetive Stark. — Vamos garantir que Beulah entre na viatura. Tenho a impressão de que o saguão está prestes a ficar lotado.

— Verdade. Os curiosos provavelmente já chegaram.

A detetive coloca a tampa de volta na caixa.

— Venha — diz Stark.

Saímos juntas do salão de chá, acenando para Angela e Lily, que estão de guarda na porta. Seguimos pelos corredores até chegarmos ao glorioso saguão do Regency Grand. Ah, como eu amo esse saguão… Como eu sentiria falta dele se não o visse quase todos os dias… A escadaria serpenteante, o piso de mármore italiano, o perfume cítrico no ar, os recepcionistas vestidos de preto e branco, como pinguins. Observo de longe enquanto fazem o check-in dos novos hóspedes. Nos sofás coloridos, vejo hóspedes em grupo, fofocando e olhando para as pessoas, trocando confidências que se tornam parte do todo.

Presto atenção nas suas expressões. Alguns rostos são bem óbvios para mim, transparentes e abertos, mas a maioria é tão trancada quanto as portas dos quartos de cada um. É como a vovó sempre dizia: as pessoas são um mistério indecifrável.

— Ei. — Sinto um toque no braço. — Você trabalha aqui, não é? Sabe de alguma coisa sobre o que está acontecendo lá na frente?

— Eu? — respondo para o repórter que me abordou. — Por que eu saberia de alguma coisa? Sou só uma camareira.

— Ah. Tudo bem, desculpe — responde ele, saindo em busca de alguém mais importante.

— Vamos, Molly — chama a detetive Stark, me conduzindo rumo às reluzentes portas giratórias.

A entrada está lotada. As Damas do Mistério estão reunidas em um dos lados da escadaria, tagarelando sobre como sempre desconfiaram que Beulah não batia bem. Beulah está na metade da escada, se debatendo contra os policiais que seguram seus pulsos algemados com firmeza. A detetive Stark desce para ajudá-los.

— Vocês estão ficando loucos! Não entendem que eu fiz um favor a todos? — grita Beulah. — Eu livrei o mundo de um monstro! Deveriam estar me agradecendo, não me mandando para a cadeia!

Ela admite tudo na frente da multidão. Vejo Birdy com seu cabelo fúcsia se aproximando de Beulah.

— Como teve coragem de envenenar um gênio da literatura?

— Ele não era um gênio. Ele era uma farsa! — esgoela-se Beulah. — E um assediador!

— A farsa é você, Beulah Barnes! Uma farsa e uma assassina! — grita Gladys, brandindo a bandeira vermelha como uma espada. — Você está banida das Damas do Mistério para sempre!

Os repórteres e outros curiosos chegam aos montes, bloqueando as escadas, gravando vídeos com o celular e gritando perguntas para Beulah.

— Você o matou mesmo? Por que fez isso?

— Você trabalha aqui? É a fã número um dele?

— Alguém a ajudou ou você agiu sozinha?

O Sr. Preston abre caminho na multidão até ficar diante de Beulah.

— Segurem firme, rapazes — orienta a detetive Stark.

— Fique calma, Srta. Barnes — instrui o Sr. Preston. — Para que se debater dessa maneira? Não é assim que se comporta uma biógrafa de seu porte.

De repente, Beulah fica imóvel. É como se o Sr. Preston tivesse virado uma chave. Ela o encara como se ele fosse a única pessoa no mundo.

— Posso acompanhá-la? — pergunta ele, oferecendo o braço.

— Afastem-se! Deixem que o porteiro se aproxime — ordena a detetive Stark.

Os policiais não soltam os pulsos de Beulah, mas permitem que o Sr. Preston segure o cotovelo dela. A multidão nas escadas observa em silêncio.

— Não entendo — diz Beulah ao Sr. Preston. — Eu descobri a verdade. O mundo é um lugar melhor sem Grimthorpe.

— Nisso nós concordamos — responde o Sr. Preston.

— Não deixe que descartem minha pesquisa — implora Beulah. — Por favor, minha biografia precisa ver a luz do dia. E, por favor, pode se certificar de que alguém vai cuidar dos meus gatos em casa? Eles não merecem sofrer.

— Farei o que estiver ao meu alcance — responde o Sr. Preston.

Apoiada no Sr. Preston, Beulah desce as escadas com muita graça, como se fosse uma princesa entrando em uma carruagem real, e não uma mulher solitária e perturbada que assassinou um homem famoso. O Sr. Preston a acompanha até o final da escada. O Sr. Snow está parado ao lado da viatura. Stark aparece para abrir a porta.

— Entre com cuidado, senhora — orienta o Sr. Preston, soltando Beulah.

Ele protege a cabeça dela enquanto os policiais de Stark a acomodam no banco de trás e depois fecham a porta.

— Podem levá-la. Estou indo logo atrás.

Um dos homens pega as chaves da detetive e entra na viatura.

A multidão se agita e o Sr. Preston e os manobristas tentam contê-los para que o carro possa dar partida. A última coisa que vejo é o rosto confuso de Beulah olhando pela janela, perguntando-se como aquilo foi acontecer.

Depois que o carro desaparece de vista, a detetive Stark sobe as escadas de novo até ficar no topo dos degraus.

— Senhoras e senhores! — Seu tom é autoritário e assertivo. — Se tiverem perguntas, sejam urgentes, inapropriadas ou simplesmente idiotas, façam a gentileza de procurar por mim. Os funcionários deste hotel já sofreram assédio suficiente nos últimos dias. Para deixar claro, eles não estão *nem nunca estiveram* envolvidos em nada disso.

A multidão a rodeia, mas a detetive Stark não está prestando atenção neles. Ela está olhando para mim. Faço uma reverência, dando um passo para trás e inclinando a cabeça exatamente como a vovó me ensinou há tantos anos. Quando olho para cima de novo, a detetive desapareceu em meio a uma onda implacável de hóspedes, repórteres e funcionários do hotel.

De repente, sinto falta de ar e tontura. Seguro no corrimão de bronze com medo de desmaiar ali mesmo, nos degraus do Regency Grand. Então a mão de alguém toca meu braço.

— Está tudo bem?

É o Sr. Preston. Ele sempre está presente quando mais preciso, me mantendo de pé. O que seria de mim sem ele?

— Vai ficar tudo bem — digo.

Estou olhando para a rua, observando as marcas pretas de derrapagem deixadas pela viatura.

— Preciso limpar isso.

— Limpar o quê? — pergunta ele.

— As marcas dos pneus. Na rua.

— Por Deus, Molly. Temos coisas mais importantes com que nos preocupar — diz o Sr. Preston. — Ela realmente fez isso? Essa mulher? Falei com ela tantas vezes. Ela sempre disse ser a biógrafa e fã número um de Grimthorpe.

— Ela é a assassina dele também, Sr. Preston.

Imagino que ele vá dizer algo respeitoso sobre os mortos, mas não diz. O silêncio se prolonga.

— Você se lembra de quando eu contei sobre um quarto que Lily e eu limpamos e que estava tão cheio de lixo que parecia um ninho de ratos?

— Claro que sim — responde o Sr. Preston. — Você comentou comigo e com Juan Manuel na semana passada.

— Aquele quarto era da Beulah. Estava cheio de tranqueiras, frascos de xampu… e um pote de mel envenenado.

O Sr. Preston balança a cabeça.

— Solidão e vazio. Uma aflição terrível com uma cura tão simples.

— Qual?

— Gentileza. Paciência. Um ombro amigo. Se ela houvesse tido alguma dessas coisas, talvez a situação não tivesse chegado a esse ponto.

Me dou conta de que ele tem razão.

— Molly, tem certeza de que está bem?

— Sim. É um alívio que esteja tudo resolvido. Talvez agora as coisas voltem ao normal por aqui.

— Esperemos que sim. Agora está tudo bem — diz o Sr. Preston. — Molly, eu estava pensando, acha que podemos tirar um segundinho para conversar? Preciso muito falar com você.

Eu faço que sim. Mas então me ocorre uma coisa, um pensamento terrível. Não acredito que não tenha pensado nisso antes.

Seguro as duas mãos do Sr. Preston.

— Você não está doente, está? Por favor, diga que não está morrendo.

Ele dá uma risadinha.

— Minha querida, desde criança você tem uma imaginação muito fértil que tende a chegar a conclusões precipitadas. Não estou doente, Molly. Estou muito bem de saúde dentro do possível para um homem velho e cansado.

Solto um suspiro de alívio.

— Nesse caso, preciso de tempo para descansar e me recuperar — digo. — Foi um dia e tanto. Na verdade, uma semana e tanto. Poderia esperar até o retorno do Juan Manuel?

— Claro que sim — responde o Sr. Preston, dando palmadinhas carinhosas no meu braço. — Já esperamos tudo isso. Acho que esperar um pouquinho mais não fará muita diferença.

Uma semana depois

Capítulo 28

Enquanto camareira de um hotel, tenho vários momentos de *déjà-vu*. Às vezes, quando estou limpando o quarto 401, eu poderia jurar pelo dicionário Oxford que estou no quarto 201. Às vezes, sonho que os corredores se transformam e se cruzam, que lençóis sujos se misturam com lençóis limpos, mas no final eu dou um jeito em tudo. Arrumo as camas em tempo recorde, envelopando com cuidado o lençol de cima, enfeitando os travesseiros com um chocolate e deixando tudo limpinho.

Estou tendo um *déjà-vu* agora mesmo. Estou no salão de chá do Regency Grand fazendo uma última vistoria antes do evento do dia, assim como fiz pouco mais de uma semana antes, no dia do grande anúncio do Sr. Grimthorpe, um anúncio que nunca chegou a acontecer.

Arrumei as mesas com toalhas brancas, dobrei os guardanapos em forma de botões de rosa e posicionei a prataria polida do Regency Grand em todos os lugares das mesas. Paro para admirar o resultado — e sei que ficou esplêndido. Agora resta torcer para que ninguém bata as botas dessa vez, interrompendo a ordem das coisas e manchando a excelente reputação de nosso hotel-boutique cinco estrelas.

Hoje temos uma chance de ressuscitar — o Regency Grand, digo, não o Sr. Grimthorpe. O Sr. Grimthorpe nunca mais vai voltar a respirar.

Trabalhei incansavelmente para chegar até aqui, mas não sozinha. Tive muita ajuda. Esta manhã, quando cheguei ao hotel, parei na escada para cumprimentar o Sr. Preston.

— Chegou o grande dia — comenta ele.

— Sim! — respondi. — O anúncio é às dez em ponto.

— Ah — disse o Sr. Preston, pigarreando. — Não, eu quis dizer que é o dia da nossa conversa.

Em meio a todos os preparativos para a coletiva de imprensa, eu me esqueci de que tinha convidado o Sr. Preston para tomar um chá lá em casa. Sugeri que tivéssemos nossa tão aguardada conversa e ficássemos lá para receber Juan quando ele chegasse de viagem. O Sr. Preston concordou na mesma hora.

Ele acha que vai me pegar de surpresa, mas eu sei o que ele quer me contar: que vai se aposentar do emprego como porteiro no Regency Grand. Ele acha que a notícia vai perturbar meu frágil equilíbrio, mas não vai. Sou mais forte do que as pessoas pensam.

Vou sentir muita falta dele, é claro, mas vou seguir em frente. E, de qualquer forma, sempre teremos nossos jantares aos domingos.

— Boa sorte hoje — disse o Sr. Preston quando nos falamos. — Estou aqui se precisar de alguma coisa.

— Você sempre está — respondi. — E sou muito grata por isso.

Ele ergueu o chapéu em um gesto de gentileza e eu subi depressa as escadas, passando pelas reluzentes portas giratórias do Regency Grand. No saguão, um cartaz de moldura dourada anunciava o grande evento do dia.

Hoje
Coletiva de imprensa VIP
ASSUNTO: J. D. GRIMTHORPE
Falecido autor de livros de mistério
10 horas da manhã
Salão de Chá do Hotel Regency Grand

Passei pelo cartaz e me apressei em direção ao vestiário das camareiras. Lily chegara mais cedo e já estava lá. Nós duas vestimos nossos uniformes e, depois de colocar meu broche de camareira-chefe bem na altura do coração, surpreendi Lily ao dizer:

— Espere aí. Me dê seu broche.

Ela olhou para mim sem entender enquanto colocava o broche de aprendiz na palma da minha mão. Em seguida, estiquei o braço para entregar o que eu tinha escondido na minha outra mão — um broche preto novo, com letras douradas e brilhantes onde se lia:

LILY
Camareira

Ela o pegou, deslumbrada.

— Isso é sério? — perguntou, segurando a prova da sua promoção.

— Você mereceu. Pode colocar.

Ela se virou para o espelho e o prendeu bem na altura do coração.

— Lily, acha que poderia servir o chá para nosso convidado VIP como fez na semana passada? — pedi.

Ela balançou a cabeça, seus olhos arregalados em espanto.

— Não exatamente como foi na semana passada, é claro. Prometo que o chá de hoje não vai terminar em morte. Acha que pode fazer isso, Lily? Pode me dizer se não for possível.

— Eu consigo — disse ela com sua nova voz repleta de autoconfiança. — Uma boa camareira sempre tem uma atitude positiva — acrescentou ela. — Você me ensinou isso.

— Bom, é melhor eu ir, então. Por favor, apronte o carrinho VIP de chá. Pode levá-lo para o salão uns cinco minutos antes do horário marcado.

Lily fez uma reverência e saiu do vestiário.

Ouvi o som familiar de passos arrastados vindo pelo corredor. Só podia ser uma pessoa.

— Bom dia, Cheryl — cumprimentei assim que ela entrou no vestiário.

Milagres acontecem, e a prova estava bem ali, no relógio de parede: Cheryl tinha chegado mais cedo para o turno!

— A que devo o prazer da sua pontualidade?

— Não sei — respondeu, dando de ombros. — Seu manual irritante não diz alguma coisa sobre a ajuda de Deus para quem acorda cedo ou sei lá?

Tensionei a mandíbula, mas não disse nada. Afinal, a pontualidade era um sinal de empenho, e era exatamente o que eu esperava dela. Depois de uma discussão acalorada com o Sr. Snow semana passada, decidimos que, apesar dos furtos e delitos de Cheryl, ela não seria demitida. Eu queria oferecer uma última chance para que ela se redimisse como camareira. Deixei expressamente claro que nenhum comportamento inapropriado seria tolerado.

— Em outras palavras, não furte nada nem seja desagradável.

Criei um PIP para Cheryl, afirmando ter "Grandes esperanças" para ela no futuro. É claro que ela não entendeu minhas referências perspicazes ao romance de Charles Dickens, então expliquei que PIP era a abreviação de "Plano Individual de Progresso", o que significava que o emprego dela dependia da adesão estrita a cada capítulo, regra e frase do *Guia & Manual de Arrumação, Limpeza e Manutenção da Camareira para um Estado de Absoluta Perfeição*. Isso também significava que ela teria que passar outra vez pelo treinamento de camareira, trabalhando comigo, lado a lado, de forma que eu pudesse observar todos os seus movimentos — e venho acompanhando Cheryl todos os dias desde então.

Imagino que Cheryl seja grata pela minha benevolência. Embora não tenha expressado isso em palavras, ela demonstra isso de outras formas. Alguns dias atrás, ela espirrou e estava prestes a limpar o nariz na manga da blusa, mas eu a impedi.

— Ei, ei, ei! — exclamei. — Um lenço para enxugar seus problemas.

E então lhe ofereci um lencinho de papel do carrinho dela.

Ontem, peguei Cheryl no pulo prestes a usar o pano do vaso sanitário na pia de um hóspede.

— Ei, ei, ei, qual é a regra?

— "Depois de limpar o xixi, tire esse pano daqui" — responde ela, quase sem sarcasmo.

Então, sim. Estamos fazendo progresso.

— Planeta Terra chamando Molly. Cadê você?

Volto do meu devaneio e vejo Angela e a detetive Stark do outro lado da fita marrom na entrada do salão de chá. Angela levanta a fita e as duas passam por baixo.

— Detetive Stark — cumprimento. — Não sabia que você estaria aqui hoje.

— Nem eu — diz Stark. — Mas as Damas do Mistério apareceram na delegacia ontem e deixaram isso para mim.

Olho para o passe de evento VIP pendurado no seu pescoço.

— Não consegui me segurar — diz ela. — A curiosidade matou o gato e tudo o mais.

— Espero que nenhum felino, ou qualquer outra pessoa, acabe morto hoje — respondo.

— Como estão os preparativos para o caso no tribunal? — pergunta Angela.

— Beulah se declarou culpada — conta a detetive. — Então não haverá julgamento, apenas a sentença. E você não vai acreditar na alegação.

— Qual foi? — pergunta Angela, esfregando as mãos de empolgação.

— A empregada com quem ela falou, a que trabalhava para os Grimthorpe muito tempo atrás, sabia tudo sobre a *ghost-writer* na mansão. Ela disse que descobriu muito antes de ser demitida o que a assistente pessoal de Grimthorpe realmente fazia em segredo.

— Você falou com a empregada? — pergunto.

— Não. Ela contou tudo para a Beulah, mas exigiu anonimato e disse que tinha bons motivos para isso. Enfim. Quando Beulah percebeu que tinha dedicado a vida inteira a um farsante, bolou um plano.

— Matar o Sr. Grimthorpe — digo.

— Não foi bem por aí — responde Stark. — Ela decidiu dar a ele o benefício da dúvida. Reescreveu a biografia, transformando-a quase em uma denúncia. Então há duas versões, a original, lisonjeira, e a segunda, que era completamente recriminatória.

— Mas por que ela fez duas versões?

— Porque ela queria falar com ele, perguntar se ele realmente era uma farsa e um assediador. A versão a ser publicada dependeria inteiramente da resposta dele.

— Mas quando ela falou com Grimthorpe à porta do quarto de hotel dele no dia anterior ao anúncio, o autor se recusou a responder às perguntas — completo. — Beulah escreveu algo assim naquele caderno.

— Isso aí — diz Stark. — Ele também a rejeitou como biógrafa oficial, mesmo sob a ameaça de ser exposto com a publicação da segunda biografia.

— E bateu a porta na cara dela — lembro.

— Então foi depois desse encontro que ela decidiu matá-lo — conclui Angela sombriamente. — O baque triplo provocou uma fúria assassina.

— E, ao que parece — continua Stark —, o carrinho de chá daquele dia não foi o único que Beulah envenenou. Ela colocou veneno em todos os potes de mel de todos os carrinhos de chá deixados no quarto dele desde o dia que antecedeu o evento daquela manhã.

— O que explica o fato de ele ter morrido tão rápido — acrescento. — Ele estava tomando chá envenenado havia mais de vinte e quatro horas.

— Cacete! — exclama Angela. — É exatamente como no enredo de *Veneno & castigo*. Isso daria um podcast incrível.

— Por que não faz um? — sugere Stark.

Angela arregala os olhos.

— Será que eu conseguiria?

— Acho que sim — responde Stark.

Antes que Angela tenha tempo de maturar a ideia, o Sr. Snow entra no salão. Ele está usando um colete verde-esmeralda e uma gravata-borboleta de estampa arabesca.

— Ora, ora. Alguém se produziu — comenta Stark.

— Bom ver você, detetive — diz ele, pegando o lenço do bolso e secando o suor da testa. — Está tudo pronto? As pessoas já estão esperando lá fora. Posso deixar todo mundo entrar?

— Libere os leões, Sr. Snow — diz Angela.

— E os abutres — complemento.

Alguns instantes depois, uma multidão de convidados VIPs entra no salão. As Damas do Mistério estão presentes, seus rostos e cabelos grisalhos familiares em meio à multidão. Mas duas delas se destacam: Birdy, a tesoureira franzina de cabelo fúcsia, e Gladys, a líder alta de cabelo cacheado, sempre com uma bandeira na mão.

A detetive Stark senta-se de frente para o palco e as Damas a cercam, fazendo perguntas a respeito de Beulah e querendo saber sobre o julgamento, disputando um lugar ao lado da detetive.

Enquanto isso, repórteres tomam o fundo do salão, gritando instruções uns para os outros e preparando câmeras e celulares voltados para o púlpito iluminado no centro do palco.

Meu celular vibra no bolso. Eu o pego. É uma mensagem do meu querido Juan Manuel.

Cinco minutos para entrar no ✈. Mal posso esperar para ECVEC!
ECVEC?, pergunto
Estar Com Você Em Casa.
Eu também não vejo a hora!, respondo de novo.

E é verdade. Senti muita saudade dele. A vida vai ficar melhor assim que ele entrar pela porta do nosso apartamento. Só uma coisa me preocupa: como vou explicar tudo o que aconteceu enquanto ele esteve fora? Será que ele vai me perdoar por não ter falado nada? Mas não quero pensar nisso. Ainda não.

Um passo após o outro. É o único jeito de chegar a algum lugar na vida.

Checo as horas no meu telefone. Cinco para as dez. Pontualmente, Lily chega com o carrinho VIP de chá. Ela o leva até a lateral do palco e acena para mim enquanto o posiciona.

Os convidados estão tomando chá e comendo sanduíches, e um burburinho de expectativa toma conta do salão.

O Sr. Snow entra com uma xícara de chá e uma colher, sobe as escadas do palco direto para o púlpito e liga o microfone.

— Bom dia a todos — cumprimenta ele, batendo a colher de prata na xícara do Regency Grand para chamar a atenção da plateia.

O tilintar é delicioso.

— É um grande prazer apresentar nossa convidada VIP. Ela fará um anúncio importante sobre o Sr. J. D. Grimthorpe, o recém-falecido mestre do mistério mundialmente famoso. Por favor, recebam uma jovem encantadora, de porte e distinção ímpares, ex-assistente pessoal do Sr. Grimthorpe, a adorável Serena Sharpe.

A porta escondida nos painéis de madeira se abre e a plateia fica em silêncio. A Srta. Sharpe sobe ao palco, vestida em um terninho azul muito elegante.

Ela se posiciona no púlpito, segurando suas anotações com as mãos trêmulas. Depois de pigarrear, começa:

— Há uma semana, o homem que alegava ser o autor único de *A empregada da mansão*, um dos livros de mistério mais famosos já escritos, apareceu neste mesmo palco para fazer um anúncio. Como todos sabem, isso nunca chegou a acontecer.

Ninguém dá um pio. Todos estão prestando atenção na Srta. Sharpe.

— Hoje contarei a vocês o segredo que ele não viveu para contar. J. D. Grimthorpe não era o verdadeiro autor de seus livros. Eles foram escritos por minha falecida mãe, sua ex-assistente.

O silêncio se transforma em cochichos e sussurros que percorrem todo o salão.

— Durante mais de trinta anos — continua a Srta. Sharpe —, minha mãe escreveu todos os romances dele, ajudando-o a transformar ideias confusas em histórias coesas e convincentes. Ela recebia um salário modesto de assistente, quando na verdade era sua *ghost-writer*.

Ela aguarda até que os murmúrios cessem antes de prosseguir.

— Pressionei o Sr. Grimthorpe para que realizasse a coletiva de imprensa na semana passada, durante a qual ele contaria a verdade ao mundo com as próprias palavras. Ou seja, de maneira distorcida, narcisista e pouco verdadeira. Não tenho dúvidas de que ele teria encontrado uma forma de menosprezar o trabalho da minha mãe, mas não me importei porque, em troca do meu silêncio, eu receberia um certo valor e cem por cento dos royalties dos livros dele daqui em diante.

— E dessa vez de fato houve justiça — continua Serena. — Na semana passada, a editora do Sr. Grimthorpe entrou em contato com meus advogados para informar que tinham aberto um processo legal para dar o crédito e os direitos autorais ao autor legítimo dos livros de Grimthorpe, ou seja, minha mãe. Tudo o que eu sempre quis foi que ela fosse devidamente reconhecida. J. D. Grimthorpe era uma farsa, não o mestre do mistério. A magia por trás de seu trabalho era Abigail Sharpe, minha mãe. E agora o nome dela vai entrar para a história literária… *in perpetuum*. Obrigada.

A Srta. Serena Sharpe deixa os cartões no púlpito, sai do palco e vai em direção à porta do salão. Ao perceberem que ela está indo embora, as pessoas se levantam e despejam uma série de perguntas em cima dela.

— Srta. Sharpe! Para onde está indo? Nós temos algumas perguntas!

— Fale mais sobre sua mãe! Fale mais sobre Abigail!

— Quais eram as inspirações dela?

— Ela se inspirava na vida real?

— Srta. Sharpe, pretende escrever a biografia autorizada da sua mãe?

— Vai haver uma continuação de *A empregada da mansão*?

A Srta. Sharpe consegue sair do salão, mas não sem uma horda de gente atrás dela. As perguntas ecoam por todo o corredor.

Depois de alguns minutos, resta apenas um punhado de pessoas no salão, incluindo uma detetive imponente e eu.

Eu me aproximo de Stark, que está sentada sozinha em frente ao palco. Ela pega um biscoitinho de uma das bandejas.

— Bom, então é isso — diz ela, dando uma mordida no biscoito.

— Pois é.

— Caramba, que gostoso.

— Foram feitos diretamente na nossa cozinha.

A detetive Stark olha para mim com uma expressão séria.

— Molly, falei sério aquele dia. Você seria uma ótima detetive. — Ela dá outra mordida no biscoito, mastiga devagar, depois engole. — E, só para constar, as pessoas também usam uniforme na minha profissão. Prefiro trabalhar assim, mas isso não significa que você tenha que fazer o mesmo.

Ela passa a bandeja de biscoitos para mim e eu pego um.

— Temos um distintivo também. Você poderia usá-lo na altura do coração, como usa esse broche.

Coloco um biscoitinho na boca e tento imaginar a cena. Eu, vestindo um uniforme da polícia, com um distintivo que diz DETETIVE GRAY na altura do coração.

— A delegacia de polícia trabalha com lavagem a seco? — questiono. — Os uniformes são higienizados diariamente e depois guardados em sacos plásticos?

Stark olha para mim com um misto de surpresa e divertimento.

— Por que eu nunca consigo adivinhar o que vai sair da sua boca? Quanto à lavagem a seco, imagino que possa ser providenciada se pedirmos com jeitinho. Mas preciso avisar que as horas de trabalho de um policial são extensas. O crime não tira folga. Na verdade, criminosos costumam trabalhar até mais do que a maioria das pessoas.

— Mais do que camareiras?

— É. Talvez não. — Com isso, ela se levanta e se dirige à saída. Antes de ir embora, ela para diante da porta e volta-se para mim. — Vai pensar na minha proposta?

Ela aguarda até que eu dê outra mordida no biscoito, mastigue vinte vezes e depois engula.

— Sim. Vou pensar — respondo.

— Que bom — diz ela. — Nos vemos por aí, Molly Gray.

O que ela faz em seguida me pega completamente de surpresa. A detetive Stark posiciona o pé direito atrás do esquerdo e faz uma reverência lenta e profunda. Depois acena com a cabeça para mim e vai embora.

Epílogo

Não tenha medo de novos começos. Um capítulo precisa se encerrar para que outro comece.

Estou parada em frente à cristaleira da vovó no apartamento que eu dividia com ela e que em breve voltarei a dividir com Juan Manuel, que logo chegará de viagem.

Em uma das mãos, estou segurando um pano. Na outra, um ovo decorativo. O Fabergé não é limpo há mais de uma década. Tenho certeza de que fui a última pessoa a fazer isso, no dia em que me meti em problemas por limpar a pátina e por poli-lo.

Não me importa se minha limpeza faz com que o ovo seja menos valioso. Nem sequer tenho certeza se ele se trata mesmo de um objeto raro, como a Sra. Grimthorpe afirmou tantos anos atrás. Para mim, isso é o de menos. O que tenho em mãos é tão deslumbrante e fascinante que fico impressionada toda vez que olho para ele. Dou uma última polida e depois o coloco em cima da cristaleira da vovó, ao lado da foto da minha mãe quando era jovem. Maggie, a estranha à minha porta. Maggie, que disse já ter trabalhado com a minha avó como empregada. Será que isso era verdade? Será que ela também trabalhou na infeliz mansão, polindo prata e sofrendo os abusos do Sr. Grimthorpe? Três anos depois de ela ter aparecido à nossa porta, minha avó me contou que minha mãe tinha morrido. Mesmo assim, às vezes a vejo surgindo do nada na minha vida, batendo na porta de novo, como fez anos atrás. Mas ela ainda não fez isso. E acho que preciso aceitar que nunca fará.

262 | NITA PROSE

Assim que penso nisso, alguém bate na porta e eu levo um susto. Pelo olho mágico, fico aliviada ao ver o Sr. Preston, pontual como sempre, com suas roupas normais em vez do chapéu e do paletó de porteiro. Eu abro a porta.

— Entre, Sr. Preston. Fiz chá para nós — digo. — Temos um tempinho para conversar antes que o Juan Manuel chegue.

— Que ótimo — diz ele ao entrar. Ele me passa uma caixa com uma piscadela. — Muffins de uva-passa. Seus favoritos.

— Que gentileza a sua. Vou abri-los para o nosso chá.

Enquanto levo os muffins para a cozinha, o Sr. Preston tira os sapatos, limpa as solas e os posiciona sobre o tapete.

— Como foi o resto do dia, Sr. Preston? — pergunto.

— Sobrevivemos — responde ele. — Quando a coletiva terminou, os manobristas e eu fomos engolidos nas escadas. Praticamente tive que enxotar a multidão para que a Srta. Sharpe pudesse ir embora em um táxi.

— Você a conheceu quando ela era criança?

— Não. Diferentemente da sua avó, Abigail Sharpe nunca levou a filha para a mansão. Você foi a única criança por lá. Nosso pontinho de esperança em meio a toda aquela infelicidade.

A chaleira apita e eu transfiro a água para o bule sobre a bandeja de prata de segunda mão da vovó, depois a levo para a sala com duas xícaras de porcelana.

O Sr. Preston ocupa um lugar no sofá, nitidamente inquieto.

— Juan vai chegar daqui a pouco — anuncio. — Ele já pousou. Mas vamos ao chá.

— Excelente — diz o Sr. Preston.

Sirvo chá na minha xícara favorita, a que tem belíssimas margaridas brancas e amarelas, e passo a xícara para ele. Depois pego a xícara favorita da vovó para mim.

— É melhor ir direto ao ponto — diz ele, colocando a xícara no pires depois de tomar um gole de chá. — Não há uma maneira simples de dizer isso, Molly, embora eu suspeite que você já saiba há algum tempo do que se trata.

— Confesso que sei, Sr. Preston. E está tudo bem. É perfeitamente razoável que você se aposente. Você merece descansar. Ninguém pode trabalhar para sempre.

O Sr. Preston olha para mim com uma expressão que não consigo decifrar. Depois de um momento, ele diz:

— Molly, eu sou seu avô.

De primeira, tenho certeza de que estou imaginando coisas. Mas então entendo o que realmente está acontecendo: o pobre Sr. Preston está mais velho do que eu imaginava e está começando a delirar. Meu Deus, a mente dele está começando a azedar como leite deixado sob o sol.

Mas então ele repete as palavras.

— Molly, você me ouviu? Eu sou seu avô...

Eu apoio a xícara de chá sobre a mesinha e o mundo começa a girar. Fabergés, muffins e a prataria da vovó dançam diante dos meus olhos.

— Molly, não desmaie, por favor. Tome — diz ele, pegando minha xícara e colocando-a nas minhas mãos outra vez. — Uma boa xícara de chá cura todos os males.

— Minha avó falava isso — digo, ofegante.

— Eu sei.

Olho para ele quando o meu entorno começa a se assentar outra vez.

— Sr. Preston, o senhor está perdendo as faculdades mentais?

— O quê? Claro que não.

Espero até que ele comece a falar.

— Molly, anos atrás, quando eu e sua avó éramos jovens e estávamos apaixonados, os pais dela fizeram de tudo para nos separar. Sua avó tinha dinheiro, a família dela era muito rica. Ela era de classe alta e, aos olhos dos pais dela, eu era só um pobretão inútil. Mas eles fracassaram.

— Fracassaram como?

O Sr. Preston toma um gole de chá.

— Literalmente, não figurativamente.

Ele pigarreia e se mexe no sofá. Levo um tempo para entender.

— Ah — digo. — Entendo.

— Molly, quando fiquei sabendo que sua avó estava grávida, não recebi mal a notícia. Nem um pouco. Eu disse à Flora que era a melhor coisa que já tinha acontecido comigo. Eu queria ir embora com ela, viver feliz ao lado dela para sempre. E esse era o nosso plano, mas nunca aconteceu.

— Por que não?

— No dia em que íamos fugir juntos, fui até a casa dela. Era uma mansão elegante de três andares em um bairro muito longe do meu. Bati na porta, mas não me deixaram entrar. Os pais dela nem sequer quiseram me olhar nos olhos, foi o mordomo quem me disse que ela já tinha ido embora.

— Ela fugiu? — pergunto.

— Não. Foi expulsa de casa pelos pais. Eles a mandaram para uma casa de mães solteiras, do tipo que tira o bebê da mãe assim que nasce.

— Mas não levaram o bebê — digo, olhando para a foto na cristaleira. — Ela ficou com a vovó. A vovó criou minha mãe.

— Sim, porque ela fugiu daquele lugar horroroso. Ela escapou, voltou para a cidade. Apareceu na porta dos pais implorando por perdão, mas eles a renegaram. Ela estava grávida de oito meses, Molly. Então arranjou um emprego como empregada doméstica, trabalhando para uma família muito rica. Quando chegou a hora de ter o bebê, ela tirou alguns dias de folga para dar à luz e depois continuou trabalhando com o bebê no colo.

— Mas por que ela não procurou por você? Por que você não a ajudou?

— Ela nunca mais quis saber de mim. Ela foi humilhada pelos pais, teve que ouvir que era um fracasso, que era imprestável, que não entendia nada da vida até que fosse tarde demais. Sua avó se recusou a me ver por anos e anos. Ela alugou este apartamento e morou aqui até o dia de sua morte, Molly. Você sabia de tudo isso?

— Não — respondo.

— Tentei ajudá-la muitas vezes. Ela não permitia. Também não me deixava ver minha filha. Até que parei de tentar. Conheci minha esposa, Mary, e nos casamos. Tivemos nossa filha, Charlotte, e fomos muito felizes. Mas nunca me esqueci da Flora. E também nunca me esqueci da sua mãe.

— Maggie — digo.

— Então sua avó contou o nome dela.

— Não, não contou.

— Depois de muita insistência, Flora permitiu que eu voltasse para a vida dela. Contei tudo para a Mary, é claro. Minha querida esposa sabia de toda a história, que eu havia tido uma filha com a Flora fora do casamento. Minha Mary era uma boa pessoa. Ela e sua avó tiveram uma amizade muito bonita ao longo dos anos. Quando sua avó passou por dificuldades, completamente sozinha, foi a Mary quem a convenceu a aceitar nossa ajuda. Fizemos o possível por ela.

— O dinheiro do aluguel — digo.

— Sim. E quando sua mãe se envolveu com aquele… aquele…

— Aquele homem leviano? — completo.

— Eu ia dizer "traficante criminoso", mas você sempre foi mais educada do que eu. — Ele olha para mim de olhos marejados. — Me desculpe por não ter dito nada antes. Eu tentei, mas não sabia como. Tive medo de que o choque fosse abalar muito você.

— Não abalou — digo. — Não vai abalar.

— Você sempre foi mais forte do que todos pensam — diz o Sr. Preston.

Olho para a xícara de chá da vovó no meu colo.

— Nunca tive mãe. E também nunca tive pai. Depois perdi minha avó. — Eu olho de volta para o homem diante de mim. — Sr. Preston, não consigo acreditar. Nunca estive tão feliz quanto agora. Parece mágica. Consegui uma parte da minha família de volta.

Sinto um aperto carinhoso no meu braço. É difícil olhar para o Sr. Preston em meio às minhas lágrimas.

— Não sei como chamar você. Sr. Preston já não soa tão bem.

— Que tal de avô? — sugere ele.

Pego minha xícara e tomo um gole de chá quente.

— Sim — digo por fim, apoiando a xícara no pires. — Vovô. Eu gosto.

Então ouço uma chave girar na fechadura. A porta se abre e Juan Manuel aparece carregando uma mala enorme. Eu pulo do sofá e corro para a porta.

— *Mi amor!* — exclama ele, me abraçando. — Estava com tanta saudade.

É tão bom tê-lo de volta. Eu o abraço com força e não quero soltar. Só faço isso quando percebo que deixei o Sr. Preston sozinho no sofá.

— Sr. Preston — diz Juan, aproximando-se para cumprimentá-lo com uma palmadinha nas costas. — Como está?

— Estou bem — responde meu avô. — Melhor do que nunca.

— Que bom — responde Juan, com um sorriso radiante. — Antes de mais nada, tenho que dizer que minha família mandou lembranças. Se eu me esquecesse, ia levar um puxão de orelha. Minha mãe mandou um beijo e meu sobrinho pediu para te mostrar o boletim dele da escola. Ele está feliz porque está indo muito bem. E ele quer um cachorro. Minha irmã está dizendo que não, mas vai acabar cedendo, tenho certeza. Espera, tenho uma foto nossa de quando foram me levar ao aeroporto.

Juan pega o celular e abre uma foto na galeria. Sua família gigante está reunida na área de embarque, sorrindo e segurando uma faixa que diz HASTA PRONTO, que significa "até logo". É tanta gente que mal cabe na foto. Enquanto Juan conversa com o Sr. Preston, vou até a cozinha e pego mais uma xícara e um prato de doces, que deixo sobre a mesinha.

— Molly, veja esta — diz Juan, mostrando outra foto. — Minha mãe escreveu um cartão para você em inglês.

Na foto, ela segura um cartão, parecendo muito orgulhosa. Juan dá um zoom nas palavras: *Para minha nora querida. Estou com saudade e amo você. Venha visitar.*

— Mas eu não sou nora dela — digo.

— Ainda não — responde Juan.

Mas antes que eu possa perguntar o que ele quer dizer, ele começa a tagarelar de novo, falando que sentiu minha falta e que foi ótimo ver a família, mas que é melhor ainda estar em casa. De repente, ele para de falar.

— Que grosseria a minha. Nem perguntei como vocês estão. Me desculpem. Vocês sabem como falo pelos cotovelos quando estou empolgado.

— Sim, nós sabemos — diz vovô com uma risada.

— E então? Como estão as coisas?

Sirvo uma xícara de chá para ele, enrolando para não ter que responder.

— Bom, agora está tudo bem — diz meu avô. — Mas as coisas andavam…

Ele não termina a frase, procurando a palavra certa.

— Tumultuosas — digo.

— Tumultuosas? — repete Juan.

— Significa: agitadas, desordenadas, turbulentas — explico. — Digo apenas que tivemos que lidar com um tipo muito específico de ratazana.

— *O quê?* — pergunta Juan. — No nosso apartamento?

— Não, não — explica meu avô. — No hotel.

— Conseguiram dar um jeito? Montaram armadilhas? — pergunta ele.

— Ah, sim. Montamos — digo com um sorriso.

Juan volta-se para mim, sorrindo de orelha a orelha.

— Essa é minha Molly. Nunca se deixa abater pelo medo. Na verdade, nunca se deixa abater por nada.

— Sim, é verdade — concorda meu avô. — Sabia que ela é assim desde criança?

— É mesmo? — pergunta Juan. — Me conte mais.

Os dois engatam numa conversa. Meu avô faz suspense para contar sobre os acontecimentos bombásticos mais recentes, tanto sobre o assassinato no hotel enquanto Juan estava viajando quanto sobre o fato de que ele não é apenas o Sr. Preston, o porteiro, mas parte da minha família. Sangue do meu sangue.

Eu me sento de frente para eles, ouvindo e tomando chá na xícara favorita da vovó.

Ela não está aqui com a gente, minha avó. Não está sentada no sofá entre o meu amado e o dela, nem cantarolando na cozinha. Mas sei que está presente mesmo assim, porque sempre esteve. Ela é a chave para tudo e está presente na minha vida todos os dias.

Sei que ela está me observando. Mesmo agora, posso ouvir a voz dela na minha cabeça:

As maravilhas são abundantes, Molly.

O que não nos mata nos deixa mais fortes.

Quem espera sempre alcança.

AGRADECIMENTOS

Para publicar um livro, é preciso muita gente. De verdade.

Escrevi *A camareira* em segredo por medo de fracassar. E se o livro não fosse bom o suficiente? E se as pessoas odiassem minha escrita?

Digamos que não consegui manter segredo com *O hóspede misterioso*. Mas a boa notícia é que, enquanto escrevia, pude contar com o melhor grupo de apoio que uma escritora poderia desejar. Eles me deram força e me orientaram nos bastidores enquanto eu me aventurava na jornada mais perigosa de todas: o temido Livro Dois.

Madeleine Milburn, você não tem ideia de como é extraordinária. Tudo o que você faz por nós, escritores, é de uma generosidade sobre-humana. Muito obrigada também à equipe incrível da Madeleine Milburn Literary, TV & Film Agency: Rachel Yeoh, Liane-Louise Smith, Valentina Paulmichl, Giles Milburn, Saskia Arthur, Amanda Carungi, Georgina Simmonds, Georgia McVeigh e Hannah Ladds.

Qual é a forma editorial perfeita? O triângulo. Meus três editores geniais formam uma tríade poderosa que sempre me coloca na direção certa. Obrigada, Nicole Winstanley, da Penguin Random House Canada, Hilary Teeman, da Ballantine US, e Charlotte Brabbin, da HarperFiction UK. E obrigada também às equipes maravilhosas de todas as editoras de vocês, com agradecimentos especiais a Dan French, Bonnie Maitland, Beth Cockeram, Meredith Pal e Kristin Cochrane, no Canadá; Michelle Jasmine, Caroline Weishuhn, Taylor Noel, Megan Whalen, Jennifer Garza, Quinne Rogers, Kara Welsh,

Kim "Blue Type" Hovey, Jennifer Hershey, Hope Hathcock, Diane McKiernan, Elena Giavaldi, Pamela Alders, Cindy Berman e Sandra Sjursen, nos Estados Unidos; Kimberley Young, Lynne Drew, Sarah Shea, Maddy Marshall, Emilie Chambeyron, Alice Gomer e Bethan Moore, no Reino Unido.

Minha torcida nas telonas inclui Chris Goldberg, escritor e produtor brilhante da Winterlight Pictures; Josh McLaughlin, da Wink Pictures, o maior otimista do mundo; e a perspicaz e adorável Josie Freedman, da ICM.

Amigos, escritores e editores: vocês sabem quem são. Se eu citasse o nome de todos vocês, não haveria papel suficiente no mundo. Adria Iwasutiak, Sarah St. Pierre, Janie Yoon, Felicia Quon, Sarah Gibson, Jessica Scott, Adriana Pitesa e Carolina Testa, vocês não me deixam esquecer de como publicar é algo arrebatador. Aileen Umali, Eric Rist, Ryan Wilson, Sandy Gabriele, Roberto Verdecchia, Sarah Fulton, Jorge Gidi, Martin Ortuzar, Jimena Ortuzar, Ingrid Nasager, Ellen Keith, Matthew Lawson, Zoe Maslow, Liz Nugent, Amy Stuart, Nina de Gramont e Ashley Audrain: vocês mantêm minha sanidade (ou pelo menos tentam). Agradeço também a Arlyn Miller-Lachmann por seus comentários sábios e sugestões.

Peço desculpas por ter o melhor irmão do mundo, Dan Pronovost (sinto muito, sei que vocês também têm irmãos, mas eles nem se comparam). Também tenho o privilégio de estar cercada da família que ele construiu, minha cunhada incrível, Patty, minha sobrinha Joane e meu sobrinho Devin. Vocês me fazem rir e riem *de mim* também. Se isso não merece reconhecimento, não sei o que merece. Freddie e Pat, vida longa às margaritas. *Ma tante Suzanne et ma cousine Louise*, vocês estão nestas páginas e para sempre no meu DNA. E meu querido Tony, não sei como ou por que você me aguenta, mas ainda bem que consegue.

Leitores, vocês são fantásticos. Graças a vocês o mundo é um lugar melhor. Obrigada por todo o apoio.

Pai, você foi o primeiro a ler este livro. Eu sei que você não está mais aqui, mas não tem problema. Ouço sua voz todas as vezes que procuro por você dentro da minha cabeça. Obrigada por sempre me responder.

intrinseca.com.br

@intrinseca

editoraintrinseca

@intrinseca

@editoraintrinseca

intrinsecaeditora

1ª edição	JANEIRO DE 2025
impressão	BARTIRA
papel de miolo	HYLTE 60 G/M²
papel de capa	CARTÃO SUPREMO ALTA ALVURA 250 G/M²
tipografia	ALBERTINA MT STD